U0554466

# 杨绛全集

5

·戏剧·文论卷·

人民文学出版社

**杨绛**

2011年4月，于三里河寓所

1941 年夏，于上海。时正在创作剧本

1962年春，于北京。时写论文，后被批为“毒草”

1978年

2006年，为振华母校题字

國立戲劇專科學校
高職科第五屆畢業公演紀念手冊

四幕喜劇

稱心如意

演出者　余上沅
編　劇　楊　絳
導　演　佐　臨

1934年1月，国立戏剧专科学校高职科第五届毕业公演杨绛所编话剧《称心如意》（佐临　导演）的纪念手册封面

1943年5月，上海联艺剧团在上海金都大戏院上演杨绛所编话剧《称心如意》（佐临　导演）的演出特刊

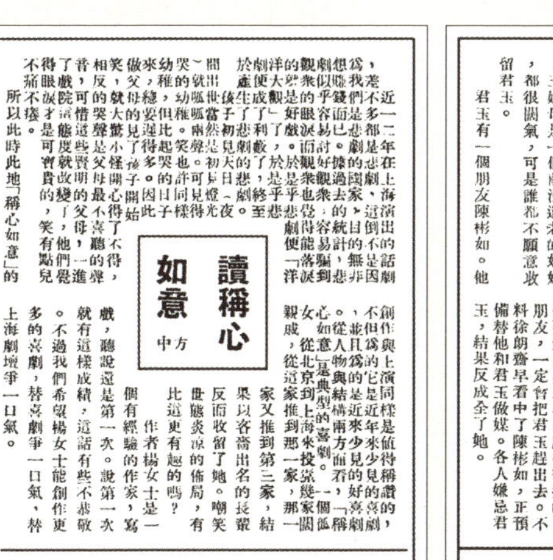

## 讀稱心如意

方中

近一二年在上海演出的話劇，差不多都是悲劇、這倒不是因爲我們是悲劇的國家，目的無非想賺錢而已。據過去的統計，悲劇似乎容易討好觀衆：容易騙到觀衆的眼淚而觀衆也覺得能落淚的麼是好戲。於是乎悲劇便「洋洋大觀」了，於是乎悲劇便成了利藪了，終至於產生了悲劇的悲劇。

後子初見天日～夜開出世當然是初另燈光～就嘔嘔兩聲。可見得哭的幼稚。笑也許同樣幼稚，但比起哭的日子來，穩要遲得多。因此做父母的見了孩子開始笑，就大驚小怪開心得了不得，相反的哭聲是父母最不喜聽的聲音，可惜這些賢明的父母，一進了戲院請態度就改變了，他們覺得眼淚才是可寶貴的，笑有點兒不痛不癢。所以此時此地「稱心如意」的創作與上演同樣是値得稱讚的，不但因爲它是近年來少見的好喜劇，並且從人物與結構兩方面看，「稱心如意」是典型的喜劇。——一個孤女，從北京到上海來投奔幾家闊親戚，從這家推到那一家，那一家又推到第三家，結果以吝嗇出名的長輩反而收留了她。嘲笑世態炎涼的佈局，有比這更有趣的嗎？

作者楊女士是一個有經驗的作家，寫戲，聽說還是第一次。說第一次就有這樣成績，這話有些不恭敬。不過我們希望楊女士能創作更多的喜劇，替喜劇爭一口氣，替上海劇壇爭一口氣。

### 職員表

舞台監督……王郎絜
劇務……高洋
裝置……孫樟 朱吾石
服裝……何棟
燈光……于翔
道具……志康 高逸
效果……莊重 重青
化裝……許妙貞
台務……龔飛 龔禮
提示……田華 張振紘

《称心如意》演出特刊的剧评

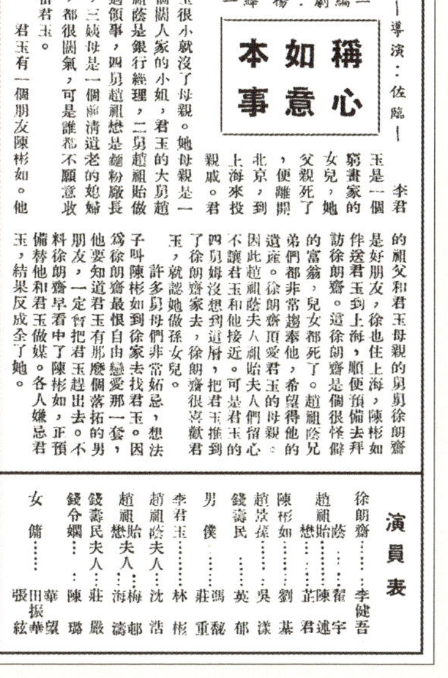

## 稱心如意本事

——導演：佐臨——

——編劇：楊絳——

李君玉是一個窮畫家的女兒，她父親死了，便離開北京，到上海來投親戚。君玉很小就沒了母親。她母親是一個闊人家的小姐，君玉的大舅趙祖蔭是銀行經理，二舅趙祖貽做過領事，四舅趙祖懋是麵粉廠長，三姨母是一個前清遺老的媳婦，都很闊氣，可是誰都不願意收留君玉。

君玉有一個朋友陳彬如。他的祖父和君玉母親的舅舅徐朗齋是好朋友，徐也住上海，陳彬如伴送君玉到上海，順便預備去拜訪徐朗齋。這徐朗齋是個很怪僻的富翁，兒女都死了。趙祖蔭兄弟們都非常趨奉他，希望得他的遺產。徐朗齋頂愛君玉的母親。因此趙祖蔭夫人祖貽夫人們留心不讓君玉和他接近。可是君玉的四舅母沒想到這層，把君玉推到了徐朗齋家去，徐朗齋很喜歡君玉，就認她做孫女兒。

許多舅母們非常妒忌，想法子叫陳彬如到徐家去找君玉。因爲徐朗齋最恨自由戀愛那一套，他要知道君玉有那麼個落拓的男朋友，一定會把君玉趕出去。不料徐朗齋早看中了陳彬如，正預備替他和君玉做媒。各人嫌忌君玉，結果反成全了她。

### 演員表

徐朗齋……李健吾
趙祖蔭……翟宇
趙祖貽……陳達
趙祖懋……莊君
陳彬如……劉基
趙景蓀……吳謙
錢壽民……英郁
男僕……馮馥 莊重
李君玉……林彬
趙祖蔭夫人……沈浩
趙祖貽夫人……梅郁
趙祖懋夫人……海濤
錢壽民夫人……莊嚴
錢令嫻……陳璐
女傭……華擘 田華 張振紘

《称心如意》演出特刊的介绍

苦幹劇團 演出

楊絳編劇 ❁ 姚克導演

三幕鬧劇

巴黎大戲院

1944年，上海苦干剧团在上海巴黎大戏院上演杨绛所编话剧《游戏人间》（姚克导演）的说明书封面

# 遊戲人間

## 本事

王庭璧才從學校畢業，在工廠實習，鬱著一肚子不合時宜，覺得生活太約束了自己理想，抑屈了自己才能，却又沒有毅力，自找出路，便做出一付玩世不恭的態度，自命爲不同凡俗的聰明人，人間只是他的遊戲場，什麽事都不值得認眞。可巧有一個暴富翁吳潤卿的女兒彩雲在登報徵婚，王庭璧恰似英雄得了用武之地，便趕去應徵，小試身手，居然高中首選。

吳彩雲的家庭教師曹學昭是王庭璧的好朋友，曾經竭力勸阻他庭璧的父親，一位道學夫子，尤其不贊成兒子這種行爲。可是庭璧憑他的玩世觀念，認爲他的出賣自己，正以解放自己。傍人勸告，置若罔聞。可是意外的，曹學昭受了他的影響，一方面又抵不住環境逼迫，也把自己輕易出賣，答應了嫁給吳潤卿。王庭璧這才覺到這種行爲的可鄙，懸崖勒馬，決絕了彩雲，也勸學昭回頭，沒知道學昭這天早上已經和吳潤卿草草的結了婚。

吳潤卿是個好色之徒。正妻早死了，娶了姨太太鳳飛，又在看想丫頭如意，現在又娶了曹學昭。鳳飛爲這事，正尋死覓活的吃着醋。吳潤卿還有個老相好老虎大媽，得信從鄉下趕上城來，和吳潤卿大吵一頓。曹學昭靠她恢復了自由。庭璧和學昭深悟以往的錯誤。趕忙離開這錢多事多的吳家，再也不敢遊戲人間了。

▽ △

说明书内文

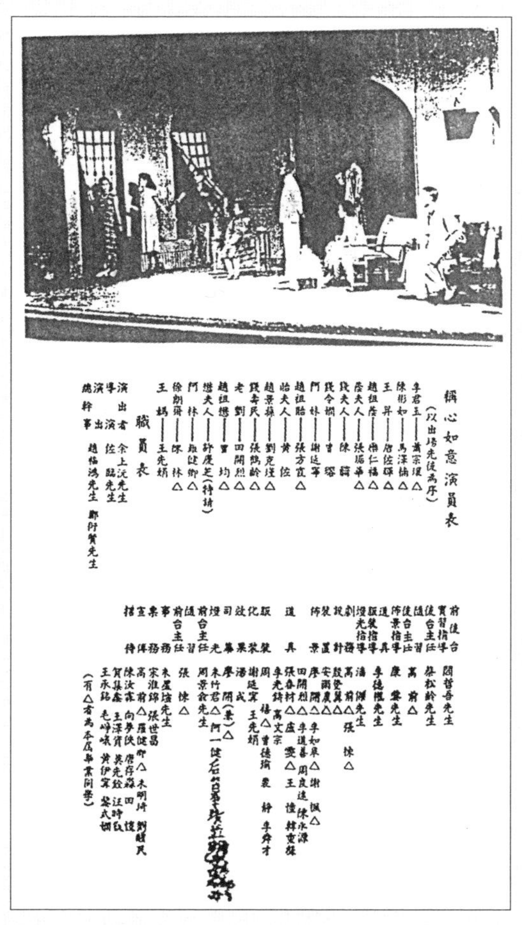

稱心如意演員表
（以出場先後爲序）

李君玉——黃宗瑛△
陳彤如——馬澤楠△
王　昇——唐佐琛△
趙祖蔭——楊仁福△
蔭夫人——張振華△
錢夫人——陳　韜
錢令嫺——曹　瑢
門　妹——謝延寧
趙祖貽——張方宜△
貽夫人——黃　佐
趙景蘇——劉克煌△
錢壽民——張鶴齡△
老　劉——田開烈△
趙祖懋——曹　均△
懋夫人——許慶芝（特請）
阿　林——羅健卿△
徐朗齋——陳　林△
王　媽——王先娟

職員表

演出者　余上沅先生
導　演　佐臨先生
演　出
總幹事　趙福鴻先生　鄭阿贊先生

前後台實習指導　後台主任　隨習　後台主任　佈景指導　道具　服裝指導　燈光指導　劇務　設計　裝置　佈景　道具　服裝　化裝　效果　司幕　燈光　前台主任　隨習　前台主任　事務　票務　宣傳　招待

閻哲吾先生
蔡松齡先生
萬　前△
康　棨先生
李德恒先生
潘　倜先生
萬　前△　張　悚△
殷登翼△
安爾農△
廖　開△　李如皋△　謝　佩△
田開烈△　李道善　周良逵　陳永源
張春村△　盧　雯△　王　憧　韓東株
李光鑄　高文宗
周　揚△　曹德瑜　裘　靜　李舜才
謝延寧　王先娟
潘　成
廖　開（兼）△
朱竹君△　阿一
周景俞先生
張　悚△
朱墨瑄先生
宋淮錦　張世昌
高　前△　羅健卿△　朱明琦　劉醒民
陳汝霖　向夢俠　唐存森　田　憶
賀集鑫　王澤資　吳先鈴　汪時鈺
王承銘　毛峥嵘　黃伊寅　梁式棡

（有△者爲本屆畢業同學）

公演《称心如意》纪念手册的演员表

《风絮》封面　　《风絮》内封

钱锺书纪念文集，三联书店版

钱锺书纪念文集，牛津大学出版社版

# 目　　录

## 戏　　剧



## 文　　论

# 戏　　剧

# 称　心　如　意

（四幕喜剧）

# 一九八二年版前言

一九四三年我在《称心如意》的序文里说:“对于旧作品最好的补救,还是另写新作品。”可是我对紧接着的“新作品”《弄真成假》同样地不满意。两个剧本出版后,我曾作了些字句上的修改。搁置多年,已“土埋半截”,不再挂在心上。忽然《上海抗战期间文学丛书》编辑同志要求把它们重印出版,我就把久藏的修改本交出去。本来面目并未为“美容术”所改变,也不是“美容术”所能补救的。

一九八一年八月十一日

# 《称心如意》原序

去年冬天,陈麟瑞先生请上馆子吃烤羊肉。李健吾先生也在。大家围着一大盆松柴火,拿着二尺多长的筷子,从火舌头里抢出羊肉夹干烧饼吃。据说这是蒙古人吃法,于是想起了《云彩霞》里的蒙古王子,《晚晏》里的蒙古王爷。李先生和陈先生都对我笑说:"何不也来一个剧本?"

当时我觉得这话太远了;我从来没留意过戏剧。可是烤羊肉的风味不容易忘记,这句话也随着一再撩拨了我。年底下闲着,便学作了《称心如意》,先送给邻居陈先生看,经他恳切批评后,重新改写。以后这剧本就转入李先生手里。忽然李先生来电话说,立刻就排演,由黄佐临先生导演。李先生自己也粉墨登场,饰剧中徐朗斋一角。这真是太称心如意了!

不过我对于这个剧本却并不满意。匆促搬上戏台,也未及好好修改。现在世界书局要它去编入丛刊,才翻出来重看一遍,尽量改动了第一幕和第四幕。可是躯干骨骼已经长成了,美容院式的修饰,总觉得是皮毛的、不根本的。对于旧作品最好的补救,还是另写新作品。

趁这个剧本印行的机会,叙述一下写作的由来,并感谢朋友的热心鼓励。

一九四三年十一月二十三日

# 人　　物

| | |
|---|---|
| 徐朗斋 | 李君玉 |
| 赵祖荫 | 赵祖荫夫人,简称荫夫人 |
| 赵祖贻 | 赵祖贻夫人,简称贻夫人 |
| 赵祖懋 | 赵祖懋夫人,简称懋夫人 |
| 陈彬如 | 钱寿民夫人,简称钱夫人 |
| 赵景苏 | 钱令娴 |
| 钱寿民 | 阿妹 |
| 王升 | |
| 其他男女仆人 | |

# 第　一　幕

## 布　　景

赵祖荫家客厅，陈设古雅，全套旧式红木家具，壁上挂名人书画，案上设古玩磁器。幕开时李君玉穿蓝布旗袍站在客厅里，王升旁立。

李君玉　这儿是姓赵呀？

王　升　姓赵。

李君玉　我姓李。

王　升　姓李，好啊，知道啦。

李君玉　我就是这儿的外甥女儿——李君玉。

王　升　没听说过。

李君玉　这儿是姓赵呀？你们老爷是赵祖荫先生呀？

王　升　知道他名字没用，我们老爷是有名儿的，谁都知道！

李君玉　我是他的外甥女儿，刚从北平来，是你们老爷太太写信叫我来的。

王　升　（摇头）我们老爷只有一位外甥女儿，我们三姑太太的小姐，她姓钱，不姓李。

李君玉　我是你们五姑太太的小姐，姓李，一向在北平住。

王　升　从来没听说过什么五姑太太！照你说，还有五姑老爷呢！

李君玉　怎么没有？我爹也是有名儿的，大画家。

王　升　哦，可是我们这儿没这个人。

李君玉　他新近去世，五姑太太也早已殁了，我们一向住在北平——你怎么会知道。你去请你们老爷太太出来，他们等着我呢。

王　升　我不是跟你说了吗，叫你在这儿等着，老爷太太没起来呢！今儿礼拜天，大老清早的吵醒了他们，我可晦气。

李君玉　那么，帮我把行李搬进来呀。

王　升　不能往这儿搬，压坏了地毯。

李君玉　放在门口给人偷了呢。

王　升　你不是叫人看着吗？

李君玉　（向外）彬如，彬如！咱们自己抬进来。

〔李君玉下，与陈彬如同搬箱子网篮上。陈彬如穿破旧的蓝布大褂。王升拦阻。陈彬如推开王升，把箱子网篮堆放客厅正中，又下搬蒲包、木板夹上。

王　升　（叉手站在旁边）好啊，好啊，成了强盗世界了！君子开口不动手。

陈彬如　对你这小人就得动手！

王　升　（两手交叉胸前）我们是不动手的。

陈彬如　你敢动！

李君玉　彬如，理他干吗？——东西都全了。（点行李）

〔王升下。

陈彬如　咱们自己请坐吧。

李君玉　可是，彬如，我倒要请你走了。

陈彬如　别过了河就拆桥呀,怕还有用我的地方呢!

李君玉　(笑)多谢! 我压根儿没要用你。

陈彬如　好意思说吗? 谁替你买的票? 谁送你上的车?

李君玉　可是没请你偷偷儿跟上火车,瞒着我一路直送我到上海呀!

陈彬如　谁给你叫脚夫、叫洋车,这会儿又帮你搬行李、为你骂人打人的!

李君玉　(笑)谢谢你。可是事情完了,坐在这里干吗?

陈彬如　甭忙着赶我回去,我上海也有亲戚朋友,还要待些日子呢。

李君玉　你说的就是我妈妈的舅舅徐朗斋吧? 他只不过是你祖父的同窗朋友呀。你祖父和你父亲去世以后,你们不是没什么来往了吗? 他住哪儿你都未必知道!

陈彬如　谁说不知道! 他有自己的房子,我知道地址。

李君玉　你真的去看他?

陈彬如　我还要看别的亲戚朋友,可是我妈妈说,到了上海,该去见见徐朗斋老世伯。等我见了他,就告诉他有一个李君玉也到了上海了,让他照顾照顾你。

李君玉　这就多谢! 你见不见他不干我的事,可是请你千万别提起我。

陈彬如　为什么?

李君玉　他嫌我爹穷,说他拐骗了我妈妈。

〔赵祖荫掖报纸上。

李君玉　大舅吧? 我是君玉。

赵祖荫　君玉! 啊,才到?

李君玉　来了一会儿了。说是舅舅、舅妈没起来呢。

赵祖荫　（推开另一门，向内）君玉来了！

李君玉　（向门内）大舅妈！（由此门下）

赵祖荫　（注视陈彬如）王升！

陈彬如　赵先生……

赵祖荫　王升。

〔王升上。

赵祖荫　这是谁？怎么让他客厅里来了？

陈彬如　赵先生……

王　升　送李小姐来的。（指行李）我叫他别搬进来，他都搬进来了。

陈彬如　赵先生……

赵祖荫　叫他门房里等着去。（下）

王　升　听见吗？我不是早跟你说吗？叫你别搬进来，压坏了地毯。

陈彬如　谁跟你说话！

王　升　谁跟你说话！这儿可是你撒野的地方！

陈彬如　混蛋！你是什么东西！

王　升　睁大眼睛认认你的老子爷爷！

陈彬如　什么话？

王　升　你老子爷爷叫你出去，大门口蹲一会儿歇歇去。

〔陈彬如愤然上坐。

王　升　你有眼睛吗？这儿可是你坐的？（拉陈彬如）

陈彬如　你这君子也动手了？

王　升　就——就——就得动手！

〔两人相扭下，李君玉闻声急上。

李君玉　彬如！彬如！哎？

〔赵祖荫夫人上。

荫夫人　找谁？

李君玉　走了？我还有话呢。

〔赵祖荫掖报上。

赵祖荫　找送你来的人吗？王升！

〔王升上。

王　升　混账王八羔子！滚他妈的蛋！这家伙！开口骂人，动手打人，抬脚踢人。

荫夫人　谁？

王　升　送李小姐来的那家伙。

李君玉　他干吗打你踢你？

王　升　就没见过那么不讲理的人。

赵祖荫　叫他来，李小姐有话吩咐。

王　升　他走了。

李君玉　走了？

荫夫人　叫他回来。

王　升　我可打不过他呢。（下）

李君玉　可是，大舅，他是送我来的朋友。

赵祖荫　朋友？

李君玉　朋友。

荫夫人　（忍笑）打人踢人的朋友？君玉，你哪儿去交来的？

李君玉　我们从小认识，他舅舅和我爹是好朋友。

赵祖荫　君玉，所以我不放心你一个人再留在北平，交朋友不是闹着玩儿的。你妈妈那时候也就是交错了朋友，好好儿的去看中一个穷画家，又没家世，又没家产。你妈妈是家里最娇惯的小女儿，谁都疼她呢！可怜，出嫁不到两年，就活活地给折磨死了。你父亲跟我们不来往，我们也无从照顾你。现在你来了，我们就得管着你了。

荫夫人　祖荫，这些话，以后慢慢儿再讲——

赵祖荫　可是……

荫夫人　你坐着看你的报去。（拉李君玉坐）君玉，你大学几年级了？

李君玉　一年级——才念了半年。

荫夫人　啊，可惜。你父亲殁了，家里就你一人吗？

李君玉　没什么家了——我在一个小学代课，住在学校里。

荫夫人　哎呀，君玉，你要是早写信来，我们早就接你来了；你父亲的事，我们也可以帮着料理。

李君玉　我们就是没家世、没家产的穷人脾气，不爱求人。

荫夫人　君玉，说得多有意思！难为你居然想到写个信来通知我们——你的信写得倒还文理通顺，是自己写的？

李君玉　我没有秘书。

荫夫人　这孩子！说话顶干脆！你的字也写得漂亮，你还会打字，不是吗？

李君玉　胡乱打打。

荫夫人　你真能干，君玉……

〔王升上。

王　升　也知道我厉害！跑得影儿都没了！

赵祖荫　（抬头）跑了就完了。（低头继续看报）

王　升　不跑就揍他一顿，叫他认得他老子！（下）

李君玉　（怒）这是什么规矩？

荫夫人　别理他。

李君玉　我的朋友……

赵祖荫　（抬头）君玉，别说朋友！

李君玉　我的朋友，让你们轰走了。

荫夫人　君玉，你累了吧？

李君玉　我不累，一点儿不累。

荫夫人　我没想到你今天会来，真是天上掉下来的似的。

李君玉　呀，没收到我的回信吗？

荫夫人　信是收到了。你临走也不打个电报来——你大舅银行里事忙，记不起你哪天来啊。

赵祖荫　（抬头）啊呀，幸亏你提醒了我，我还得写几封信呢。

荫夫人　不用忙，明天叫君玉替你写。

赵祖荫　今天就得发。（下）

荫夫人　你大舅的秘书不中用，真不方便。做一个银行经理，好像当了国务总理似的，忙得饭都没工夫吃。信来信往都要自己动笔，怎么行啊！偏又找不到一个合适的秘书。所以我急着等你来了，我也了却一桩心事。

李君玉　等我？叫我当秘书？

荫夫人　是啊，就你最合适。

李君玉　我行吗？

荫夫人　有什么不行的！抄抄写写，有时候打打字，稿子都是他自己动笔。

李君玉　怕不是那么容易吧？好大一个上海，就找不出一个抄抄写写的人才？大舅事忙，一个抄抄写写的秘书管用吗？

荫夫人　你哪里知道，你大舅脾气怪，稿子都得自己动笔才放心。可是抄抄写写的秘书，十个九个头发上爱抹些油膏，香得刺鼻子，他闻着恶心。

李君玉　找个剃光头的。

荫夫人　是啊，一次来了一个剃光头的，偏偏是热天，鞋子里呀，直冒气。

李君玉　看得见吗？

荫夫人　闻得着啊。

李君玉　（笑）哦，大舅嫌他的脚——

荫夫人　哎，君玉，别说了，怪难听的——

李君玉　（笑，低声自语）

荫夫人　你说什么？

李君玉　（轻声）我说，没有不香不臭的男秘书，就找个女的。

荫夫人　是啊，你大舅爱用女秘书，可是相貌不好的，他又嫌丑，看了头痛；美的呢，又怕妖精似的——

李君玉　那就得找个不男不女的了。

荫夫人　君玉！你越说越好听了！（拍李君玉肩）我告诉你吧，除了你，没人配做你大舅的秘书。

李君玉　我头发上也抹着些香油膏呢？

荫夫人　不要紧，你是女秘书。

李君玉　（笑）我还自以为很美呢！

荫夫人　你这孩子！你当然很美。可是你是他的外甥女儿，你妖精不妖精，我总放心。

李君玉　哦！大舅妈，您不放心大舅用女秘书，所以叫我来！

荫夫人　君玉！怎么说出这种话来！我们不放心你一人待在北平，所以接你来。

李君玉　我很感谢。

荫夫人　这话就错了，那是我们应当的，不是吗？我天天在想念你。你二舅、三姨、四舅都很想念你……

李君玉　他们有工夫想念我？

荫夫人　呀，我们天天说起你。今天巧得很，你二舅、二舅妈、三姨妈、三姨夫都来吃饭呢。

李君玉　（跳起）啊呀，差点儿忘了！网篮里有两只油鸡——德州的油鸡，不知道坏了没有。

荫夫人　我就心领了，你留着送人吧。

李君玉　我送谁啊？

荫夫人　送你二舅妈。你大舅从来不吃外边煮现成的东西。

李君玉　（翻寻网篮）这是鸭儿梨，天津来的……

荫夫人　是这里面出来的味儿吗？

李君玉　什么味儿？哦！火车上热，烂了好些。

荫夫人　把好的理出来，你二舅妈最爱吃梨。（指木夹）那是什么东西？

李君玉　（忙解绳）我爹的画，都是他得意的作品，我送大舅、二舅、三姨、四舅各人一幅。

荫夫人　别解开了，君玉，快吃饭了。

〔赵祖荫上。

赵祖荫　（皱眉）什么东西？

荫夫人　她爸爸的画，带来送给你们的。

赵祖荫　别摊出来了——二弟他们快来了吧？

李君玉　都解开了！

〔阿妹在门外探头。

荫夫人　阿妹，来帮李小姐解绳子呀。

〔阿妹上。李君玉与阿妹把画分列。

赵祖荫　哎，这算什么！——嘿，阿妹，你看什么？走开！别看！快把这些东西包上、捆上。

荫夫人　君玉，这些画别排列出来了。他就是这样的，最怕这种光着身子的女人，妖精似的。

李君玉　（轻声）和女秘书一样妖精吗？

荫夫人　君玉！你真是！

赵祖荫　她说什么？

荫夫人　她没说什么。

赵祖荫　君玉，不是我不客气，哪个上等人家能挂出这种东西来！叫底下人看着，像话吗？阿妹！我叫你走开！

〔阿妹傻笑不动。

李君玉　大舅，这是我爹的画。

赵祖荫　你爹就是喜欢画这种东西，所以卖不出钱！

李君玉　爹的画不是专为卖钱的。

荫夫人　君玉，你爹遗留下来的手迹，你自己留着吧——阿妹，你还给捆上。

赵祖荫　阿妹不许动！（自捆画）

荫夫人　阿妹，你带李小姐楼上去洗个脸——君玉，你歇会儿去，马上就吃饭了。

李君玉　（伸腰）我已经饿得不饿了。

荫夫人　啊呀，君玉，怎么不早说？我以为你火车上吃过早点了——阿妹，叫厨房里做点儿点心……

阿　妹　这会儿正忙呢。

李君玉　不用，我不想吃什么——能洗个澡吗？——唷，衣服都在箱子里呢……

荫夫人　我们瑛瑛的衣服你能穿。——阿妹，陪李小姐上去，给找一件瑛小姐的衣服。

〔李君玉、阿妹下。

赵祖荫　这是怎么说？摊了这一屋子东西？

荫夫人　叫她别翻出来，真性急啊，哪里肯听人一句话。

赵祖荫　叫王升来把东西搬到楼上箱子间里去。

荫夫人　别忙。咱们家搁得下吗？

赵祖荫　有什么搁不下的。

荫夫人　不是说东西，我说人。

赵祖荫　没地方安顿她？

荫夫人　地方总有，可是瞧瞧这个女孩子的脾气……

赵祖荫　得你慢慢儿管教管教。

荫夫人　咱们瑛瑛病好了回来，看了她的榜样，也学着她那碰一下就跳三丈的脾气，咱们家可热闹了。

赵祖荫　等瑛瑛出了医院，君玉跟她在一起，也许会学得斯文些。

荫夫人　我也那么希望。只怕君玉不学瑛瑛，瑛瑛倒学起君玉来。别的也罢了，只怕瑛瑛学了君玉的样，也去交些不三不四的男朋友，那就够你受的了。

赵祖荫　瑛瑛不会。像景荪那么漂亮，她还嫌土气呢。

荫夫人　瑛瑛当然看不上君玉交的那种朋友，只怕那种朋友见不得瑛瑛。他要是甩了君玉盯住瑛瑛……

赵祖荫　我看那个人啊，准是君玉父亲面上的什么亲戚，绝不是好东西。

荫夫人　看来两人够要好的，老远从北平送她到这儿来。

赵祖荫　咱们得紧紧地管住君玉。

荫夫人　你管得住？

赵祖荫　不让他们来往，一个不许上门，一个不许出去；信来信往，你把关。

荫夫人　这可不容易，捉贼容易防贼难。

赵祖荫　君玉究竟还小呢。

荫夫人　咱们五妹结婚那年，比君玉大几岁？

赵祖荫　（摇头）君玉还不至于马上要和那人结婚吧？

荫夫人　你倒放心！

赵祖荫　人已经来了，有什么办法呢？

荫夫人　（笑）好在她天天跟你到行里去，有你看着她。

赵祖荫　什么？？跟我到银行去？她去干吗？

荫夫人　（笑）真是，好记性！去干吗？去做你的秘书啊！

赵祖荫　我有陆小姐，不用两个秘书。

荫夫人　祖荫，咱们有话在先，不能反悔。君玉老远的来了，再叫她回去，咱们也对不住五妹。

赵祖荫　真怪！我反悔什么了？

荫夫人　是你自己答应我的，只要我给你找到一个好的女秘书，你一定把陆小姐辞退。你不是答应我的吗？

赵祖荫　可是你得找到一个比陆小姐还好的，至少一样好。

菏夫人　是啊，上次君玉写了信来，你称赞她字写得好，文理也好。我说比陆小姐怎样？你说陆小姐文理不大通，只会抄抄写写，抄的字也上歪下斜的。不是你自己说的吗？

赵祖荫　只怕那封信不是君玉自己写的。

荫夫人　我问她了，她说是自己写的。她顶有学问，也的确会打字。

赵祖荫　我记得你当初催我给她写信的时候说，要她帮你管管家，买买东西，记记账，写写信……

荫夫人　我以后会请她帮忙——我只问你，君玉比陆小姐怎么样？

赵祖荫　这很难说……

荫夫人　（冷笑）是很难说呀！几个蚊子脚似的字，到了情人眼里，就是楷书法帖了。

赵祖荫　别胡扯！陆小姐是我用熟了的，她知道我的脾气。她——她……

荫夫人　当然啦，她的心思，就是你的心思，还有不知道的吗！

赵祖荫　什么话！你管家里的事，别管我行里的事！

荫夫人　对呀！我怎么配呢！行里有你行里的帮办夫人，我不过是你的管家婆罢了。

赵祖荫　咳，你胡扯些什么呀！

荫夫人　我胡扯吗？我说一句话是一句话！我答应给你找一个比陆小姐还好的女秘书，我给你找来了。是你自己叫我找的。

赵祖荫　我几时叫你找了？

荫夫人　你说:“你替我找来,我立刻叫陆小姐走。”你说了没有?

赵祖荫　算我说了又怎么?

荫夫人　现在我给你找来了。你不要男的,好,她是女的。你受不了丑的,好,君玉长得还不够好?你说至少得有陆小姐的水平。君玉上过大学,难道还比不上?陆小姐是你用熟了的,难道她一上来就是熟的?她一上来就知道你的性情脾气?

赵祖荫　可是已经用了陆小姐,没理由叫她走啊。

荫夫人　是吗?哦!办公室里的夫人,也不能随便离婚!

赵祖荫　越说越不像话了!

荫夫人　真不像话!放着自己嫡嫡亲亲的外甥女儿,从哪一方面说来都比陆小姐强,可是她不配做你的秘书。

赵祖荫　我说了君玉不配做我的秘书吗?

荫夫人　啊!是我听错了!你同意叫她做秘书!

赵祖荫　不过我得先辞退了陆小姐……

荫夫人　那有什么难的!明天就叫君玉跟了你去,先跟陆小姐学学——陆小姐那么个伶俐人儿,她不会自己辞你?你就多送她一月薪水,荐她一个更好的事——放着她那样的人才,还怕没人要!

赵祖荫　好吧,好吧,都听你安排。

荫夫人　我安排什么了?我不过听你吩咐罢了。我是顺着你的意思,把君玉请来的。她来了又不要她,把她耍着玩儿,咱们心上过得去吗?

赵祖荫　可是我记得当初是你要她来帮帮你。

荫夫人　我当然用得着她来帮帮我。可是最要紧的还是君玉自己的前途。咱们得先把她的工作安排妥当，才说得到自己的事。

赵祖荫　想不到你对君玉那么关切，为她安排了那么个好事情！——你自己准备怎么用她呢？

荫夫人　可惜我不能用她。

赵祖荫　原来你不要她！

荫夫人　我说可惜。瞧瞧她那份儿脾气！听听她那条舌头！

赵祖荫　怎么了？

荫夫人　（笑）你没听见，她说大舅的陆小姐是不是和她爹画上的女人一样妖精。

赵祖荫　这孩子说话全没分寸。

荫夫人　还怪你说他爹穷，怪我不上车站接她，又饿了她，还怪咱们得罪了她那位男朋友——你怎么都没听出来？

赵祖荫　我看这君玉远不如她的妈斯文、有教养，唉，到底家世不同。

荫夫人　这也不能怪她。你想想，什么样的父亲把她带大的。我只愁咱们瑛瑛也学了她的样。

赵祖荫　别叫她们在一起。

荫夫人　住在一家，怎么分得开。再说，那男朋友要是来找她，你不能把她藏在铁箱里。

赵祖荫　那可怎么办呢？

荫夫人　把她藏到别处去呀。

赵祖荫　别处哪儿？

荫夫人　二弟家不行吗？只有你一个舅舅？

赵祖荫　他们也不要呢?

〔李君玉换衣上。

李君玉　(笑)舅舅,舅妈!瞧瞧,还认得我吗?

荫夫人　君玉,这件衣裳在你身上,比瑛瑛自己穿了还俏!

赵祖荫　啊呀,君玉,你还穿孝呢。

李君玉　不相干,我爹从来不讲究这一套,反正又不是我的衣服,不过借穿一下……

荫夫人　她自己的衣服都在箱子里——真的,君玉,你今天住哪儿?

李君玉　我住哪儿?——这儿——?——哦,(笑)大舅这儿不留我住。

荫夫人　祖荫,你听听,大舅不留她!——大舅怎么会不留你呢!

赵祖荫　(窘,欲说又止)君玉——我们……

李君玉　大舅不用我做秘书?

荫夫人　祖荫,你听听,你不用她做秘书!君玉啊,他听说你肯来,乐得什么似的,一天要念多少遍,君玉不知几时来,快来了就好了。

赵祖荫　(皱眉)你干脆说吧。(站起挪箱子)

荫夫人　急什么呀!她已经来了,已经答应做你的秘书了,二弟也要她的话,你们俩就得平分了。

赵祖荫　二弟要她干什么?

荫夫人　你别自私自利,只顾自己——君玉,你二舅孩子多,你二舅妈要找个家庭女教师,帮她管管孩子,不知道你肯不肯?

李君玉　多少孩子?

荫夫人　对了,你还不知道,你二舅妈是续弦。前头的只一个儿子,大了,比你大。她自己一串儿四个女孩子,中间两个是双生,最小的三岁,那几个大概五六七八岁吧。

李君玉　我还没问问,大舅妈这儿几位表哥表姐。

荫夫人　两个哥哥都在外国留学,这儿只有你瑛妹妹一个。

李君玉　瑛妹妹在学校住宿?

荫夫人　她病了,在医院里——白喉,所以我不敢留你住在这里。

李君玉　我不怕的。

荫夫人　你不嫌,是你随和,可是我们不能那么粗心大意呀。年轻孩子,容易传染。所以我要问问你,住你二舅妈家好不好?

李君玉　他们要我吗?

荫夫人　啊呀,会有谁不要你吗?只怕请不到呢。

李君玉　叫我去做家庭教师?

荫夫人　几个孩子,带一只眼睛看看就行。

赵祖荫　那么她不能当我的秘书了?

荫夫人　急什么呀,祖荫,孩子们下午四点才放学呢。君玉上班到银行做你的秘书;下班给孩子补习功课。

赵祖荫　君玉不太累吗?

李君玉　我不要紧。

荫夫人　君玉顶能干,这点儿事,算什么!——一会儿二舅妈来了,我就告诉她,说你答应了。

李君玉　只要二舅妈要我。

荫夫人　唷，我差点儿忘了，你二舅的著作，有一部分已经写完，要找你打字呢。

赵祖荫　啊！

荫夫人　你甭着急，君玉早已答应你了。

赵祖荫　可是……

〔赵祖贻夫人、钱寿民夫人、钱令娴上。

贻夫人　（大声）哙，我们来了！

荫夫人　呀，二弟妹！三妹妹！——令娴也来了，景荪呢？

钱令娴　大舅！大舅妈！

钱夫人　大嫂，你好，大哥今儿在家？

赵祖荫　等了你们好半天了，二弟不来？

〔众注视李君玉，李君玉低头。

贻夫人　他吃了饭来——这就是李君玉吧？

荫夫人　二弟妹，你真是！幸亏外甥女儿不客气。君玉，这是你二舅妈，这是三姨妈，这是令娴姐姐——还是妹妹？

〔李君玉对钱令娴微笑，钱令娴拉李君玉同坐。

钱夫人　令娴大半岁——君玉，才来吗？

李君玉　刚到。

贻夫人　（端详李君玉，笑）我以为李君玉不是这个样儿——哎，大嫂，这些破箱子破网篮怎么不搬出去？

钱夫人　二嫂！

荫夫人　我正想打电话催你们来呢。三妹夫总没空来？

钱夫人　他有应酬，来不了——你们看君玉和五妹像吧？

荫夫人　简直一个模子里出来的，君玉稍为高些。

贻夫人　五妹那么美吗？我以为五妹像你的……

钱夫人　所以君玉就该和我一样丑。

贻夫人　糟糕！又说错了话——我没说你丑，我不过——哎唷——你怎么尽找我的碴儿！

荫夫人　二弟妹就是天真烂漫。

贻夫人　我是莽撞鬼，偏你们又都是小心眼儿！（众笑）

赵祖荫　客都齐了，老四夫妇不会来。

荫夫人　他们不来。

贻夫人　四弟妹忙着救国救民救世，哪有工夫到哥哥家来吃饭！

钱夫人　二嫂！你这嘴！

赵祖荫　朗斋舅舅那儿，要不要再打个电话问问？

荫夫人　朗斋舅舅！（急摇手）君玉在这儿呢！

赵祖荫　就因为君玉在这儿呀。

荫夫人　（高声）令娴。你和瑛瑛种的花儿已经长骨朵儿了，你带君玉看看你们那个小花园儿去！

钱令娴　骨朵儿都出来了？君玉妹妹，咱们看花儿去。

〔钱令娴、李君玉同下。

荫夫人　祖荫，你怎么忘了，朗斋舅舅最反对五妹的婚事。

赵祖荫　可是他最喜欢五妹呀。

荫夫人　何必旧事重提，叫老人家生气呢。

赵祖荫　他哪会生气！他老在记挂五妹的女儿，又赌气不肯问。

贻夫人　所以大嫂叫你别请他呀！

荫夫人　我是怕君玉勾起旧事，惹他生气。

钱夫人　我就怕他生气。他一气一闹，我就吃不下饭。

贻夫人　对呀！我要舒舒服服吃你们的好饭呢！他来我就走！我看见他就浑身不舒服。

荫夫人　（笑）祖荫，听见吗？不用去请他了。

赵祖荫　好，我不管——我不管……（下）

荫夫人　你们说吧，朗斋舅见了君玉，喜欢不喜欢她？

贻夫人　我怎么知道。

荫夫人　瞧，别说二弟妹心直口快，她可乖呢！

贻夫人　我乖什么，你怕朗斋舅会喜欢君玉，会认她作孙女儿，所以不让他们见面，你还不乖吗？

荫夫人　二弟妹，怎么给你想出来的！三妹，你听听，我是这个意思吗？我是实实在在的怕他老人家生气。

贻夫人　我是实实在在的受不了他！有那么多钱，还那么小气！

荫夫人　那也不能怪他，他那败家精的儿子太阔气了。

贻夫人　譬如儿子没有死，自己多受用些，不好吗？何必呢！好像他一百岁也死不了的！

荫夫人　他省俭些，多留些给你。

贻夫人　给你！我们没那福气。

钱夫人　都有份儿。

荫夫人　他喜欢你们，将来令娴和景苏结了婚，他那份家产就是他们俩的了。

钱夫人　我可没这个想头。我要图他的家产，我这个慢性子也要耐不住的。我死了他还不死呢！

贻夫人　他有本事叫别人都死在他前里。太太给他折磨死了；儿子给他溺爱过度，荒唐死了；女儿不准出嫁，气死了……

钱夫人　二嫂，你真胡说！女儿是他的心肝宝贝。

〔赵祖荫上，撞在行李上。

赵祖荫　咳！这里连个立脚的地方都没有了，堆满了东西！（下）

荫夫人　对了，二弟妹，你要找的家庭教师有了吗？

贻夫人　说了几个，还没一定。

荫夫人　其实君玉倒不错，软里带硬，又天真——有点儿像你；她做家庭教师，孩子准喜欢。

贻夫人　我觉得她顶可爱的。

荫夫人　她也喜欢你。年轻人总喜欢年轻人呀。她知道你爱吃梨，把天津带来的鸭儿梨都留给你了。

贻夫人　那就谢谢她——她做家庭教师真是很合适的。不过，大哥不是要她做秘书吗？

荫夫人　她可以住在你家，办公回来，就给孩子补习。

贻夫人　她愿意吗？

荫夫人　我问过她，她一口答应了。

钱夫人　看来君玉顶能干，脾气也好。

贻夫人　大嫂，你跟君玉说吧，叫她今天就搬我们家去。

荫夫人　没问题，我替你说。（高声）君玉！

〔阿妹上。

阿　妹　太太，开饭了。

荫夫人　咱们吃饭去吧——阿妹，叫王升把这些行李搬出去。对车夫说，吃完饭就把这些东西送到二老爷家去，别忘了。

〔众下。

——**幕落**

# 第　二　幕

## 布　景

赵祖贻家客厅,西式布置。

赵祖贻西装坐沙发上抽雪茄烟,读英文稿。

赵祖贻　(向门外高声)君玉回来没有?

〔赵祖贻夫人上。

贻夫人　四点多了,她还没回来?你饿了吧?

赵祖贻　你在干吗?

贻夫人　看孩子吃点心,给她们分面包。(笑)总说妈妈分得不公平。

赵祖贻　拿秤约约,一人二两。

贻夫人　麻烦死了,几片面包,差不多厚薄就算了。

赵祖贻　这就是中国人脾气!"差不多"!"算了"!小事情也该准确。

贻夫人　得了!上次你约了半天,还不如我差不多的公平呢。(听外面脚步)君玉回来了。

〔李君玉上。

李君玉　二舅,二舅妈,没等我吧?

赵祖贻　正在等你。

贻夫人　呀，君玉，你身上真臭！一股子烟味儿。

李君玉　（嗅衣袖，笑）是我身上吗？

贻夫人　反正不是你二舅的烟味儿，那是香的——（向外）来了，小妹，别吵！（下）

〔李君玉欲随下。

赵祖贻　君玉。

李君玉　我去换换衣裳。

赵祖贻　我正在等你，有话跟你说——你会打字，不是吗？

李君玉　胡乱打打。

赵祖贻　你英文还行吗？

李君玉　不行吧？

赵祖贻　不要假客气——这就是中国人脾气。

李君玉　我不是客气——我——我不知道二舅怎样才算"行"。

赵祖贻　这话倒也对！你先得问问明白，你的回答才能正确。

〔李君玉笑。

赵祖贻　哎，这不是说笑话啊，笑什么！

李君玉　我没笑。

赵祖贻　我在外国当了这么多年的外交官，最叫我不耐烦的，就是咱们中国人的不正确。譬如说吧，你脸上明明在笑，你说没笑。你自己说是会做的事，又说不会，要人家说你会……

李君玉　我不知道二舅要求的标准。

赵祖贻　这话对。不知道，就先问问明白。假客气最没意思。譬如我问你会不会打字，你就说，会打字，不过打得不快。譬如我问你英文行不行，你就说，会写写信，有时候文法上有点错——不要吹牛，也不要假客气。

李君玉　二舅原来早都知道！

赵祖贻　我并不知道，那不过是我的假设。照你刚才的回答，还不如不回答呢。

李君玉　打字，我能打。看着我，我就打错；不看我，就打得快。

赵祖贻　这就行。

李君玉　英文，查了字典，能看得懂……

赵祖贻　不查字典，念得下吗？

李君玉　念得下，也许有几句不懂。

赵祖贻　好，这也行了——君玉，你这样回答就对了。我最讨厌的是假客气：明知自己来得，嘴里只说不会。人家信了他，他心里还不高兴，笑人家不识货，小看了他。好像老妈子拿赏钱，嘴里“不要不要！”心里只嫌少。

李君玉　可是我说的是真话呀。

赵祖贻　说真话，也有一点要注意，别把自己估计得太低。会打字就是会打字，没什么“胡乱”不“胡乱”的。来，这打字机看见吗？打给我看看。

〔李君玉开打字机，迟疑，笑。

赵祖贻　还有一点要注意，做事得快，说干就干，别磨磨蹭蹭。

李君玉　打什么呢？

赵祖贻　（授稿）随便打一页。

〔李君玉坐，用左右二食指乱打。

赵祖贻　这——这——这也算打字吗？

李君玉　（停止打字）我只会这么打。

赵祖贻　谁教你用两个指头打的？

李君玉　我自己学的。

赵祖贻　那你说会打。

李君玉　我说胡乱打打。

赵祖贻　甭打了。（校读李君玉的打字稿）

李君玉　不知打错了多少？

赵祖贻　错倒不错，快也很快。你要好好儿学了用十个指头打，还打得快呢。中国人就是不讲究方法。弄学问也不讲方法，做事情也不讲方法，聪明都白费了。现在你读一遍，看懂不懂，这一节是什么意思。

李君玉　这是二舅的游记吧？

赵祖贻　游记？这里讲的都是很重要的事。

李君玉　二舅的日记？

赵祖贻　不是讲我个人的事，这是一个研究，各地风土人情的比较研究。

李君玉　二舅到过很多地方？

赵祖贻　该到的地方都到过！而且，我呀，每到一个地方，就睁大眼睛仔细地看，闭上眼睛仔细地想。我这部书里，都是人家见不到、想不到的。

李君玉　二舅不用中文写？

赵祖贻　（耸肩）写了文言，人家笑我古董；写了白话，人家说我旧学没有根底。

李君玉　让人家来翻译，翻一部文言的，一部白话的……

赵祖贻　对了！你这话说得最——最——最正确了。的的确确，我就是这个意思。我现在才写完一部分，几个朋友已经等不及，急着要看。我要是找别人打字，怕靠不住的人把我的意思泄漏出去，所以得叫你打。

李君玉　马上就要吗？

赵祖贻　反正你得空就打，譬如给孩子上完课，或者吃完晚饭，或是清早——纸在这抽屉里——别打错——最要紧的是，别把里面的意思泄漏出去。

李君玉　我绝不泄漏。（坐下打字）

赵祖贻　看着你这两根指头真生气！

李君玉　我楼上去打吧。

赵祖贻　不用，不用，你就在这里打，我要上去了。（下）

〔李君玉打字；停止打字，独痴笑。赵景荪上。

赵景荪　君玉妹妹。

李君玉　（抬头）哦……

赵景荪　你笑什么？

李君玉　我没笑什么。

赵景荪　我听见你在笑。

李君玉　是吗？我在笑什么？

赵景荪　你在笑我爹。

李君玉　谁说的？

赵景荪　我等爹走了才进来，我在门外听着呢。

李君玉　啊！你躲着他，怕他叫你打稿子？

赵景荪　我不会打字；我会打他也不要我打，怕耽误了功课。

李君玉　呣，你们大学生功课真忙。

赵景荪　别笑我。

李君玉　我笑了吗？

赵景荪　瞒不过我，我尽看见你笑。

李君玉　这可是冤屈了我！我直想哭呢。

赵景荪　（坐李君玉旁）为什么？

李君玉　（笑）让我打完了这一页。

〔仆上设茶具。

李君玉　瞧，一会儿就有人来吃茶了。

赵景荪　待会儿再打不成吗？你就不知道累？

李君玉　累倒罢了。可恨我这两根指头的打字！我又没正式学过。今天给大舅发现了，没完没了地叫我打字，抓住错字，就说我一大通。

赵景荪　陆小姐走了吗？

李君玉　走了。

赵景荪　可怜的君玉妹妹，他不饶你呢！

李君玉　告诉你吧，顶有趣！我们俩就好像在打仗。

赵景荪　怎么打仗？

李君玉　你知道，大舅不要我做秘书，却又不便明说。他要我知难而退，我却是无路可退。

赵景荪　他怎么叫你退？

李君玉　他先叫我起稿子。我起了稿子，他说不通，得重起；改了两三遍，他皱着眉说"算了，抄吧"。抄好了他又要改，改了再抄，抄了又说字写得不好，再重抄；抄好了，他忽然又想到一句话，又得重写。

赵景荪　我可受不了。

李君玉　他也受不了我呢。

赵景荪　我们大伯母最乖，面子上，千依百顺，肚子里尽是鬼主意。她挤不掉陆小姐，就利用你去挤。

李君玉　大舅指望我干不下去，就可以不要我。

赵景荪　别等他辞你，你先辞他！

李君玉　我还是耐着心让他磨，等他火气过了，觉得我这个秘书还可以，就认真用我了。

赵景荪　何必受这份儿委屈呢！

李君玉　真是享福少爷的话！有职业总比没有职业好啊。

赵景荪　什么好职业！辞了他！省得清早出门，这时候回来还不得休息，还要打字，还要教小孩子……

李君玉　能这么顺顺利利地忙，我就心满意足了。

赵景荪　你辞了他！落得舒服！反正这儿就和自己家里一样。

李君玉　我没这福气。

赵景荪　你正是应当供养起来享福的人！

李君玉　谢谢你，我不配！我不是享福的。

赵景荪　你是个有福气的，还能成全别人的福气！

李君玉　景荪哥，你真会说！——对不起，你让我打完这一页好吗？他们就要来吃点心了。

赵景荪　别打了，我等了你这半天，好容易盼得你回来！

李君玉　等了我半天？有什么事吗？

赵景荪　没什么事——哦——也可以说“有”。

李君玉　要我干什么事吗？

赵景荪　不是——啊——也可以说是。

李君玉　只要是我会做的事……

赵景荪　会？你当然会！

李君玉　很容易的事？

赵景荪　很容易——可是，一方面，也可以说很难。

李君玉　我可猜不着了。不费时间吗?

赵景荪　不费你半分钟——不对,君玉妹妹,要费你一辈子的时间呢。

李君玉　什么怪事!我可不会做。

赵景荪　你心里明白,你故意说不会!

李君玉　景荪哥,对不起,别跟我开玩笑。我心上直着急呢。

赵景荪　我也着急啊,可是不敢说……

李君玉　我想赶紧打完这篇稿子,晚上可以抽空写信。

赵景荪　写给谁?我可以问吗?

李君玉　有什么不可以问的,我要写信给我的朋友。

赵景荪　对不起,我耽搁了你的时间吧?

李君玉　(叹)算了,写了信还不知往哪儿寄呢。(关上打字机,起身)

赵景荪　不打了?

李君玉　不打了。

赵景荪　生我的气吗?

李君玉　哪儿的话!我上去洗个脸,换件衣服。回头客人来了,我这个样儿……

赵景荪　这个样儿有什么不好的?

李君玉　我在电车上熏了一身香烟味儿。

赵景荪　我就不用抽烟了——别板脸啊,算我说错了。请坐一坐,我跟你说一句话。

李君玉　(坐)请说吧。你要再打哑谜,我就不听了。

赵景荪　我不打哑谜。我要跟你研究一个问题。(挨李君玉坐)

李君玉　(略闪开)什么问题?

赵景苏　(挨近)假如——君玉妹妹——我说——假如……

李君玉　(闪开)假如怎样?

赵景苏　(挨近)假如一个人——假如——假如这个人,跟一个女朋友接近了好多年,自以为是爱她的,忽然有一天碰到了他真的心爱的人……

李君玉　怎么知道是真的呢?

赵景苏　因为他马上好像瞎子睁开了眼睛,看清楚自己爱的是她,不是从前的那一个。

李君玉　我说那是见了新的,忘了旧的。

赵景苏　并没有忘了旧的,不过发现自己过去不是真的爱。

李君玉　那是他厌弃了旧的,喜欢新的。

赵景苏　并不是厌弃,不过他发现从前以为是爱,其实不是;由过去的经验,知道现在的爱才是真的。

李君玉　怎么知道是真的呢!再过几年,又碰见一个人,又会发现当时以为真的,其实还不是真的。

赵景苏　绝不会!

李君玉　你怎么知道?

赵景苏　绝不会!我可以对天发誓。

李君玉　那个人不是你假定的吗?你不用替他发誓呀!

赵景苏　我不是替他——我——我——我知道我——

李君玉　好吧,假定他绝不会,你的问题呢?

赵景苏　你对那个人什么感想?

李君玉　什么感想都没有。

赵景苏　怎么会没有呢?

李君玉　我心上毫无感觉。

赵景荪　假如你就是他爱的人，他爱得你发疯，愿意什么都牺牲了，只要得到你的爱；他愿意把所有一切，都献给你——你难道心上毫无感觉吗？

李君玉　假如那样，我就劝他别忘了他原来心爱的人。

赵景荪　没有忘，不过以为是心爱的，原来并不是自己心爱的。

李君玉　那个人不是糊涂，就是没有常心！

赵景荪　哪里！君玉妹妹，你太厉害了。（强拉李君玉）

〔钱姑太太、钱令娴上。

李君玉　三姨妈，令娴姐姐。

〔赵景荪站起，默然。钱姑太太和钱令娴也默然。

钱夫人　我说我们来迟了呢！君玉，你二舅妈呢？

李君玉　我不知道。

钱夫人　景荪，你爹呢？

赵景荪　在楼上。

钱夫人　君玉，你二舅妈在忙吧？你不去帮帮她？

李君玉　是啊，我刚回来，正要帮她去。（起身）

钱夫人　咱们一块儿去。

〔二人同下。

〔钱令娴站原处不动，赵景荪坐原处不理她。钱令娴冷笑。

赵景荪　请坐呀。

钱令娴　好客气！（坐）

〔钱令娴别转了脸，赵景荪注视钱令娴。钱令娴回脸，赵景荪别转了脸。钱令娴冷笑，赵景荪亦冷笑。

钱令娴　你笑什么？

赵景荪　你笑什么？

钱令娴　当然有可笑的事！还不可笑？——忙啊，有事啊——在我们那儿说闲话，没工夫；在这儿说闲话就有工夫啊！

赵景荪　妈妈叫我去拿订做的蛋糕。

钱令娴　店里没人送？

赵景荪　叫我去催一下。

钱令娴　不用解释，我还不明白吗！今天是催蛋糕，昨天是补做实验，前天是买东西……

赵景荪　就不准我有别的事吗？

钱令娴　有别的事吗？干脆就说有别的人，不更老实点儿！

赵景荪　就不能有别的人？

钱令娴　当然可以啊！

赵景荪　当然可以。

钱令娴　可是这句话你不能说。

赵景荪　为什么我不能说？

钱令娴　别人能说，你不能说。可记得去年年底，你把我的水仙花盆儿砸了个粉碎？为什么？因为你说我有了别人。有第三者挤进咱们俩中间来，你就打死他——不是你自己说的？

赵景荪　可是我并没有打死他呀。

钱令娴　因为他并没有挤到咱们俩中间来呀。我没有让他进来。

赵景荪　你后悔吗？还来得及呀！我并没有打死他，我不过砸了一个水仙花盆儿。

钱令娴　景荪,你这是什么话?

赵景荪　平心静气的话。从前我不懂事,对自己也不了解。现在我知道,交朋友得有经验……

钱令娴　交朋友!谁跟你交什么朋友!谁是你的什么朋友!

赵景荪　对呀,你哪里像是我的朋友呀,见面就吵。

钱令娴　那就请你别见我!一辈子也别来见我!你就请出去!

赵景荪　怎么赶起我来了?

钱令娴　当然是我来赶你,不成让你来赶我!我是二舅二舅妈请来的客人。你讨厌我,你就跑远点儿。等我们走了,哪怕你白天黑夜坐在这儿跟人家说闲话,也不干我的事。

赵景荪　你讨厌我,我当然应该避远些,可是凭什么就说我讨厌你呢?就因为我跟君玉说了一句话!你说,这不是可笑吗?

钱令娴　真是可笑。

赵景荪　是可笑啊!

钱令娴　谁可笑?我们进来,理都不理,恨不得骂一声“讨厌”!

赵景荪　你进来理人了吗?人家叫你“姐姐”,你都没答理。

钱令娴　啊呀,得罪了你的君玉妹妹!我还得向你赔罪呢!

赵景荪　咳,令娴,君玉又没得罪你。

钱令娴　我说我得罪了她呀!

赵景荪　我又没说你得罪她!我只说她没得罪你。她对你顶好,只恨没工夫多和你接近……

钱令娴　你替她说得真委婉!她哪有闲工夫来接近我呀!她愿意接近的不是我!

赵景荪　令娴,你这话实在是欺负君玉……

钱令娴　欺负!我欺负她!我能欺负她吗?她有人护着,我只有人嫌。

赵景荪　令娴,你说得真没道理。谁护着她了?谁嫌你了?

钱令娴　你!你!你!

赵景荪　我不过说了一句……

钱令娴　“不过”!“不过”!你跟她结了婚,也“不过”对她行三个鞠躬礼!

赵景荪　对了,令娴,天下事就没什么大不了的。认真我和她行了那三个鞠躬礼,你也不必对我这么生气。

钱令娴　好呀,景荪,你能说出这种话来,还有什么做不出的事吗?我才不生气呢!不过我看不惯你这种人!你出去!

赵景荪　我就出去。

钱令娴　我不要看见你!

赵景荪　我就不叫你看见。

钱令娴　找她去呀!说那一句没说完的话呀!

赵景荪　对了,我是找她去。(下)

〔钱令娴拭泪,徐起,立窗下,面窗背门。仆人开门,陈彬如上。

陈彬如　(向仆人)她在这儿呢,甭叫了。(向钱令娴)哙,君玉!

〔钱令娴回首,二人相对愕然。

钱令娴　你找谁?

陈彬如　对不起——我找李君玉。

钱令娴　门口就没人吗?

陈彬如　我——我——没想到您不是君玉,李君玉是在这儿吧?

钱令娴　你是她的？……

陈彬如　我是她的朋友。

钱令娴　君玉的朋友多得很！

陈彬如　多？她朋友不多。

钱令娴　你找她有什么事？

陈彬如　不是什么事，找她说一句话。

钱令娴　（冷笑）都是一句话。

陈彬如　怎么？

钱令娴　只怕她这会儿没工夫跟你说话呢！

陈彬如　她事情很忙？

钱令娴　事情忙？（摇头）说话忙！

陈彬如　说什么话？

钱令娴　谁知道她说什么话！

陈彬如　可是我只要跟她说一句话。

钱令娴　她正在跟别人说那一句话呢！

陈彬如　啊，赵小姐，能不能请您……

钱令娴　我不姓赵。

陈彬如　对不起，我太冒失了。您也是客人？

钱令娴　我不过是客人。

陈彬如　您也认得李君玉？

钱令娴　怎么能不认得她呀？她就快做这儿的主人了！

陈彬如　君玉在这儿很好吧？

钱令娴　太好了！

陈彬如　（注视钱令娴半晌，似有所悟）您说——您说她——

钱令娴　我没说什么。

陈彬如　君玉——他们这儿很喜欢她?

钱令娴　我不知道。

陈彬如　您说她快要做这儿的主人了?

钱令娴　那是她的志愿,我怎么知道!

陈彬如　对不起,我以为您知道——

钱令娴　当然是我知道了才说的!

〔陈彬如呆视钱令娴,踌躇欲下。

钱令娴　走了?

陈彬如　不,我找门房去请一声。您也在等她吧?

钱令娴　请坐,我替您请去。您贵姓?

陈彬如　我姓陈。

钱令娴　是她的好朋友?

陈彬如　对了,老朋友。

钱令娴　就说她的老朋友、好朋友、陈先生,找她说一句话。

陈彬如　不敢当,谢谢您。

钱令娴　不用谢我,怕她没工夫下来呢!

陈彬如　哦,我懂了,她在跟别人说话?

钱令娴　对了。

陈彬如　您也在等她说话,等得不耐烦了?

钱令娴　(冷笑)我要等她说话,就不知等到哪年哪月了。

陈彬如　我只要说一句话。您告诉她姓陈的找她,她马上会来。

钱令娴　你就拿得定?

陈彬如　她等着我呢。

钱令娴　啊! 你们约定的?

陈彬如　没约定,不过我知道她在等我……

钱令娴　那就好极了。就告诉她，她天天在等着的老朋友、好朋友、陈先生，知道她在等他，特为来看她，要说一句话。

陈彬如　（窘）哎——哎——

钱令娴　请坐坐啊。（下）

陈彬如　（来回踱步）做这儿的主人？主人？

〔李君玉上。

李君玉　彬如！（见赵景荪随上）哎，景荪哥，你不陪令娴姐姐说话？

赵景荪　我也会会陈先生。

李君玉　（强笑，介绍）陈先生——这是赵先生。

陈彬如　赵先生。（向赵景荪鞠躬）

赵景荪　陈先生。

陈彬如　（向李君玉）这位是令表兄？

李君玉　（笑）“令表兄”。

赵景荪　陈先生就是护送舍表妹回来的？我们非常感激。

陈彬如　不必客气。

李君玉　彬如，你怎么会知道我在这儿？

陈彬如　我不应该来吧？

李君玉　我想不到你会来！

赵景荪　陈先生打算在上海住多久？

陈彬如　我就要走了。

李君玉　就走了？

陈彬如　特来向你辞行。

李君玉　（急）真的就要走了？

陈彬如　早就应该走了。

李君玉　可是彬如……

〔仆人托蛋糕二盘上。

赵景荪　陈先生在我们这儿吃了点心走吧。

陈彬如　谢谢,我就走了。

李君玉　忙什么,彬如,我还有话……

赵景荪　陈先生和君玉从小就在一起?

陈彬如　我们从小同学。

赵景荪　我们就是从小没在一起。可是亲人毕竟是亲人,君玉一来,就是我们一家人一样。

陈彬如　那就好极了。当初是家母不放心君玉一人走,叫我送送。现在君玉和你们一家人一样,我回去就好交代了。

赵景荪　请回报令堂,尽管放心;也谢谢她记挂。

陈彬如　不客气。

赵景荪　陈先生吃了茶走。

陈彬如　多谢——君玉,再见了。

李君玉　(愤愤坐对面沙发上)你又没跟我说一句话——

陈彬如　我说,咱们再见了。

赵景荪　陈先生上海的路熟吗,叫个车送送……

陈彬如　不用,不用。(急下)

李君玉　(跳起追到客厅门口)彬如!彬如!(回身)景荪哥,你这是怎么回事?

赵景荪　我怎么了?

李君玉　为什么又轰走我的客人?

赵景荪　我得罪了他吗?

李君玉　你轰走了他!

赵景苏　我哪里轰他了？

李君玉　我的客人，到你们家就给轰走！

赵景苏　啊呀，君玉，我明明在留他，怎么轰他了？谁轰他了？

李君玉　大舅家把他当个听差，轰了出去。今天——

赵景苏　我当他听差了吗？我不在留他吃点心吗？

李君玉　留他，还不就是轰他！

赵景苏　有这个道理？

李君玉　他是外人！你是亲人（赌气下）

赵景苏　君玉妹妹，我是代你留他呀。（追下）

〔钱寿民上。

钱寿民　晚了？——早了？（看表）晚了！（站门口高声）贻老！今天可叫我抓住了！

〔赵祖贻上。

赵祖贻　咳，老弟，我还不老呢！我是祖贻，称不得贻老，你才是遗少！

钱寿民　哈哈哈，你这个一本正经的人，今天也说起笑话来了！

赵祖贻　啊啊，这不过是外国人所谓“双关语”——Pun。我说，你抓住我什么了？

钱寿民　不守时刻！我以为你们点心早吃过了，怎么的？还没开始！

赵祖贻　我直在催呢。不知她们有什么大事，吃茶都忘了。——Amy！

贻夫人　（在外）来了！来了！

赵祖贻　三妹说你今天有应酬呢。

钱寿民　那是明天，我们的“壶碟会”，她弄错了。——你们今天吃什么“涕”？

赵祖贻　家常茶。

钱寿民　这是你的不正确，我就叫吃点心。

赵祖贻　你就不喝茶吗？比如你说吃饭，你就不吃菜？

钱寿民　你喝的那杯糊涂汤就算不得茶！好好儿的茶，加些牛奶搁些糖，甜不甜，苦不苦的，一股子牛奶味儿。

〔女仆托盘送上一大壶茶及热水瓶。

钱寿民　你们这儿的糕点不错，茶可不敢领教。

〔贻夫人上。

贻夫人　又在挑我们的眼儿？

钱寿民　哎，二嫂，我正在称赞你们的糕点。

贻夫人　我从来不信你的话。

赵祖贻　三妹她们呢？

贻夫人　她们就来了——三妹！令娴！——啊呀，今天来了大客人，我们这茶又得挨骂——刘妈，沏一壶清茶——淡淡的。

〔女仆下。钱夫人、钱令娴上。

钱夫人　（向钱寿民）咦，你怎么来了？

钱寿民　我告诉你吃完饭不回家了，直接到这儿来。

钱夫人　你们的“壶碟会”散得那么早？

钱寿民　“壶碟会”是明天，你弄错了。

贻夫人　我就是羡慕你们，借了做诗的名儿，尽是吃！什么“壶碟会”，什么古人生日，什么赏雨、赏雪，赏阴、赏晴，花开了要赏，花谢了又赏，天天都有名目。

赵祖贻　这是外国没有的。

钱夫人　又来什么中国脾气、外国脾气了。

赵祖贻　可不是！做诗是做诗，喝酒是喝酒，吃菜是吃菜……

钱寿民　喝茶是喝茶！吃点心是吃点心！——外国人就叫吃“涕”呢！是不是？哈哈哈，我说咱们中国，什么都比外国好。中国茶比外国茶好，中国诗比外国诗好。

〔李君玉上，钱寿民注视李君玉。

钱寿民　咱们中国女孩子，就比外国女孩子美——君玉忙了一天回来了？

李君玉　回来了——三姨夫。

〔李君玉坐钱令娴旁。钱令娴冷淡不理。

〔贻夫人倒茶分送各人。

赵祖贻　这话我不同意，你没见过外国美人，到中国来的能有几个美的！

〔赵景荪上，坐李君玉旁，钱令娴起身往外跑。

钱夫人　令娴！

贻夫人　咱们别管。

〔李君玉随下。

赵祖贻　怎么了？

〔赵景荪亦随下。

钱寿民　你得罪了两位中国美人儿啊！说她们不如外国女人美啊！你儿子替你赔罪去了！

贻夫人　（分送糕点）这是我自己烤的蛋糕，尝尝，怎么样？

钱寿民　（取糕）谢谢——说起美人，我想起一句笑话来了。今天吃饭，同席有个二十多岁的青年人，能做做诗，谈谈金石。他居然知道我的名气，看过我的诗，还能背诵几首。据说他们这班后起之秀对我佩服得五体投地。哈哈哈哈,我虽然不敢当,可也难为这些年轻人很有眼光,话说在点子上。

赵祖贻　这和美人什么相干呢?

钱寿民　他说我的诗就像古装美人。

钱夫人　他就是秦家的孙子吧?

钱寿民　那是另外一个。

贻夫人　现在做旧诗时兴得很呢!景荪也做。

赵祖贻　景荪?做诗?

贻夫人　我看见一张稿子,涂涂改改的,什么《有所思》。

钱寿民　不用他思,天天见面啊。

〔钱令娴上,默坐喝茶。

赵祖贻　他做旧诗?

〔李君玉上,坐钱令娴旁。

李君玉　令娴姐……

〔钱令娴不理。

钱夫人　景荪学什么,会什么。

〔赵景荪上,坐李君玉旁。

赵景荪　君玉妹妹……

〔钱令娴立即起身下,李君玉随下。

赵祖贻　这是怎么了?

〔赵景荪不答,亦随下。

钱寿民　景荪……

〔钱令娴由另一门上,李君玉随上,赵景荪亦随上。钱令娴转身又下,李君玉又随下。

赵祖贻　景荪，你们怎么了？闹什么？

赵景荪　我不知道。（下）

〔钱令娴又上。

贻夫人　令娴，你的茶都凉了。

钱令娴　我不喝茶，我回家去了。

钱寿民　怎么了？

钱夫人　不舒服吗？

钱令娴　我回去了。（下）

贻夫人　令娴！（追下）

赵祖贻　令娴怎么了？

〔李君玉上，赵景荪随上，挽李君玉臂。李君玉怒，挣脱赵景荪，下。

赵祖贻　景荪，这是怎么回事儿？走马灯似的转个不停？

赵景荪　我哪儿知道！我找君玉说句话，她尽跑。

赵祖贻　我问你令娴为什么走了？

赵景荪　我知道她吗？她爱来就来，爱走就走。

〔贻夫人上。

贻夫人　景荪，你们是怎么回事儿呀？

〔赵景荪喝茶吃糕不理。

钱夫人　令娴呢？

贻夫人　回去了。

钱寿民　让她去！

〔荫夫人上。

荫夫人　我来得正好，你们都在这儿……

〔赵景荪满口咀嚼，下。

钱夫人　大嫂！

赵祖贻　大嫂！——大哥没来？

荫夫人　他还没回家呢。

贻夫人　坐啊，大嫂。（为她倒茶）你是不要糖的，对不对？

荫夫人　不要，谢谢。（喝茶）

〔贻夫人划火柴为钱夫人点烟，自己点烟。两人并坐低声说话。

荫夫人　景荪在忙什么？

〔众不答。

荫夫人　君玉呢？还没回来？

贻夫人　（看钱夫人一眼）她在楼上。

荫夫人　怎么了？你们这儿有什么事吗？

贻夫人　可不是！景荪和令娴吵架。三个人走马灯似的，一个进去，一个出来，一个又进去……

钱夫人　大嫂你说怎么办？

钱寿民　快打！打了送出去！

贻夫人　打谁啊？

钱寿民　打字啊！

钱夫人　理他们！又在讲二哥的书。

赵祖贻　咱们讲咱们的。

荫夫人　我说呢！现在还行打！——你说三个人，还有一个谁？当然是君玉了。

钱夫人　你怎么知道！

荫夫人　我早知道。

钱寿民　这就要怪大嫂不是了，早就替他们安排下这场吵架——（对贻夫人）我告诉你，那一节，我觉得——（摇头）

荫夫人　偏又给他听见了！我不过说，三个人里准有君玉。

赵祖贻　我说那是最精彩的……

贻夫人　哎呀，祖贻，我们谈正经事呢！

赵祖贻　吵架让他们吵去，没什么大不了的。

钱寿民　咱们别管，一会儿就好了。

荫夫人　两人吵架，一会儿就好；三个人，就不那么简单了。

钱寿民　（对贻夫人）这个意思，我早说过了，你是把它反了一反。

赵祖贻　就在这一反啊。

贻夫人　祖贻，你们尽打岔儿！

赵祖贻　好，好——来，（招钱寿民）咱们书房里谈去。

钱寿民　（笑取大片糕）你们这糕很不错。

〔赵祖贻、钱寿民下。

钱夫人　你们俩别走，一起商量商量。

贻夫人　让他们去！书，书，书，不知谁要看。

荫夫人　二弟的书出来了？

贻夫人　管它！我听得都心烦了。

钱夫人　大嫂，你说这样吵下去，怎么办？

荫夫人　吵了多久了？

钱夫人　好多天了。前天令娴哭了没吃晚饭。

贻夫人　好多天了？怪道这几天景荪总是老早回家。

荫夫人　这就闹认真了。

钱夫人　怎么办呢？订婚的日子都定了。

荫夫人　其实也该怪我粗心，没早点儿想到。放着这么个君玉在眼前……

钱夫人　我们令娴什么地方比不上了呢？

荫夫人　君玉怎么配和令娴比！不过君玉呀，眉毛眼睛都会说话，看见景荪这一表人才，这样的家世，还不使出全身本领来……

贻夫人　奇怪，我就没看见他们两个怎么样儿……

荫夫人　君玉又不是傻子，会让你看见？

钱夫人　这事怎么办呢？

荫夫人　也不难，只要把君玉送走，釜底抽薪……

贻夫人　那就让君玉到你那儿去吧，孩子我就自己管，稿子在你那儿也能打。

荫夫人　可是我正要来告诉你们，祖荫不要君玉做秘书。

钱夫人　不是说她很能干吗？

荫夫人　可是祖荫天天跟我闹，说君玉不中用。

贻夫人　放不下那位陆小姐？

钱夫人　（偷偷瞪贻夫人一眼）二嫂！别胡说！

荫夫人　倒不是。他说女秘书不中用，要男的。

贻夫人　那么，送君玉到哪儿去呢？叫她回北平？

钱夫人　她那边没人了。

荫夫人　我想起四弟和四弟妹……

贻夫人　对了，他们家只两个人……

钱夫人　对了，让君玉去陪陪四舅、四舅妈。

贻夫人　怎么没早想到？

荫夫人　当初不就是你的主意吗？说别让四弟妹知道；她要知道了，准把君玉霸占去，供她一人使用，她是头等忙人、头等要人。

贻夫人　可不是！一天到晚慈善啊，救济啊，捐钱啊，演讲啊！咱们都是腐败透顶的享福少奶奶，只有她才是干正经大事的！

钱夫人　二嫂，你这嘴！

贻夫人　对不起，我想什么说什么，不会绕弯儿。

荫夫人　我记得君玉也见过她四舅和四舅妈了。四弟和君玉讲了几句话，四弟妹理都没怎么理她。

贻夫人　她不要君玉呢？

荫夫人　她好意思不要？一家子才两口人，让君玉陪陪他们热闹不好吗？

贻夫人　她要是不留君玉，就让君玉住你那儿去……

荫夫人　我还没告诉你们呢，我不能留君玉。她有个不三不四的男朋友从北平直跟她到我们那儿。我瞧着不成体统，所以送她到你这儿来了。那个人天天来打听，还写信来，我们总是不理，现在才断了……

钱夫人　刚才不是说有人找君玉吗？

贻夫人　是找君玉吗？

钱夫人　令娴说的，说是个很不像样的人……

荫夫人　那就对了，准是那个人！他怎么会找到这里来？

钱夫人　得赶紧把她送到四弟家去。

贻夫人　谁送她去？他们那儿我可不去！

钱夫人　大嫂说话最委婉，大嫂送她去。

荫夫人　别忙，先得说通了君玉。

贻夫人　君玉！君玉！你快来！

〔李君玉上。

李君玉　二舅妈叫？——哦，大舅妈来了！

贻夫人　大舅妈在说，你四舅、四舅妈要接你去住。她送你去，你去不去？他们家顶清静的……

荫夫人　（向贻夫人白眼）大舅说你辛苦了，放你几天假，你玩儿去吧。

李君玉　什么时候去？

荫夫人　随你。你愿意这会儿去，我马上送你去。

李君玉　二舅妈，你瞧怎么样？

贻夫人　很好啊，你快去归置归置东西，还有那几幅画，别忘了带走。你二舅得外国人画的才要，中国人学着画的他看不入眼。

李君玉　都带走？

贻夫人　当然都带走。你四舅四舅妈要留你住的呀。

钱夫人　他们太冷清，要你去陪陪。

李君玉　啊——那我就收拾东西去。（下）

贻夫人　大嫂，你得先打个电话吧？

荫夫人　你去打！

贻夫人　别刁难人哪！你知道我不会说话。（推荫夫人下）三妹，（伸头外望）大嫂走了，我问你，景苏和令娴订婚的事，你和朗斋舅舅说了吗？

钱夫人　说了，只说借他家摆酒请客。

贻夫人　还要他出面主持订婚礼呢，也说了吗？

钱夫人　都说了。只要不费他的心，不花他的钱，他乐得答应。

贻夫人　到底是你的面子大！可是不能告诉大嫂，她爱吃醋，又要说舅舅向着咱们了。

钱夫人　二嫂！说你直吧，你才乖！

贻夫人　别说我乖，景荪令娴的事还不知怎么样呢——君玉，君玉，要我帮忙吗？

——**幕落**

# 第　三　幕

## 布　景

赵祖懋夫人的起居室。沙发一端堆满灰色粗布、棉花等杂物，李君玉坐布堆里做针线。

赵祖懋夹公事皮夹上。

李君玉　四舅，今天回来得早。

赵祖懋　早吗？（低声）那小东西送来没有？

李君玉　没有。

赵祖懋　她呢？

李君玉　四舅妈？回来了，在楼上铺小摇篮。

赵祖懋　（摇头，叹气）哎，君玉，（从皮夹内取出纸片）你给我算算。明明是五万三，怎么是六万九。

李君玉　（放下针线，取纸笔，算）没错啊，加上这一项——

〔桌上电话铃响，李君玉接电话。

李君玉　喂，您哪儿？——啊，请等一等——（向赵祖懋）面粉厂，林经理，找赵厂长……

赵祖懋　（接电话）喂，林先生——我就是——啊——啊——啊——再等两天呢？——不能等了？——嗯——嗯——那么，我看吧——啊——一定，一定。（挂上

听筒）

李君玉　他干吗当面不说，要等你回家了打电话？

赵祖懋　我不让他当面说呀！我预料他要开口了，赶紧就溜回来。

李君玉　很为难的事吗？

赵祖懋　要钱——我没钱。

李君玉　（扬纸片，笑）有这许多钱还不够？

赵祖懋　这是我欠你四舅妈的账啊！

李君玉　（笑）啊，你们还分家！

赵祖懋　我们分不开——我的，都是欠她的；她的，是我欠着。

李君玉　这是怎么说呢？

赵祖懋　你不懂吗？——凡是我的钱，都是欠她的——就是说，都应该还给她。她的钱呢，我这儿欠着，还没还给她。

李君玉　我还是不懂。

赵祖懋　你不懂？你听着：比如她买了一件大衣，五千，就是我欠她五千。她哪儿又捐助了一千，我就欠她六千。她又送了几百块钱的人情，我就欠她六千几百。我没有现款，就欠着她。

李君玉　那么她越花钱，她的钱就越多了？

赵祖懋　君玉，你的数学也不行。我都还清了她，她就扯个不多不少，不是吗？——不过我也还不清；刚还清旧账，马上又欠上新债，所有的现款都还了她，我还欠她六万九。

李君玉　那么，厂里要钱呢？

赵祖懋　问她借，借了加利钱还她。

李君玉　那真是一辈子也还不清了。

赵祖懋　（摇头叹息）我告诉你吧，再过几年，这笔糊涂债越长越大，我这个人也要抵押给她了！

李君玉　为什么不算算清楚呢？

赵祖懋　你说得好容易！算算清楚！你可知道她挑了什么时候来跟我算账的？晚上！枕头边！人家迷迷糊糊的快睡着了，她来了——今天买了什么东西，几千几百几十几——什么会上捐助多少——丝袜子皮鞋多少——我的衬衫领带又是多少——上半截我还听见，下半截我都不听了。

李君玉　等明天早上再问问。

赵祖懋　好意思问吗？说给我听，我不听着，她有那么些闲工夫！（扬纸片）这不是她的账吗，一项一项都开着呢！

李君玉　又没有一个项目，都是数字啊。

赵祖懋　谁叫我当时不听呢！

李君玉　（笑）临睡喝两杯浓浓的咖啡。

赵祖懋　我上过当。她好容易看见我精神好呢，就不跟我算账，长篇大论地教训我——做一个人呀，应该怎样怎样牺牲自己，谋最大多数的最大福利——做一个人呀，不能自私自利——做一个人呀，不要贪舒服、图享受——没完的大道理。我想闭上眼睛睡觉吧，偏又睡不着。

〔李君玉笑，赵祖懋摇头感叹，李君玉亦叹。

赵祖懋　君玉，你也怨哪？

李君玉　我还怨什么？到了上海，这几天顶乐的。

赵祖懋　只怕乐的日子不多了。

李君玉　是啊,我也在发愁……

赵祖懋　君玉,你知道吗,那小混蛋是男的还是女的?

李君玉　男的吧。

赵祖懋　多大了?

李君玉　没满月呢,软虫似的一条,叫我带他,准给我捏出水来。

赵祖懋　还没满月啊?——哦!对了!对了!——对了!她说要找个奶妈呢!

李君玉　哦!怪道!送医院去验血的是奶妈!

赵祖懋　验血!还那么讲究!我看她是慈善糊涂了,把人家扔掉的孩子当做亲生儿子了!她不先验验那小混蛋自己是什么肮脏血!

李君玉　说是好人家的。

赵祖懋　什么好人家不好人家!干脆她是不让你闲着!抱个孩子来叫你伺候。

李君玉　可是有奶妈呀……

赵祖懋　奶妈!奶妈懂得她那套洋卫生吗!还得你去管教啊!君玉,我告诉你吧,从此以后,咱们就别想过太平日子了——一会儿孩子哭了,拉屎了,撒尿了,吃奶了……

李君玉　(笑)反正咱们又不是奶妈!

赵祖懋　说得好风凉!她那种没做过妈妈的女人,有了孩子才讲究呢!越讲究,孩子越娇。将来孩子生了病,她一着急,一烦躁,那份儿脾气不又是咱们领受!

李君玉　那也没办法呀!

赵祖懋　君玉啊,咱们得想个办法,先下手……

李君玉　怎样下手呢?

赵祖懋　别让那小混蛋进门。

李君玉　怎么能不让他进门呢？

赵祖懋　你想个办法呀！

李君玉　（笑）只要把我撵走……

赵祖懋　你走了，我怎么办！

李君玉　不是因为怕我闲着，所以要抱个儿子吗！

赵祖懋　你还没明白，我告诉你吧。大嫂话里，好比说：我们家没有孩子，叫你来陪陪热闹。所以你四舅妈赌气要抱个孩子。你走了她还是要赌这口气的。

李君玉　那就劝她别赌气。

赵祖懋　她已经赌了气了，谁还劝得她明白？——非得想个办法，打消了她那个主意……

李君玉　就说你已经有孩子了……

赵祖懋　干吗？给自己找麻烦。

李君玉　你就可以理直气壮，叫她别再去抱孩子。

赵祖懋　我要另外有了孩子，她还答应！

李君玉　（笑）就说你早已有了一个，家里再抱一个，那个孩子的妈就要上门来大吵大闹了。

赵祖懋　她先就跟我拼命了！还了得！

李君玉　说——说——

赵祖懋　说什么？

李君玉　（摇头）没什么可说的——也许那孩子来了，你会喜欢他。

赵祖懋　我是打定主意不喜欢他的——你去喜欢他吧。

李君玉　但愿我能喜欢他。

赵祖懋　君玉，我告诉你，你假装喜欢孩子，去抱他，就摔他一跤。

李君玉　摔了又怎么？叫孩子哭一场，自己挨一顿骂？

赵祖懋　摔重点儿，摔死他！

李君玉　（笑）叫我犯人命案吗？我也下不了这个毒手呀。

赵祖懋　我也下不了手。

〔两人默然。李君玉做针线，赵祖懋呆想。

赵祖懋　我要真有了别的女人，你看，她还会成天在外面管闲事吗？

李君玉　你说四舅妈？——我就不知道……

赵祖懋　绝不会了。

李君玉　嗯？

赵祖懋　她一定什么都不管，专心来管我了。她还有心思抱什么孩子吗？——当然没有了！你说不是吗？

〔李君玉笑，不答。

赵祖懋　不是吗，君玉？——你说呀——君玉……

李君玉　怎么说？

赵祖懋　哄她一哄，一举两得……

李君玉　哄她什么？

赵祖懋　就是你刚才说的……

李君玉　说你早已有孩子了？

赵祖懋　说我外面另外有一个女人，有一个儿子。

李君玉　她当真了呢？

赵祖懋　我这会儿仔细想想，她不会相信；我从来没做过这种事。

李君玉　她信了呢？

赵祖懋　只怕她不信！得想个办法，叫她相信是真的。

李君玉　那容易！只要捏造一个凭据——写封信……

赵祖懋　怎么写？你给我写。

李君玉　她要相信了，怎么办？

赵祖懋　我已经仔细想过了，我正要她相信呢！第一叫她别去抱那野孩子，第二叫她少在外面管闲事。叫她知道撇了我不理会，还有别的女人要抢我呢！嘿！别把我这个丈夫看得那么——那么——那么不希罕！

李君玉　四舅妈要认真生气了呢？

赵祖懋　你不用担忧，我当然会安慰她呀。你只要给我写封信，算是那女人写的——算是问我要钱吧——说天气冷了，要给孩子添置衣服。

李君玉　（拿纸笔）她通不通？

赵祖懋　谁？我那女人吗？——啊，半通不通，普通女人那样。

李君玉　（写信，抬头）写文言？还是白话？

赵祖懋　半文半白。

李君玉　她称你什么呢？

赵祖懋　称我——称我“老爷”。

李君玉　（写信）她叫什么名字？

赵祖懋　女人名字，兰啊、芬啊、玉啊、贞啊……

李君玉　叫她兰贞吧？

赵祖懋　好，就叫兰贞。

李君玉　（读信）“老爷尊前：来字非别，只因你上次给我之钱，被我兄弟花了……”——这么说好不好？想不出她怎么花了。——

赵祖懋　好,好——她当然有个兄弟。

李君玉　(读信)"阿明……"——他是你的儿子。

赵祖懋　很好,就叫他阿明。你从头念。

李君玉　(读信)"老爷尊前:来字非别,只因你上次给我之钱,被我兄弟花了。阿明的旧夹袄穿不下了。务请老爷看儿子面上,厂里回来,顺道光临一次。此请老爷福安。小妹兰贞鞠躬。"

赵祖懋　哈哈哈!好!好!就是这样。你拿去给她,(指楼上)说是我口袋里掉出来的——夹在这市民证里——不,连这个一起拿出(脱外衣交李君玉)——你上去给我挂这件衣服,就把这信交给她。

〔李君玉笑,接衣。

赵祖懋　可不能笑啊!

李君玉　让我先把脸皮儿熨熨平。(抚脸忍笑下)

赵祖懋　哈哈哈哈!(来回踱步)哈哈哈哈!啊哈哈哈!"兰贞"!——"阿明"!——"儿子面上"!——哈哈哈!(坐,抽烟)真要有那么个兰贞,还能告诉她?

〔李君玉上。

赵祖懋　给她了?

李君玉　她正在看呢。

赵祖懋　你没笑吗?

李君玉　她没看见我的脸。

赵祖懋　她知道是你故意夹在市民证里的吗?

李君玉　她正拿着把剪子裁什么呢。我去挂衣服,故意把那市民证掉地下了。我就拣起来连信交了给她,赶紧往外跑;跑到门口,才敢回头——她正在看信。

赵祖懋　她脸上什么样儿?

李君玉　她呀——看情书似的——急着要往下看,又忍不住回头细细捉摸。

赵祖懋　看样儿她信不信?

李君玉　我不好意思站在门口看她。

赵祖懋　你上去张望一下——去呀,君玉,你脚步轻……

李君玉　给她看见什么意思!你等着,她看完信准会下来。

赵祖懋　啊,我得有个准备——我干什么好?

李君玉　(坐下做针线)看书。

赵祖懋　好。(坐,看书,不时侧耳听外面脚步声)

李君玉　四舅,你准备抵赖,还是一口承认?

赵祖懋　先一口抵赖;赖得差不多了,再承认——她来了!

〔懋夫人上。

懋夫人　祖懋,刚回来?

赵祖懋　刚回来。

懋夫人　这时候才回来?

赵祖懋　晚了吗?朋友家坐了一会儿。

懋夫人　厂里回来顺路吧?

赵祖懋　是啊,顺路。

懋夫人　什么朋友?

赵祖懋　(偷偷对李君玉装鬼脸,李君玉掩口笑)老朋友。

懋夫人　谁?

赵祖懋　你不认得。

懋夫人　你的老朋友我不认得？——（强笑）——哎，祖懋，我早上给你的三十块钱呢？

赵祖懋　干吗？

懋夫人　你没花，就还我呀。

赵祖懋　我花了。

懋夫人　怎么花的？买了什么东西？

赵祖懋　三十块钱，够买什么东西！

懋夫人　不够买什么，也是三十块钱哪！也够买几尺布、斤把棉花——总该有东西买回来。

赵祖懋　（向李君玉挤眼）我本来想买点儿东西——谁知道给扒手偷了。

懋夫人　（冷笑）警察局很不必抓扒手，让他们偷东西，多方便！（冷笑）君玉，别缝了！楼上去，把摇篮遮上，尿布叠叠整齐。

〔李君玉向赵祖懋点头，忍笑下。

懋夫人　祖懋，你原来是个人面兽心的畜生！

赵祖懋　我？我畜生？我什么时候变的？

懋夫人　摸着良心问问你自己呀！你对得住我吗？

赵祖懋　我摸着良心说，我完全对得住你！

懋夫人　你压根儿没有良心！（冷笑）祖懋，我早就觉得你靠不住。

赵祖懋　我还靠不住！我怎么了？

懋夫人　你怎么了！还问我！怪道我老觉得你待我不比从前了——我问你，阿明多大了？

赵祖懋　什么阿明？

懋夫人　你的儿子！

赵祖懋　我哪来什么儿子呀！

懋夫人　你还赖？

赵祖懋　我赖什么呀？

懋夫人　(冷笑，拿出信来扬扬)赖呀！瞧瞧，这是什么？

赵祖懋　什么？

懋夫人　(冷笑)还等我来告诉你吗？——你的好外甥女儿太能干，把你的情书送到我手里来了！

赵祖懋　这——这——

懋夫人　甭赖了！我问你，阿明多大了？

赵祖懋　我怎么知道！我又没看见过。

懋夫人　你没看见过！我倒看见过！

赵祖懋　怪了！你怎么会看见！

懋夫人　若要人不知，除非己莫为！从你厂里回来的路上，我亲眼看见过你那兰贞——

赵祖懋　什么兰贞？

懋夫人　你也没见过吧？

赵祖懋　当然没见过！

懋夫人　我倒亲眼见过！

赵祖懋　你看见过兰贞？

懋夫人　我看得清清楚楚，一个白白的圆脸，胖胖的。

赵祖懋　你怎么知道她就是兰贞？

懋夫人　怎么不知道！她手里抱着你那儿子呢——

赵祖懋　呀！厂里回来，一路上女人抱孩子的该有多少啊，不成都是我的儿子！

懋夫人　谁说都是你的儿子！这事瞒不过我！我看一眼就知道。

赵祖懋　你怎么知道？

懋夫人　我没眼睛吗？那阿明的脸跟你一模一样。

赵祖懋　竟有这样的事！

懋夫人　这有什么希奇！你的儿子，还不像你！我当时一看，心里就动了一下。不过我想你还不至于。谁知道竟没有料错！你还真把我蒙在鼓里！

赵祖懋　这就怪了。真会有那么个兰贞，还有那么个阿明。他们在哪儿？

懋夫人　我正要问你呀！他们在哪儿？

赵祖懋　我怎么知道！

懋夫人　你怎么知道！厂里回来，顺脚一拐，就进了门了，不是吗？

赵祖懋　你既然知道，又问我干吗？

懋夫人　原来你今天是到兰贞那儿去的！好呀！好呀！去了就别回来了。

赵祖懋　她真是不让我回来。她说："你那位太太成天在外面忙，哪有工夫理会你。"

懋夫人　好啊！你又回来干吗？

赵祖懋　她那儿还有几个表妹，都盯住我。我想，还是回来吧。

懋夫人　都盯住你！都看中你呢！你还回来干吗？

赵祖懋　怕她们闹意见啊！——那兰贞就是太多情。

懋夫人　好个漂亮小伙子！她们都争着抢你呢！

赵祖懋　那倒也不是。她们说：和我谈话顶有意思；说我老实吧，我顶有心眼儿；说我忠厚吧，我做事可精明；虽然不打扮，倒一点儿不邋遢；一个男子汉、大丈夫，就应该那样。她们都可怜我怎么没人爱惜。

懋夫人　好不要脸的女人！都嫁给你吧！

赵祖懋　都恨不能嫁我呀！

懋夫人　干吗恨不能？

赵祖懋　我不要她们啊。我有了你，还会要她们！

懋夫人　（冷笑）问你自己呀！

赵祖懋　我不过跟她们混混罢了。

懋夫人　混混！

赵祖懋　是啊，不过跟她们混混，消遣消遣。回家来老是冷清清的，你事情又忙，开会啊，募捐啊，这事那事，我又不敢打扰你。她们来缠住我，我就跟她们混着玩儿了。

懋夫人　（冷笑）混得好啊！女人也混到手了，儿子也有了……

赵祖懋　你放心，她知道我有太太，并不叫我承认那儿子。她从不难为我。

懋夫人　就是问你要钱！

赵祖懋　也难得——我花了什么钱，你会不知道？——她自己养活自己……

懋夫人　还替你养活儿子！

赵祖懋　养活她自己的儿子。她知道我不喜欢孩子，从不让孩子来麻烦我。可是，我假如又去抱个别人家的孩子，她就不答应了。

懋夫人　哦！所以你千方百计不让我抱孩子！

赵祖懋　她抱着阿明吵上门来，咱们怎么办？

懋夫人　怎么办？你要瞧我怎么办吗？叫她抱着儿子吵上门来呀！我正要找她呢！

赵祖懋　找她干吗？

懋夫人　告她破坏我们家庭的罪！

赵祖懋　我劝你别撩她，她不是个好惹的。

懋夫人　你怕她，我不怕她！

赵祖懋　没什么怕不怕的，我还怕她吗！我不过是让大家省点儿事。

懋夫人　省点儿事，谁不喜欢！我什么都尽着你，我还省事呢！

赵祖懋　你听我说呀，你要是抱了一个孩子——

〔赵景荪上。

赵景荪　四叔叔在家吗？哦！四婶也在家！

懋夫人　景荪，你怎么也来了？

赵祖懋　君玉在楼上。

赵景荪　她在楼上？（下）

懋夫人　你不用打发他上楼去。你倒也怕丢脸！也怕人知道你的兰贞！

赵祖懋　丢什么脸！他天天来找君玉，你知道什么呀。

懋夫人　他天天来？

赵祖懋　家里的事儿，你什么都不知道。

懋夫人　他天天来找君玉干吗？

赵祖懋　表姐妹，一块儿说说话……

懋夫人　景荪不去找令娴，倒天天来看君玉？

赵祖懋　他爱找谁找谁，咱们管得着吗？

懋夫人　真是你们家风！见一个，好一个。

赵祖懋　准是令娴冷淡了他。

懋夫人　（冷笑）哦！是我冷淡了你！

赵祖懋　也不能怪你，你事情忙，分不出心来……

懋夫人　还是我不好呢！

赵祖懋　我说不能怪你，只怪你事情太忙……

懋夫人　（冷笑）没工夫理会你！所以我也管不着你！

赵祖懋　我说了吗？我只说，省点儿事吧……

懋夫人　（冷笑）别让你那兰贞知道了吵上门来！

赵祖懋　是啊！

懋夫人　她现在知道了吗？

赵祖懋　也许有点儿知道吧。

懋夫人　（冷笑）干干脆脆，知道就是知道，不知道就是不知道。你告诉了她，她就是知道了。

赵祖懋　我没有告诉她。

懋夫人　你怕什么呢。

赵祖懋　别人会告诉她——她还有个兄弟……

懋夫人　对呀！当然还有中间牵线的人！——哦！那么她知道了？

赵祖懋　我说也许……

懋夫人　她几时吵上门来？

赵祖懋　等她吵上门来就麻烦了。

懋夫人　你告诉她去，我专等着她呢！

赵祖懋　可能她自己不来……

懋夫人　叫她兄弟来？

赵祖懋　也许。

懋夫人　好啊！他敢来！他敢！

赵祖懋　不是我怕事,你抱了一个儿子有什么好?

懋夫人　只许你照顾外甥女儿,不许我抱个自己的儿子!

赵祖懋　你要是不喜欢君玉住在这里,我叫她走得了。

懋夫人　叫她走哪儿去?这是人家分派给咱们的!咱们是无儿无女的人家,一个穷苦的外甥女儿都不能养着!你的阿明,出得官吗!

赵祖懋　那么你抱了孩子,也不能赶她走呀!

懋夫人　抱了孩子吗,叫君玉带啊。

赵祖懋　不是有奶妈吗?

懋夫人　奶妈管喂奶,事情多着呢。

赵祖懋　何必多这许多事,你嫌君玉,我想办法叫她走。

懋夫人　我没说嫌!你也不用想什么办法。抱孩子本来是件小事,可是你有了阿明,我倒非抱一个不可了。

赵祖懋　可是,我告诉你,你要是不抱孩子,阿明就不会来认我这爸爸。

懋夫人　这是你那个兰贞的话,哄得过你,哄不过我。

赵祖懋　你只要等着瞧,有没有什么兰贞、什么阿明来找我……

〔仆人引陈彬如上,仆人下。

陈彬如　赵先生?赵太太?

懋夫人　(打量陈彬如)我是赵太太,你是谁?

陈彬如　我姓陈……

懋夫人　哦!姓陈——我问你,陈兰贞是你的谁?

陈彬如　陈兰贞?(摇头)

赵祖懋　他知道什么兰贞!(向陈彬如)陈先生,有什么事?

懋夫人　我会问他，不用你挡在头里。

赵祖懋　他找你吗？

懋夫人　他敢找我！可是得让他知道，我赵太太也有在家的日子！我赵太太不是什么都不知道的！

赵祖懋　你认得他？

懋太太　怎么不认得！陈兰贞的兄弟！——不也姓陈吗？——我一眼就看出来了！

陈彬如　赵太太认错了人吧？我不认识陈兰贞。

懋夫人　你不用抵赖！告诉你姐姐去，叫她自己吵上门来！我不怕的！我等着她呢！

陈彬如　我没有什么姐姐啊。

懋夫人　谁知道你们是姐弟、是夫妻、是相好！你去告诉她，我请了律师，要告她呢！我这儿专等着她吵上门来呢！

赵祖懋　陈先生，你找谁？

陈彬如　这儿是赵家呀？我找你们家的一位客人……

赵祖懋　哦！我知道了！找李君玉？

陈彬如　是啊，我找李君玉，她在这儿吗？

赵祖懋　（高声）君玉！君玉！

懋夫人　（冷笑）玩儿什么把戏！

〔李君玉、赵景荪同上。

李君玉　（站门口，未见陈彬如，摔开赵景荪，低声）景荪哥，请别说了，我不爱听。

赵祖懋　君玉，有人找你。

懋夫人　（问陈彬如）姓陈的，你是找她吗？

陈彬如　（见赵景荪在李君玉旁，负气）我不是找她。我错了！

（下）

李君玉　（愕然）彬如！彬如！（追下，又上）

赵祖懋　君玉，那是谁？

李君玉　我的朋友——为什么又轰走了他？

懋夫人　祖懋，你不用串通了君玉来哄我！我几次看见你们俩扮鬼脸，打无线电。

赵祖懋　这可真是冤枉了我。君玉的朋友……

懋夫人　（冷笑）君玉的朋友！怎么他不认得君玉？看见君玉反跑了？君玉，你说呀！是你的朋友吗？

李君玉　是我的朋友，四舅妈不信，问景荪哥。

懋夫人　谁信你们！你们都是一条藤儿的。

赵景荪　（负气）别问我，我不知道。

懋夫人　听见吗？祖懋！

李君玉　景荪哥，你不知道？

赵景荪　（看表）我该回去了。

懋夫人　那我就拜托了你吧，景荪，你出门要是碰见那个人，对他说，叫他当心！他再到这儿来，我叫警察抓他局里去！

赵景荪　（强笑）我要是碰见他……

赵祖懋　你要是碰见他，就叫他回来，说说明白，我都莫名其妙了。

懋夫人　（冷笑）你装得真像！你莫名其妙呢！我可一目了然！景荪，不留你了，托你的事别忘了。

赵景荪　再见，四叔四婶——君玉，再见。

李君玉　（怒，不理）我就不懂，他怎么又得罪了四舅妈？

懋夫人　他敢得罪我！你没看见他夹着尾巴跑了？

李君玉　四舅妈又干吗得罪他呢？

懋夫人　（冷笑）因为他姐姐生了儿子了，我还得拍他，捧他，讨他的好呢！

李君玉　他哪儿来什么姐姐？

懋夫人　不是他的姐姐，就是他的姘头！

李君玉　他的什么？

懋夫人　姘头，我说是姘头！

李君玉　谁？

懋夫人　兰贞啊！

李君玉　（视赵祖懋，笑）兰贞！

懋夫人　哦！原来你都知道！

赵祖懋　君玉，我可受不了了！你替我说实话吧！

懋夫人　谁叫你撒谎抵赖呀！哄得过我？

赵祖懋　你听我说，压根儿没有兰贞那么个人……

懋夫人　可是她的兄弟刚才跑上门来了！

赵祖懋　兰贞是我们捏造出来的，哪会有什么兄弟！

李君玉　那是我的朋友。

懋夫人　祖懋，你不用串通了君玉来瞒着我！君玉，你也不用帮着你舅舅欺负你舅妈！你的朋友！哼哼！他不认得你！没听见他说吗："我不是找她！我错了！"

李君玉　他——他——我不懂你们为什么轰走了他？

懋夫人　别演戏了！兰贞，我看见过；阿明，我看见过；兰贞的兄弟，这会儿刚送上门来。祖懋，你还有什么话说？

赵祖懋　君玉，你说呀，信是你写的。

李君玉　那封信是我写的。

懋夫人　你写的！你的字我还不认得！兰贞那几个四四方方的棺材体的字，也充得你大舅的秘书的字吗？

李君玉　我故意写成那样的。

赵祖懋　君玉，谁叫你故意写成那样的呀？

李君玉　你说怕她不信啊。

懋夫人　君玉，你出去，我们说话，不用你夹在中间。

李君玉　是四舅叫我写的信。

懋夫人　君玉，我叫你出去。

赵祖懋　君玉，别走，讲明白了再出去。

李君玉　四舅妈，信是我写的，兰贞是我捏造出来的。

懋夫人　她的兄弟呢？

李君玉　是我的朋友。

懋夫人　（冷笑）你真是一个好外甥女儿！祖懋是该喜欢你！你楼上去吧，不用你挖空心思替你四舅圆谎。

〔李君玉下。

赵祖懋　君玉，不许走！

〔李君玉复上。

赵祖懋　你说呀！

李君玉　怎么说呢？

懋夫人　君玉，听见没有？我叫你走。

赵祖懋　君玉，不许走，你得替我讲讲明白。

李君玉　讲什么呢？

懋夫人　祖懋，你不用逼着她。君玉，你走！

〔李君玉转身欲下。

赵祖懋　君玉，解铃还需系铃人。得你说！

李君玉　四舅妈，四舅因为怕你抱孩子，所以……

懋夫人　君玉，不用你解释，我很知道他为什么怕我抱孩子！你走！（推李君玉下）

赵祖懋　君玉！

懋夫人　好个外甥女儿！简直是一条忠实的小狗！

赵祖懋　这是怎么说呢！真叫我有口难辩了。

懋夫人　谁跟你辩！你老实告诉我，兰贞住哪儿？

赵祖懋　我跟你说了，那是捏造出来的。没这个人。

懋夫人　你打定主意不说，是不是？哼！别后悔啊。

赵祖懋　假如真有那么个人，我能瞒住你吗？

懋夫人　好！一口抵赖呀！只要咬紧牙根不认账，你的兰贞就会自己消灭！告诉你！没那么便宜的事！

赵祖懋　可是我不能无中生有啊。

懋夫人　你瞧着吧！你等着吧！

赵祖懋　瞧什么？等什么？

懋夫人　我自有手段对付你！你别后悔就是！

赵祖懋　真是冤哉枉也！——君玉！君玉！

懋夫人　不用叫她，她替不了你！

赵祖懋　咳！不知她哪儿来的朋友，专跟我捣乱来了！

〔仆人阿林上。

阿　林　太太，晚饭几点开？

赵祖懋　这还用问！

懋夫人　今天提早吃晚饭。（向仆人）照老样儿提早。

〔仆人下。

赵祖懋　干吗提早？

懋夫人　不用你管。

赵祖懋　提早干吗？

懋夫人　老头儿来呢。

赵祖懋　朗斋舅舅？——他来干吗？

懋夫人　你请他吃晚饭。

赵祖懋　我没有请他呀。

懋夫人　你当然没有请他！你有这心眼儿吗！你只知道跟女人混混呀！

赵祖懋　可是你说是我请的！也不知我几时请了舅舅来吃晚饭！

懋夫人　你应该请他来吃晚饭啊！我替你请了他！——大嫂告诉我，朗斋舅舅答应为景荪和令娴主持订婚礼，要为他们摆酒请客呢。

赵祖懋　怎么咱们一点也不知道？我以为景荪看中的是君玉。

懋夫人　你"混混"得糊里糊涂的，还知道什么！

赵祖懋　你请了朗斋舅舅来，问他这个事吗？

懋夫人　大嫂说，要是朗斋舅舅出面为他们俩办喜事，就是选中了那两个做他的继承人了。大嫂叫我请他吃饭，探探口气……

赵祖懋　大嫂为什么自己不请？

懋夫人　她说她避嫌疑，免得说她为自己的儿女图他的什么。

赵祖懋　我劝你也避避嫌疑，大嫂叫你干过什么好事情吗？朗斋舅舅的脾气你还不知道吗？

懋夫人　你不早说！

赵祖懋　你跟我商量了吗?

懋夫人　我就讨厌提早吃晚饭,不早不晚的——可是请都请了,怎么办?(忽转怒为笑)对了!(拍桌子)对了!我有道理!

赵祖懋　什么道理?

懋夫人　老头儿一毛不拔的——我叫他带了君玉去!

赵祖懋　他怎么肯!你有这本事!

懋夫人　(冷笑)只怕你放不下你的好外甥女儿。

赵祖懋　我有什么放不下的!是你少她不了!

懋夫人　我多亏她呢!

赵祖懋　可是你怎么叫朗斋舅舅带了她去呀?

懋夫人　就没早一点儿想到这一着!把那老头儿忘了!

赵祖懋　要是朗斋舅舅愿意留君玉,那就太好了!君玉也有个着落。可是你说,朗斋舅舅要她去吗?——不是我不肯放她——

懋夫人　我告诉你:老头儿呀,爱占便宜,爱吃马屁。只要是你争我夺的,他就要。只要说三个舅舅家都少不了君玉,都在抢她,老头儿就把她当宝贝了。再拍他几下子马屁,老头儿就由你牵着鼻子走了。

赵祖懋　(笑)你什么时候拍上了他呀?舅舅喜欢你呢!

懋夫人　反正我会掌握他!你留心听我怎么说,你做应声虫就得。

赵祖懋　当心,别老头儿、老头儿的给他听见了……

〔徐朗斋上,二人急站起。

赵祖懋　舅舅!

懋夫人　(急让出大软椅)舅舅请坐。

徐朗斋　(坐下)坐,坐,还客气吗！今天赔本儿请我吃饭,是慈善事业——对我老头儿做好事,还是有什么话要向我打听呀?

懋夫人　唷,舅舅,又训我来了！我们有什么话要打听的呀?

赵祖懋　一句话都没有!

懋夫人　(对赵祖懋白眼)只因为有人送了我们一对野鸡,一条大活鱼……

赵祖懋　鱼——嗯——还有肉——

徐朗斋　哈哈哈,我刚到你们厨房去看了一眼,肉是二十四块钱一斤。

懋夫人　(怒踢赵祖懋)肉是买了添上的。请舅舅来聚聚,顺便也有点儿事……

徐朗斋　我知道总该有点儿事啊！哈哈!

懋夫人　可是您想不到的事！君玉从北平来了！带来了她爹遗下的几幅画,人人都抢着要买,她不肯卖,留着要送给您,又不敢冒冒失失上门。恰好您来吃晚饭,她可以拜见您。

徐朗斋　君玉？什么君玉?

懋夫人　李君玉啊。

赵祖懋　五妹的女儿,您老念着的。

徐朗斋　哦,君玉！她回来了！这孩子多大了?

懋夫人　十七八了。

徐朗斋　哎,我心眼儿里的五妹,也是十七八岁呀！像五妹吗?

赵祖懋　神气像,比五妹高些,瘦些。

徐朗斋　李君玉！（点头，叹）她人呢？

懋夫人　我去叫她。她从小听到您的大名，老想见您，她说想望了多少年，这次来上海，第一是要见见她妈妈的舅舅。

徐朗斋　这孩子倒真是她妈妈的女儿。

〔阿林上。

阿　林　开饭吗？

懋夫人　开吧。

〔阿林下。

懋夫人　祖懋，你先陪舅舅喝点儿酒，我叫君玉去。（下）

徐朗斋　哈哈，现在这年头儿，吃点儿好东西就是享受了！哈哈，我就爱你们这儿人少……

赵祖懋　舅舅，请，咱们先去吃吧。

〔徐朗斋、赵祖懋下。

〔李君玉、懋夫人上。

李君玉　就是我妈妈的舅舅？

懋夫人　你的舅公。他脾气顶古怪，不过我们都顺着他。他比谁都有钱，可是比谁都省俭，什么东西白送给他，他就喜欢。所以我教你个乖，你爹的那几幅画儿，我寄放在女青年会义卖，没人要，只好搬回家。你对他说，都是白送给他的，他准拿去。

李君玉　（叹）我爹的画……可是他瞧不起我爹……

懋夫人　他只怪你爹娶了你妈妈又害她早死。

李君玉　又不是爹害的。

懋夫人　那是因为他疼你妈妈。他得了那几幅画，也许还请你去住呢。他家很好的房子，很大的花园儿，只他一人住。

李君玉　一个人？

懋夫人　主人就他一个，太太死了没再娶，有个女儿当家，可是没出嫁就死了。

李君玉　他没有儿子吗？

懋夫人　千万别问他儿子！他最恨那儿子。那儿子是败家精，幸亏死得早，没把家产败光。所以他变成了一钱如命的脾气。——现在你四舅在陪他喝酒——他爱喝两口绍兴酒——咱们这会儿进去吃饭，大概也是时候了。你陪他吃饭呀，得小心，一颗米粒儿也不能掉落，豆皮菜渣都别吐出来。

李君玉　他一个人在家干什么呀？

懋夫人　一天到晚看书，研究不知什么学问——咱们去吧。

〔二人同下。

〔阿林、王妈搬画上。

阿　林　讨厌死了，搬出，搬进。（踢画）

王　妈　别踢，说是值好几千呢。

阿　林　等木柴涨价，木夹子更值钱！

王　妈　太太怎么说？李小姐也走吗？

阿　林　太太就叫搬画。

王　妈　太太叫我把李小姐的东西归置归置。

阿　林　咳！这几幅画！就像皮球似的踢进来，又踢出去！

王　妈　李小姐自己就像个皮球呢！

懋夫人　（在外）阿林！王妈！

〔阿林、王妈下。徐朗斋、赵祖懋上。

徐朗斋　君玉这孩子,吃饭也有规矩,说话也有道理,到底是五妹的女儿。

赵祖懋　她性情好,人又能干……

〔懋夫人上。

懋夫人　舅舅,今儿的菜,还配您口味吧?都是君玉提调的。

徐朗斋　君玉呢?

懋夫人　她在替我分派事情。我有了她,什么都不用操心了。

徐朗斋　(见画)这是什么?

赵祖懋　这就是君玉带来的画,她爹的画。一幅都值好几千块钱呢!君玉舍不得出卖,都要送给舅公的。

徐朗斋　可是我哪来这么些闲钱买这个呀!一张吴昌硕的中堂,从前也不过几块钱……

懋夫人　这是君玉送给舅公的。

徐朗斋　配配框子也得好些钱。

懋夫人　现成都配好了框子的。

徐朗斋　君玉这孩子想得周到。

懋夫人　可惜我们这儿少不了她。舅舅那里要有一个君玉,当当家,管管事,陪着您,多好!

赵祖懋　叫君玉跟了舅舅家去吧。

懋夫人　祖懋,你倒大方!咱们这儿怎么少得了她!你自己说:自从她来了,咱们俩省了多少事,家里也添了热闹。我好容易把她从二嫂那儿抢了过来,大嫂还不答应,三姐也要她去……

〔李君玉上。

徐朗斋　君玉，你跟我家去！

懋夫人　舅舅，别的都成……

徐朗斋　君玉，你跟我家去！——去吗？

〔李君玉笑而不答。

徐朗斋　哈哈，她愿意！——愿意吧？君玉？

〔李君玉低头笑。

懋夫人　舅舅，您要她，我敢霸占着不放吗！可是我只能暂时借给您，我们这儿实在少不了她。大嫂二嫂还得埋怨我呢。

徐朗斋　君玉，咱们快走！你的东西都带了走！

懋夫人　那么我叫王妈给你收拾东西。

李君玉　我自己收拾去。（下）

懋夫人　阿林！

〔阿林上。

懋夫人　这些东西全搬出去——还有李小姐的箱子铺盖……

〔阿林搬画下。

赵祖懋　忙什么！舅舅再坐会儿！

徐朗斋　不坐了，你还想留住君玉吧？哈哈，（高声）君玉！君玉！快！快！咱们就走！

〔李君玉上。

徐朗斋　归置完了吗？走吗？

李君玉　都得了……

徐朗斋　好！走吧，我们走了！

李君玉　四舅，四舅妈，再见。

懋夫人　（向外）阿林！车来了吗？王妈，帮着搬东西——舅舅，再见了！君玉，好好儿陪着舅公，可也别忘了我们啊！

赵祖懋　舅舅，再见！君玉，再见！

〔赵祖懋夫妇送徐朗斋、李君玉同下。赵祖懋夫妇复上。

懋夫人　我的算计没错吧？老头儿一阵风地把君玉撮走了！

赵祖懋　这件事你办得好！舅舅身边有个可靠的人，君玉也有个着落……

懋夫人　（冷笑）你居然赞成！那就太好了！我告诉你，这是第一步！

赵祖懋　什么第一步？

懋夫人　对付你的第一步！

赵祖懋　第二步呢？

懋夫人　很简单，我就跟住你；你到哪里，我也到哪里。

赵祖懋　我到厂里去呢？

懋夫人　我也到厂里。

赵祖懋　不怕人笑话吗？你去干吗？

懋夫人　反正你到哪里，我也到哪里；我干什么，不用你管！

赵祖懋　人家请客，单请男客呢？

懋夫人　不管你到什么地方，我总跟着。

赵祖懋　你事情顶忙的……

懋夫人　不用你管。

赵祖懋　你又抱了孩子……

懋夫人　不用你管。——我只有一句话，我哪儿都跟着你。

赵祖懋　这还像话吗？叫人家牙都笑掉了！

懋夫人　你怕人家笑话，哼哼，我倒不在乎！

〔荫夫人上。

荫夫人　四弟，四弟妹，舅舅走了吧？

赵祖懋　大嫂！

懋夫人　大嫂！——我们刚吃完晚饭，舅舅刚走……

荫夫人　我算定他走了。

懋夫人　你吃了晚饭吗？

荫夫人　我一会儿到三妹家去吃晚饭——舅舅怎么说？

懋夫人　舅舅一上来就说我们请吃饭是要打听什么话……

荫夫人　你说露了馅儿吧？

懋夫人　我们还没开口，他就封住了我们的嘴……

赵祖懋　景荪和令娴几时订婚啊？

荫夫人　啊呀，这事闹得一团糟呢！朗斋舅舅倒答应了二弟和三妹，出面为他们摆酒请客，谁知这一对冤家，吵得话都不说，理都不理了。

赵祖懋　为什么呢？

荫夫人　为了君玉啊。

懋夫人　君玉在中间挑拨？

荫夫人　君玉看中了景荪，把他抢过去了。

懋夫人　怪道呢，祖懋说景荪天天来。

荫夫人　天天来？

赵祖懋　我也没在意。

荫夫人　二弟三妹知道了，要怪你们了。

懋夫人　我们哪里知道。大嫂送君玉来，不透个信儿？

荫夫人　我也不便说呀。

赵祖懋　原来这里出现了三角……

懋夫人　好在君玉走了,赖不到我们了。

荫夫人　走了？走哪儿去了？

懋夫人　朗斋舅舅带了她去了。

荫夫人　什么？老头子把君玉带走了？

懋夫人　(笑)老头子喜欢她呢！

荫夫人　啊呀！你们就让她跟着走了？

懋夫人　刚走！箱子、画都带走了。

荫夫人　(跌足)我没早来一步！唉,就没有警告你们一声。不是我事后埋怨,你们实在有点儿糊里糊涂。

赵祖懋　怎么？君玉去不得吗？

荫夫人　君玉拍上了朗斋舅舅……

懋夫人　我倒是使劲儿帮她拍了两下。

荫夫人　咳！咳！

赵祖懋　拍上了不好吗？

懋夫人　我只怕她住不到三天,又给撵回来。

荫夫人　咳！朗斋舅舅喜欢了君玉,咱们大家都完了。

赵祖懋　大嫂怕朗斋舅舅喜欢君玉？

荫夫人　她要是排挤我们几句……

赵祖懋　她排挤干吗？

懋夫人　不用你护着！君玉什么不会？

荫夫人　我接她回去吧。

懋夫人　那就太好了！我只愁她住不满三天,又回来。

荫夫人　祖荫用了一个男秘书,又在挑眼儿,想叫陆小姐回来。二弟也急着要君玉替他打稿子。

懋夫人　那就好极了,你们接她去吧。

荫夫人　我得走了。二弟妹也到三妹家去吃晚饭呢，我和她们商量去，再见啊。（下）

〔赵祖懋摇头叹息，懋夫人旁视冷笑。

**——幕落**

# 第　四　幕

## 布　景

徐朗斋书房。徐朗斋躺在虎皮躺椅上，旁边茶几上放着茶壶、茶杯，翻开的线装书。徐朗斋大声打鼾。李君玉站在书柜旁翻书。徐朗斋忽醒。

徐朗斋　君玉，看见谁进来吗？

李君玉　没有谁进来。

徐朗斋　我刚才看见我们若兰跑来，对我说："爹，我现在放心了。"

李君玉　谁走来？

徐朗斋　我们若兰——我的女儿——和你妈顶要好的——她对我说："你现在有了君玉，我放心了。"

李君玉　（笑）哦！您做梦了。

徐朗斋　什么做梦！我正在听你说话呢——就睡着了不成！

李君玉　（笑）这躺椅太舒服了。

徐朗斋　这倒是真的，你垫得高低正好合适，一躺下，浑身都舒服。

李君玉　（笑）我给你盖上了这床小薄毯子，您都没知道。

徐朗斋　哈哈哈，怪道若兰说，她放心了。——君玉，外面桌子都放好了?

李君玉　都放好了。

徐朗斋　君玉,账记了吗?

李君玉　昨儿晚上就记了;那几封信,也照您的意思回了。

徐朗斋　好,好——什么时候了?

李君玉　十一点过了。

徐朗斋　客人快来了,君玉,你还没打扮呢。

李君玉　我的衣服早改好了,您的衣服在床上。

徐朗斋　什么,我还换衣服打扮?我的好衣服都发霉了。

李君玉　刚晒过。

徐朗斋　纽扣都脱落了吧。

李君玉　我给缝上了。

徐朗斋　哈哈哈,好啊,我也打扮去!(下又上)君玉,你也快去换衣服吧。(下)

李君玉　(为徐朗斋放好茶几上的书)来了!(随下)

〔贻夫人、钱夫人由另门上。

钱夫人　舅舅!——咦——舅舅呢?

贻夫人　我好像听见是他在说话呀……

钱夫人　舅舅不在正好,咱们先坐会儿歇歇,客人已经来了几个——咳,我一颗心还没放下来呢。

贻夫人　我跟景荪说了:外公是为了令娴,才肯替咱们出面请客。他要临时变卦,自己跟外公说去。

钱夫人　景荪看来不敢……

贻夫人　景荪说,外公不过是摆酒请客,又没有正式发什么订婚的请帖……

钱夫人　嘘——谁来了?

〔荫夫人上。

荫夫人　客人来了不少了,你们俩还坐在这里说闲话!

贻夫人　我们先来看看舅舅。

荫夫人　舅舅呢?

钱夫人　没看见。

荫夫人　君玉呢?

钱夫人　不知道呀,你找君玉吗?

荫夫人　找君玉!谁还敢找君玉!

贻夫人　哎,大嫂,我要早听见你这句话,我就少碰舅舅一个大钉子了。都是祖贻,非要找君玉打字。我在舅舅面前才透露了一点点儿意思,他老人家就生气了:"你们怕我享了福吗!你也抢君玉!我也抢君玉!"

钱夫人　我是前天打了一个电话——寿民说:令娴和景荪的事,都是因为君玉夹在中间,要我找她谈谈。哎唷,舅舅电话里老虎似的,吓得我赶紧挂上了。

荫夫人　咳,我也是没办法——你们可知道,祖荫——他辞退了那个男秘书,还要陆小姐回来。谁知陆小姐忽然嫁人了,嫁了一个阔佬,不当秘书了。祖荫气坏了,逼着我马上把君玉找回来。咱们都找君玉,舅舅还不把她当做活宝捧住不放吗!

贻夫人　那你还找她?

荫夫人　什么找她!我找你们!——你们大概还不知道……

钱夫人　什么事?

贻夫人　怎么了?

荫夫人　你们知道君玉叫朗斋舅舅什么？——叫“爷爷”！“爷爷”！听见吗？

贻夫人　随她叫去。

荫夫人　还能不随她叫！是舅舅叫她这么称呼的！有一次我们瑛瑛叫了他一声“爷爷”，他拉长了脸说：“别爷爷，你的爷爷早死了！”

钱夫人　我们令娴叫他“公公”。

贻夫人　“公公”和“爷爷”究竟还不一样——他认君玉做他的孙女儿了！

荫夫人　口口声声“我的君玉”！他女儿的衣服，藏了这么多年，新的旧的、绸的布的，都叫君玉翻出来改做新衣。我昨天看见君玉在拆改，问了一句，你们知道舅舅怎么说？他说：若兰的衣服，只有他的君玉才配穿。

钱夫人　他还算是喜欢令娴的，可是若兰的东西，连一块手绢儿都没给令娴……

荫夫人　还说要君玉继续上大学呢，说她聪明，该念上去……

贻夫人　多亏咱们的四弟妹，这是她的慈善事业！

荫夫人　谁想到她这么糊涂？

钱夫人　早知道这样，令娴的事又何必在这里请客呢！什么地方不能请！日期都不让改……

荫夫人　哦！是你们自己请的？

贻夫人　他肯出钱替咱们请客！

荫夫人　照这么说，别人都没什么可图的了，君玉是他选定的继承人了。

钱夫人　君玉倒是一跤摔上天了。

贻夫人　便宜了她。

荫夫人　（恶笑）朗斋舅舅上当了。他要是看透了君玉，绝不会要她做孙女儿的。

贻夫人　为什么？

钱夫人　君玉还是不错的。

荫夫人　（冷笑）你们忘了他那个男朋友吗？朗斋舅舅要是知道了……

贻夫人　那人走了吧？

荫夫人　我叫王升按照他信上的地名打听过，他还没走呢。

钱夫人　叫他快走吧。

贻夫人　（笑）什么呀！大嫂是要叫他快来，不是吗？

荫夫人　我没说……

贻夫人　咳，大嫂，都是自己人，有话还不能直说！君玉有男朋友，老头儿迟早会知道，不用咱们帮着隐瞒，也隐瞒不了。

钱夫人　那个男朋友知道君玉在这里住吗？谁告诉他了吗？

荫夫人　我不过叫王升去问问，也许王升告诉他了。

贻夫人　大嫂当然是叫王升告诉他了。他今天准会跑来。

荫夫人　得等他来了，咱们才能告诉舅舅。

贻夫人　为什么？

荫夫人　说早了，不会相信，倒怪咱们造君玉的谣言，待会儿舅舅在客厅应酬客人的时候，就让那人进来。等他来了，叫舅舅进去抓住他们。

钱夫人　舅舅要生大气了。他最恨的是不由父母之命，自作主张，去交男朋友。

贻夫人　反正不是咱们害他生气的。

荫夫人　早晚要生这场气——不如早一些。

〔李君玉换新衣上。

李君玉　大舅妈！二舅妈！三姨！（向门外）爷爷，她们都在这儿呢！

〔徐朗斋上。

徐朗斋　都来了？

荫夫人　（站起）舅舅，您好。

贻夫人　（站起）舅舅。

钱夫人　（站起）舅舅。舅舅换了新衣裳！

徐朗斋　哈哈哈，你们的面子呀！

荫夫人　君玉穿上古色古香的衣服，越显得文雅大方了。

徐朗斋　我们君玉就是文雅大方！——祖荫兄弟呢？寿民呢？

荫夫人　都在客厅里。

徐朗斋　咱们到客厅去坐——君玉，来。

〔李君玉扶徐朗斋下，众随下。懋夫人上。

懋夫人　祖懋！祖懋！——又哪儿去了？——祖懋！（欲下，忙又退回）

〔赵祖懋拉李君玉上，懋夫人急隐椅后。

赵祖懋　君玉，乘舅舅跟人说话，我抓你来告诉你一个大秘密。

李君玉　怎么了，四舅？兰贞的事怎么了？

赵祖懋　甭提了！真要有那么个兰贞，我一把头发揪住她，打烂了她，才出得我这口冤枉气！

李君玉　啊呀，四舅妈还不信你？

赵祖懋　怎么叫她信呢，我不能拿一个“没有”给她看看。

李君玉　这倒真是个难题——那娃娃来了没有呢？

赵祖懋　她抱的那孩子吗？早死了！没抱来就死了！早知道他那么凑趣，我压根儿不用编那谎话。现在她一步不离地守着我——这会儿我好不容易才甩开了她，她准在满处找我呢。

李君玉　你不是喜欢她一步不离地守着你吗？

赵祖懋　她哪儿都跟着我！上办公室，她跟着！看朋友，她也跟着！叫我把脸往哪儿搁呀！人家以为我真有了什么兰贞呢。

李君玉　不是你自己说的，哄得她信了，她就一心一意地守着你……

赵祖懋　君玉，你还乐！都是你害我的！你写那封信，要是用你自己的笔迹，不省了多少口舌！

李君玉　可是你怕她不信呀。

赵祖懋　不信！她什么都信！她愿意相信什么，你没法儿叫她不信。她一口咬定上次来的那人是兰贞的弟弟，闹得朗斋舅舅都知道我有兰贞了。

李君玉　那人是我的朋友。

赵祖懋　真是你的朋友？

李君玉　咳，四舅，你也以为是兰贞的弟弟吗？

赵祖懋　（笑）这还不至于吧！——因为他说不认识你。

李君玉　他和我赌气。——我没来得及问他在上海的住址，没法儿和他通消息，也不知他走了没有。他有我大舅、二舅和你的住址，可是他不知道我会到这儿来，要不然，可以让他给你证明一下。

赵祖懋　证明什么！越证越不明，只好随她去——我讲的秘密是关于你的。

李君玉　关于我的？

赵祖懋　上次来的那个人确实是你的男朋友吗？

李君玉　是啊，一点儿没什么秘密啊。

赵祖懋　我告诉你，你大舅妈知道你那位朋友的住址，已经叫人去通知他，叫他到这里来找你了。

李君玉　好啊！他还没离开上海！

赵祖懋　你听着，君玉，你那朋友来了，得赶紧叫他走。

李君玉　为什么？

赵祖懋　你这傻子！朗斋舅舅认你做了孙女儿，这一份家产，全是你的了。可是，他要知道你有男朋友呀，（摇头）他马上会轰你出门。你想想，你到哪儿去？你这位四舅妈，你受得了吗？你受得了她，她也受不了你啊！你大舅妈、二舅妈只怕朗斋舅舅看中你做孙女儿，口口声声要接你去；朗斋舅舅赶了你出门，她们还要你吗？到那时候，你怎么办？

李君玉　我回北平——找个工作……

赵祖懋　舅舅不气坏吗？他可是真心的疼你呀。

李君玉　我倒真有点儿舍不得他——可是我并不图他什么家产。

赵祖懋　朗斋舅舅看透大家趋奉他是假情假意，都是图他的遗产，所以他不领情，耍脾气。他知道你不图他的，所以真心喜欢你。老人家怪可怜的，他少不了你；你有这么个爷爷也不错……

李君玉　是啊，我开头有点儿怕他，现在很喜欢他了；我们像很好的朋友。

赵祖懋　所以君玉，你那朋友绝不能让他来。

李君玉　（笑）他也许早已来过了，他早就说要来的……

赵祖懋　什么？

李君玉　爷爷跟他家是世交。

赵祖懋　唷！那怎么办？你们俩只好假装不认识——我先给你传个消息——或者干脆叫他别来……

李君玉　四舅，你可别再轰走他。

赵祖懋　我跟他好好儿讲，不轰他。

李君玉　不，四舅，我得自己跟他说……

赵祖懋　可得悄悄儿的，别让你爷爷知道。

李君玉　四舅，让他悄悄地到这里来，我和他说几句话，就叫他走。

赵祖懋　我给你站岗、望风。

李君玉　四舅，我谢谢你。

赵祖懋　先别谢，这里还有危险呢，要给你四舅妈看见就糟了，一把抓住了叫警察，那才笑话。

李君玉　（笑）连你站岗的一起抓住！

赵祖懋　你还乐！我老实告诉你吧，我看见她的影子就头胀！

懋夫人　（从椅后出）好啊！你们好啊！

赵祖懋　唷！（急转身下）

李君玉　四舅妈！

懋夫人　我早知道呀，君玉，你把我们夫妇耍着玩儿！我早就知道是你在中间挑拨！——祖懋呢？——祖懋！祖懋！

（追下）

〔李君玉惊诧，转椅后寻觅。赵景荪上。

赵景荪　君玉，君玉。

李君玉　景荪哥，你也躲在这儿吗？

赵景荪　躲？我正大光明地在这儿等着你。

李君玉　等我干吗？

赵景荪　别说你不知道。

李君玉　不知道什么？

赵景荪　君玉，没时间假撇清了！

李君玉　假撇清？

赵景荪　这是最后几分钟了！回头摆上酒，坐上席，外公当众一宣布，我就和令娴订婚了。

李君玉　我先向你道喜。

赵景荪　君玉，我说，没时间说这些废话了。

李君玉　我哪有时间说什么废话！

赵景荪　是啊，没时间再说废话！你干脆回答我一句老实话……

李君玉　景荪哥，我说的都是干干脆脆的老实话。

赵景荪　君玉，我知道你的苦衷……

李君玉　我有什么苦衷？

赵景荪　也许你对自己不大了解，可是我都能体会。

李君玉　（看手表）啊呀，景荪哥……

赵景荪　我知道你着急，可是，君玉，还来得及呢，只要你一句话……

李君玉　什么话，请干脆说。

赵景荪　君玉，我干脆直说，你可不要赖。我知道你的心——你是一个又谦虚、又骄傲的女孩子——君玉，你承认吧？

李君玉　请干干脆脆的直说。

赵景荪　我已经干脆直说了。你承认吧？

李君玉　我又谦虚，又骄傲，好，这又怎么呢？

赵景荪　所以你有不得已的苦衷。你觉得——当然你没有什么配不上我的，不过你觉得自己的家境不如我，你不愿意高攀——我是替你说，我绝没有这个意思——可是，现在外公认你做了孙女儿，咱们就门当户对了，不是吗？

李君玉　是吗？

赵景荪　君玉，你不该牺牲自己，现在更不必牺牲自己了。你再三叫我别招令娴生气，可是你不想想，我怎么能叫你伤心，叫你痛苦呢？

李君玉　我？我伤心痛苦？因为不敢高攀你？（大笑）

赵景荪　（瞪视李君玉）君玉！

李君玉　（忍笑）我的天哪，简直太滑稽了！你以为我爱上了你吗！（大笑）

赵景荪　（怒）君玉！你以为我爱上了你吗？

李君玉　（笑）对不起，景荪哥，你实在太、太——你对自己——太多情了！

赵景荪　（怒）多情？你以为我爱上了你吗？我不过是可怜你！

李君玉　（笑）谢谢你，我很不用你可怜，把自己布施给我。快找令娴姐去，你再对我行好，人家就认真生气了。

赵景荪　不用你担忧，她最知道我的心，她从不要人玩儿。

〔赵景荪下，陈彬如上，两人相撞；赵景荪不顾，下。

李君玉　彬如！

陈彬如　君玉！

李君玉　你想不到我在这里吧？

陈彬如　看见他，就知道一定有你。

李君玉　什么话？

陈彬如　到今天了，还瞒我，何必呢！

李君玉　啊呀，彬如，我瞒你什么了？

陈彬如　（叹）早知道，我不该送你来，反叫你东躲西躲的。

李君玉　什么？我躲你？

陈彬如　你放心，我绝不妨碍你。

李君玉　你这些话是什么意思呀？

陈彬如　还不明白吗！上次我很知趣，赶紧走了。我不过因为放心不下，料想你不在大舅家，准在二舅家，不在二舅家，准在四舅家，所以到他们家去看看你，并不是侦察你。

李君玉　哎，彬如，咱们越说越说不到一块儿了。你别生气，我跟你讲……

陈彬如　你不必解释，我也不生气，我替你很高兴……

李君玉　高兴？因为我到了这儿来？

陈彬如　我应该恭喜你。

李君玉　恭喜我？

陈彬如　我刚刚才知道你们今天订婚。

李君玉　我订婚？跟谁？（笑）彬如，你替我看中了谁？

陈彬如　不是你们今天订婚吗？

李君玉　我们？我跟谁？是刚才出去的我那位又漂亮又阔气的

表哥吗？哎，原来你也看中他！何况我这么个孤苦伶仃的穷女孩儿！

陈彬如　君玉，我以为……

李君玉　你真有眼光！所以我要东躲西躲的不敢见你，你跑来就叫人轰走你。

陈彬如　别生气，君玉，是我给他们轰糊涂了。不过我也知道你不会轰我，所以我不死心，总想找到你，看看你。

李君玉　看看我！我是什么好看的东西吗？你跑来只看我一眼就走了！你没有给我留下地名！你都没想到吧？我没法儿和你通消息，天天心神不定地盼着你来，也不知道你回去没有；憋着一肚子气，又没个人可说的，可是你只想看看我！

陈彬如　怎么了，他们对你怎么了？

李君玉　我给他们这里推到那里，谁家都嫌我。懊悔当初没听了你的话，不到上海来！我本来想回北平去了，又不知道你走了没有。

陈彬如　我信上没告诉你吗？

李君玉　信？什么信？我从没有收到你的信呀！——唷，谁来了？——彬如，快，快，快走！

陈彬如　干吗？又轰我走？

李君玉　快！有人叫了你来，为的是要害我。你快走！

陈彬如　（侧耳听）这边那边门外都有人……君玉，怎么回事？

李君玉　嘘！（推陈彬如匿椅后）

〔徐朗斋执鸡毛掸子盛怒上——众随上。

徐朗斋　君玉！你好！你瞒着我啊！

李君玉　爷爷……

徐朗斋　我打扁他！我打死他！连你也一同打死！站开！

〔李君玉闪开。

〔徐朗斋用帚柄乱打，忽见陈彬如，揪出欲打。

徐朗斋　呀！你！

陈彬如　太世伯，干吗？

徐朗斋　哈哈，你这孩子，太不大方了！上次我提了一句婚事，你就涨红了脸，从此来都不来。这会儿看见一个女孩子，就羞得躲起来！——躲了多久了？

陈彬如　才一会儿。

徐朗斋　看见这儿还有谁吗？

陈彬如　没看见谁。

徐朗斋　看见有人跑出去吗？

陈彬如　没有。

徐朗斋　帮我找找，还有谁躲着。

陈彬如　只有我一个。

徐朗斋　哼！——哼！我知道！——祖荫，你说的男朋友呢？

赵祖荫　我听他们说的。

〔荫夫人自后挤向前。

荫夫人　（指陈彬如）哪！就是这个人！

徐朗斋　什么！这是我老朋友的孙子——我就知道你们背后说君玉的坏话呢——我还看不透你们的心眼儿！

荫夫人　君玉就是他送来的。

徐朗斋　哦！你就是为了送君玉来？

陈彬如　是啊，妈妈不放心她，叫我送送。

徐朗斋　你认识她？

陈彬如　我们从小认识，我舅舅跟她爹是好朋友。

徐朗斋　你还躲她？

陈彬如　我没有躲她，我在跟她说话呢。她说，有人找了我来，为的是要害她，我就躲起来了。

徐朗斋　害她？谁叫你来的？

陈彬如　一个叫王升的去找我，这回他顶客气，说李小姐在这里，叫我来。

徐朗斋　王升？（向荫夫人）你们家的王升？

赵祖荫　王升？

荫夫人　我们不知道呀。

徐朗斋　你们不知道，我知道！王升呢？

荫夫人　（窘）那混蛋！我问他去！（下）

徐朗斋　君玉，你怎么不告诉我？——彬如，你也不早说！（哈哈大笑）

〔赵景苏、钱令娴挽手低语上。

贻夫人　你们俩一起来了？三妹！三妹！他们俩一起来了！

〔赵景苏挽钱令娴，同下。

钱夫人　两人一起来了？好了！好了！

钱寿民　我早跟你们说："不痴不聋……"——哎，舅舅，何不做个双重的月老，今天凑个双喜？

徐朗斋　哈哈哈！还不止双喜呢！乘今天景苏和令娴订婚，让亲戚朋友认认咱们五妹的女儿——我的孙女儿。还有这位陈彬如，我老朋友的孙子——他这名字就是我起的——祖荫，回头你带他们见见人。

赵祖荫　（向陈彬如）彬如兄。

徐朗斋　叫他彬如，小一辈呢。

陈彬如　（笑）我们见过。

〔赵祖懋上。懋夫人追上。懋夫人见陈彬如。

懋夫人　怎么？你也公然在这儿！

徐朗斋　你认得他？

懋夫人　这不是兰贞的兄弟吗——（省悟）哦，没什么兰贞——你是谁？

徐朗斋　哈哈哈！还找兰贞呢！你不就是祖懋的兰贞吗！（向众人）咱们外面喝酒去吧——让兰贞和阿明他爹双双并坐喝个双盏儿！（众笑）

〔徐朗斋左扶陈彬如，右扶李君玉下，众随下。

**——幕落**

# 弄 真 成 假

（五幕喜剧）

# 人　　物

| | |
|---|---|
| 周大璋 | 张燕华 |
| 冯光祖 | 张婉如 |
| 张祥甫 | 张太太 |
| 张元甫 | 周　母 |
| 周世奎 | 周　妹 |
| 刘　顺 | 杨　妈 |

周妹和她的丈夫、公、婆

# 第　一　幕

## 布　景

张祥甫家客厅，陈设富丽。

张婉如百无聊赖，倚沙发上翻阅画报。

电话铃响。

张婉如　（接电话）喂，这儿张家——找张祥甫先生？——哦！你！（笑）爹不在家！放心吧！张祥甫先生不在家！不在家！——我正在等着你呢！快、快、快、快、快！生着翅膀飞过来！——只许三分钟——不行，至多五分钟，迟了我就生大气了！——快、快、快、快、快！——等着你啊！（挂上电话，笑，抽出夹在书里的情书反复阅读，长叹，抛信步向窗前，攀帷外望）

〔张祥甫从张婉如背后掩上，站在门外偷看张婉如。张婉如又长叹回坐沙发上，折信夹在书里，站起对着挂在墙上的扁圆大镜整理鬓发，转侧自照，对镜微笑作态，忽回头见张祥甫。

张婉如　（惊觉）爹！

张祥甫　（入内）婉如，你在这儿等谁？

张婉如　我等谁？没等谁啊！

张祥甫　婉如，我跟你说过的话，别当耳旁风！我的话不是说着玩儿的。

张婉如　知道！

张祥甫　知道？这会儿一人在这里摸头发，瞟眼睛，扭脖子嘻嘴，干什么？

张婉如　（撒娇）爹，你坏！你坏！人家——人家照照镜子……

张祥甫　哎，照镜子，看窗子，叹冷气，这是干吗？

张婉如　没干吗——我在看书呢。

张祥甫　是啊，我是看见你在看书啊。拿来看看，什么书？

张婉如　（急夹书）我的功课。

张祥甫　一点儿不错，情书变成正经功课了！拿来我看看。

张婉如　没有。

张祥甫　什么没有？没有什么？

张婉如　没有你说的那个什么。

张祥甫　婉如，我叫你拿来！

张婉如　（抱书）没有呀。

张祥甫　听见吗？拿来！（抢书）

张婉如　（抱书不放）是没有呀！

张祥甫　婉如！

〔张祥甫拉书，张婉如就势跌地下，撒娇哭。

张祥甫　（慌）傻孩子，怎么了？

张婉如　（撒娇哭）摔痛了这儿。

张祥甫　（为抚摩）好好儿跟你说话，你不听。

张婉如　（半哭）是没有……

张祥甫　没有就没有——我告诉你呀，你说没等谁，你就别等谁！我从这会儿起，就坐在这里不动了，一步也不离开,替你等着谁来!

张婉如　(噘嘴)你等去!(拭泪,夹书急跑下)

张祥甫　(笑,坐下,高声)燕华!——拖鞋!(脱外衣,解皮鞋带)

〔张燕华身着时装,怫然拿拖鞋上。

张燕华　三叔。(弯腰为张祥甫换鞋,拿皮鞋,欲下)

张祥甫　你三婶呢?

张燕华　不知道。(欲下)

〔张太太上,与张燕华对撞。

张太太　燕华,叫你拿拖鞋……

张燕华　有了。(下)

张太太　回来了?不上楼换去!

张祥甫　一步都走不动了,得在这儿坐半天。

张太太　累了?不躺一会儿去?

张祥甫　一点儿不累——叫杨妈,点心……

张太太　(向门外)杨妈,点心热了拿这儿来,老爷回来了。(对张祥甫)说是你晚上回来呢?

张祥甫　拿定我不会早一点儿回来?

张太太　(赔笑)怎么?你们赫德路的生意成交了?

张祥甫　一百八十万,成了。回来歇歇,晚上喝酒去。

张太太　一百八十万!那么小小一块地!

张祥甫　地皮!不是别的!稳!地段好,不前不后,将来稳涨。

张太太　静安寺路那所房子呢?

张祥甫　公和栈肯出三百万——老王答应三百五——还看看——

〔杨妈托点心上。

杨　妈　白木耳还不烂，这是小少爷他们吃剩的薏米小豆汤。（下）

张太太　不知道你这会儿回来。

张祥甫　看来是不知道！

张太太　怎么？

张祥甫　我没眼睛吗！你们正在等人呢！——我对你说过：周大璋再来，说不在家，谁都不在家，别让他上门。

张太太　你看见他上门啦？

张祥甫　我看见婉如在等他上门。

张太太　你就知道她是等周大璋？

张祥甫　我还不知道吗，（站起）你看看！（对镜摹仿张婉如）这是咱们婉如！——这是干吗？不是等周大璋等谁?!

张太太　（笑）咳！你这个爹，越活越古板了！这年头儿还能像咱们那时候吗？

张祥甫　古板！我可是最灵活的人！这个年头儿，还能像咱们那时候！

张太太　不结了！咱们那时候，我许多表姐表妹就在闹男女平等、恋爱自由了。

张祥甫　咱们那时候呀，女人自由平等上算；现在这年头儿，自由平等就吃亏了。

张太太　我就没听说过。

张祥甫　等你听说，就太晚了。什么事都在个见机得早。还等你听说？等你听说，哪儿地价涨了，哪儿跌了，再去买卖，还会赚钱呢！

张太太　谁跟你谈买卖?

张祥甫　都跟做买卖一个道理啊! 亏本的事,谁都不干的!

张太太　让婉如交个把朋友,又不是跟人逃走了,亏了你什么本?

张祥甫　她逃走,我亏什么本! 我是替咱们女孩子打算盘呀。现在讲什么男女平等,女孩子自己可不上算。从前不过是空口说说。像你这样自由平等的女人,不过坐在客厅里当太太罢了,在外面混饭吃的,究竟还是我们男人啊! 现在可认真了。女孩子就得跟男人一样,出去做事赚钱。可是生儿育女,十月怀胎,男女也平等吗?

张太太　唷! 你也算是帮我们女人说话呢!

张祥甫　嘿嘿,我说错了吗! 我要做了女人呀,乐得做个旧式小姐,不用自己操心去交朋友、挑丈夫,现成有爹娘嫁我;嫁得不如意,还可以怨爹娘、叹命苦。做了新式女孩子,连这点儿便宜都没有。丈夫不好,谁叫你自己瞎了眼看中的? 打折了牙,只好往肚里吞呀! 讲自由呢! 我宁可讲实惠。丈夫让爹妈给我挑选,替我讲条件,做女儿的吃不了亏。

张太太　哦! 照你说,这个年头,女人得三从四德才上算!

张祥甫　三从四德的女人,眼睛里才有好丈夫! 谁像你们这些客厅里的新式太太,把男人看得三钱不值两钱,他说一句,你对十句。

张太太　唷,唷,唷,听听,不是你一人在发议论吗? 我还没对上半句呢!

张祥甫　我要做了女人,乐得三从四德! 让男人去打算盘、动脑筋，我现成做我的太太就得。

张太太　你且等我死了，再娶个三从四德的。

张祥甫　哎，真是，跟女人没法儿讲道理！好好儿跟她商量女儿的终身大事，她就死呀活呀的，都拉扯到自己身上去。

张太太　唷！好个讲道理的男人！不是你在嫌我，怪我不听你的话吗？

张祥甫　你就是不听我的话！我跟你说：周大璋再跑来，就说谁都不在家——不要他上门。

张太太　干吗得罪人呢？

张祥甫　得罪了他，好叫他别来呀。

张太太　为什么叫他别来呢？

张祥甫　为什么要他来呢？

张太太　人家世代书香人家的子弟，阔人家的少爷，留学生，博士，年纪轻，长相又好，你还看不顺眼？

张祥甫　你听我说：他书香不书香、阔不阔、博不博，咱们拿不稳；我四面八方打听过，人家都不知底细。左不过是新牌子货色，这买卖不稳当。

张太太　谁又跟你谈什么买卖。

张祥甫　都是一个道理呀。贪便宜进一批新货，说不定会赚，可是风险太大。咱们家男孩子不希罕，将来儿媳妇随他们自己挑；可是女孩子只婉如一个，我挑女婿呀，只做稳稳当当的买卖，不做空头。

张太太　谁叫你做什么空头买卖了？周大璋认识的人，没一个不是有名儿的；他家的亲戚，咱们也都听见过。你就不能慢慢儿打听去。

张祥甫　我的太太呀，他认识的人，咱们不认识。他那些有名儿的亲戚，咱们只听见名字，又不能到他们家去打听什么底细。不过是燕华从外面招来的一个朋友，你就这么看中他！咱们就这一个女儿，你舍得叫她担这个风险？

张太太　又不叫你马上把婉如嫁给他，慢慢儿打听打听……

张祥甫　慢慢儿！慢慢儿！这个年头儿，什么事可以慢慢儿的！就说吧，外滩那一块地，五百万，前一天不过三百万，只迟了一天！就说你买的那两打毛巾，早买一个月，不是便宜了一半儿？外国人说："时间就是金钱"，你舍得把金钱往水里扔吗？

张太太　瞧你这一肚子生意经！把嫁女儿、挑女婿也当做生意买卖了。

张祥甫　还不是一个样儿。看中了一宗货，稳是赚钱的，那么，眼睛都不能眨一眨，闪电手腕，立刻得拍下来。现在市面上，等着嫁人的女孩子该有多少啊！真有女婿资格的能有几个！都是拿着三块五块的本钱，想做三十万五十万的空头交易呢！咱们婉如二十一了，还等你慢慢儿、慢慢儿打听去！

张太太　刚说不担风险呢！都等不及慢慢儿打听了！你把女儿扔出去就算啦？

张祥甫　咳，你听清楚了；有了稳当的，不能慢慢儿慢慢儿的错过机会。

张太太　你有了什么稳当的人了？

张祥甫　不是我的人，是你的！

张太太　谁呀？

张祥甫　真是！真是！就和你们娘儿们到店里去买东西一样，看见花花绿绿惹眼的东西，就把正经要买的全忘了。你睁开眼、闭上眼，只看见一个周大璋，周大璋，把自己侄儿都忘得一干二净，还住在咱们家，天天在你眼前呢！

张太太　你说冯光祖？他！

张祥甫　他！他怎么了？他不是世代书香人家的少爷？你的娘家，我还领受得不够！你要书香人家，那不是货真价实的书香人家！

张太太　人家，当然是好的，可是……

张祥甫　可是穷些？是吧？不阔——咳，他不阔，因为你知道他的底子，他家的牌子是不错的。

张太太　婉如嫁个穷教授……

张祥甫　咱们婉如还怕没钱使？

张太太　可是……

张祥甫　可是什么？——光祖出洋，是我送他上船、我接他回国的，他还不是货真价实的留学生？再说，他的脾气性格儿，咱们从小看他长大，还怕靠不住？

张太太　难为你看中我的娘家侄儿，可是光祖看中的是燕华，不是婉如。

张祥甫　看得中燕华，会看不中婉如？抽美丽牌的，会嫌三炮台不够味儿？这也成问题！

张太太　冯光祖（摇头）——咱们婉如还能嫁个漂亮点儿的呢。

张祥甫　（怒，拍桌）我告诉你吧，要不是靠我这抱稳抢快的主意，咱们这份家产还不知在哪儿呢！上海什么人没有！

你只图漂亮，乱抓一个，那就跟花一二十块钱打发彩票一样了，头奖五百万，明天你就发财呢！——正经，我这算盘打得千稳万当，光祖我看中了，你跟他说去。

张太太　怎么说呀？说我们婉如给他？

张祥甫　谁叫你这么说来着！把女孩子的身份都丢尽了！——你只说，我很看重他——说他该结婚了——把他和婉如扯在一起——这些窍门儿，你比我懂。

〔杨妈一手拿着穿线的针，一手提西装衬衫三四件上。

杨　妈　太太，冯少爷这些衬衫上纽扣都掉光了，明儿个他到苏州去吃喜酒，这衬衫怎么穿？

张太太　你多钉上两针。

杨　妈　纽扣一个都没了，还钉什么！——（退到门口，高声向外）冯少爷，您掉下的纽扣都收着吗？

〔冯光祖上。

冯光祖　纽扣？我没看见。——哦，姑夫，回来了？

张祥甫　唔，光祖，你的纽扣怎么都迸掉了？看你这么瘦！

杨　妈　我千针万针的钉哪！

冯光祖　唉，杨妈，我跟你说过——你得先研究这扣子为什么爱掉；知道了原因，才能防止结果——千针万针没有用。纽扣怎么会掉，有三个原因：第一是烙铁烫坏了线；第二是你的线拉得太紧，应该纽扣底下长一个脖子；第三……

杨　妈　从来没见过纽扣底下长脖子。

冯光祖　你给我针线，我自己来。

杨　妈　纽子一个也没有了。（把针线交冯光祖）

张太太　(高声)燕华！燕华！——我大抽屉里的方纸盒里，一板小罗钿纽扣给我拿来！

冯光祖　杨妈，你去吧，衣服给我。

〔杨妈把衬衣交冯光祖，下。

张太太　(不耐烦)燕华！燕华！

〔张燕华上，拿纽扣交张太太，一言不发，下。

张太太　好像就怕人抓住她做苦工似的——燕华！

冯光祖　(急起向外)没事儿，燕华，没叫你——(向张太太)我自己钉得好。(取衣坐窗下亮处缝纫)

张祥甫　(摇头)光祖，这太可怜了，我也看不过——叫婉如给你缝吧。

张太太　(笑)婉如没他能干——拿来，我看看……

冯光祖　你们都不会。得拉出一个脖子来，不太长……(低头缝纫)

张祥甫　光祖啊，我说……

〔刘顺上。

刘　顺　(大声)小姐，小姐，周大璋先生来了！

〔周大璋随上，见张祥甫，愕然站定。

周大璋　老伯，伯母……

张祥甫　(冷冷地)周先生。

张太太　周少爷来了……请坐。

周大璋　老伯难得今儿在家！

张祥甫　我常常不在家——啊？

周大璋　(见冯光祖)哦，冯先生。

冯光祖　(半立)周先生。

周大璋　打搅你们了——老伯近来忙啊！

张祥甫　我近来忙？

周大璋　到哪儿都听到人家说起您。

张祥甫　说我？

周大璋　是啊——

张太太　周少爷请坐呀。

〔周大璋坐。刘顺倒茶下。

周大璋　昨天是一个老朋友请客——也不能算朋友——他祖上世世代代是我们家的账房——吃饱了，阔了——儿子捐了官，现在孙子居然也是阔少爷了。——我向来懒得应酬。出去应酬一顿饭，往往带出十几顿来——可是不去罢，人家又多心，说我看不起他——怎么呢，少不得应酬一下吧。不想昨天席面上倒碰见了好些熟人——马振斌，惠民厂的总经理——老伯认识吗？

张祥甫　听见过。

周大璋　陈子和——现在数一数二的实业家……

冯光祖　这人我在国外碰见过一次……

周大璋　冯先生跟他熟吗？

冯光祖　不认得，只看见过一次。

周大璋　这人很厉害！从前钱总长就说过，实业界可造的人才，只有两个，一个就是陈子和——他把自己看得很高，不轻易许人——承他对我很好，老问我几时可以帮他做点事儿了——他就很看重老伯……

张祥甫　他知道我？

周大璋　他呀，眼睛里不大看得起人，可也不漏掉一个人。老伯这样的人才，他当然留心过。

张祥甫　他说我什么？

周大璋　都在讲起您。还有——振兴的老板俞飞——总商会的林会长——老伯认识吗？

张祥甫　没听说过。

周大璋　这是第一个圆人，四面周转得灵通——可是有一回也碰死了——这人圆是圆，胆子太小些，不敢得罪人，碰了壁就走投无路了。还是我帮他闯开了一条路……

张太太　怎么回事儿啊？

周大璋　说来话长，他们那里面的勾心斗角，伯母准懒得听呢。——哦，老伯，还有这人认得吗？银星厂的叶家桢……

张祥甫　没听说过……

〔张婉如在窗外探头唤周大璋，周大璋未听见。

周大璋　就是他头一个说起老伯……

张祥甫　叶什么？

周大璋　哎，老伯，让他们认识咱们，咱们耐烦一个个都认识他们吗？

张祥甫　说我什么？

周大璋　他们在商量一件大事，说是除非张祥甫来，别人都不行。

张祥甫　（点头）嗯，要办什么事啊？

周大璋　要合股开一个什么银行吧。

冯光祖　（停针抬头）这也是现在的一种特殊现象，都开银行。

张祥甫　我从来不合股。

周大璋　我听他们说得热闹，说什么股子没问题，就是没人能像老伯这样有眼光，有手段，有魄力，还天生有好运气。

张祥甫　哈哈哈，不错，一点儿不错！可是我拿定主意，从不和人家合股。

周大璋　老伯这主意是再不会错的——哎，上次我听说是老伯要盘个药厂吧？——独资经营的，非常赚钱，——因为那厂长忽然去世了……

张祥甫　我呀，头一个字儿是稳，第二个字儿是快。外行生意，我不做的。

周大璋　老伯这就太谦了，老伯什么事不能做！上次——是在刘家，从前做过两江总督的——和我们家老世交——那天在他们家，几个上海名流说要开一个大学呢，说要请您做董事长……

张祥甫　请我！哈哈，我才不上这个当！叫我做冤大头出钱去！

周大璋　是啊，所以我听了也没接口——哎，老伯，一个人就怕出了名儿，谁都找上他。

张祥甫　哈哈哈，他有本事出名儿，他就有本事不上这个当！

〔周大璋见张婉如，张婉如在窗外隔着玻璃对周大璋做手势，表示“我等了你好久了”，指张祥甫，表示“爹在这儿，我不敢进来”，“急死我了”。周大璋偷空暗与对答。

张太太　叫什么大学？里面请齐了先生没有？待遇怎么样？——周少爷知道吗？

周大璋　（急回头）伯母要位置给谁吗？没问题，抄一份履历给我就行。

张祥甫　（拍冯光祖肩）好，等我做了校董头儿，光祖，不用你抄什么履历,我请你当校长——哈哈哈,请你当校长!

冯光祖　校长,非周先生那样的人才不配。

周大璋　啊,不瞒老伯说,我这个人呀,从来不贪空名儿。就说我现在保险公司里吧,当初不过是帮朋友的忙,替他分派分派事情,动动笔,好比做他的秘书罢了。可是他专做自己的股票买卖去了,把事情都推给我。我说我不高兴当什么经理。他说实际上我早当了。我说你逼着我,我就辞职不干了……

张太太　做经理也不错呀。

周大璋　伯母别见笑,我的志气,就在这儿吗!我要做什么工作呀,老伯,我决不肯敷衍了事,得把全心全力放上去——拿我的全心全力,做一个公司的经理!

〔周大璋耸肩,摇头,表示不屑——张婉如在窗外摹仿,笑,周大璋暗与做手势。张祥甫回头似有所见,张婉如急躲避。

张太太　(笑)周少爷是要做官的。

周大璋　伯母说笑话了。要是专为个人谋出路,学成就为做官发财了——我那时候还没回国,南京的朋友一封封信来催我。我要做官的话,还等今天!

张太太　周少爷是脾气太清高。

周大璋　不瞒伯母说,青年人总有点儿傻气,老伯不是吗?

〔张祥甫正怒目向窗外看。

周大璋　一个人理想太高,看着这个不合理的世界,跟自己的理想差得那么远,怎么能捺下心去,跟着大家混呀!(摇头,叹息)环境得由我改造,我是环境的主人!冯先生,不是吗?

〔张婉如隔窗对周大璋吐舌拍胸,表示“吓死我了! 差点儿给爹看见”。

冯光祖　可是你先得研究这个社会不合理的原因,应该由几个观点去研究,第一……

周大璋　是啊,对啊,(向窗外暗做手势)一个人要有所作为,该从各方面去研究。宁可做一个小小的职员,别去做什么官! 做了官,就高高在上,不知民情了。

张太太　啊呀,周少爷,你们府上世世代代做官的人家……

周大璋　啃! 啃! 伯母,这是谁说的? ——大丈夫,男子汉,自己打天下,要掮着祖宗的头行牌出会,没出息! ——我呀,从来不问我祖上做了什么官儿什么府,我决不借祖上的家世装点自己的门面。

〔张婉如又探头,张祥甫怒目面窗而立。

周大璋　当然,孝敬父母,那是另外一回事。

张太太　周少爷府上,令尊令堂还都全吗?

周大璋　先父早已过世了,我从小家叔管教得严,一言一动,都得按照四书五经的话;什么“父母在,不远游”啊,所以不赞成我出洋;又是什么“不孝有三,无后为大”啊,所以早就逼着我和一位门当户对的小姐结婚……

张太太　周少爷早就结婚了?

周大璋　(笑)哪里! 总得我本人答应啊! 我要由他们摆布,十七八个小姐早抬进门了!

张太太　(笑)他们现在管不住你了。

周大璋　咳,我不能让他们做主呀! 当然,我也不能享现成福了,只好无依无靠了……

〔张婉如探头，周大璋对她表示“当心！”张祥甫注视周大璋，瞥见张婉如在窗外，大怒。

张太太　令堂不着急？

周大璋　家母是女中丈夫，有才情，有识见。是她一力支持我出洋留学的——我们外祖也和老伯一样，向来在商界有名望——家母有许多地方——她的脾气性情，就跟伯母有点儿相像。

张太太　我哪里比得上她！

冯光祖　（站起，抖衬衫）哎！岂有此理！

张太太　怎么了？

冯光祖　前功尽弃！扣子都钉在反面了！

张祥甫　光祖，你出去叫婉如给你钉。

冯光祖　婉如？

张祥甫　叫她给你钉，我说的。

周大璋　冯先生在做针线活儿！

张祥甫　这是婉如的事。

〔推冯光祖出，冯光祖手拿针线拖衬衣三四件下。

周大璋　（赔笑）令嫒很能干啊。

张祥甫　唔——（对太太）哎，我那鞋擦干净没有？还要出去呢……

张太太　（到门口高声）杨妈！

张祥甫　你问燕华去，她拿的。

〔张太太下。

周大璋　老伯有事吧？

张祥甫　啊，还要出去！吃晚饭——得早到，有事商量——

（看表）不要紧，不迟——燕华！鞋！快！

周大璋　（站起）我陪老伯同走吧？

张祥甫　好极了！咱们同走——燕华！

周大璋　（赔笑）老伯真是说什么，马上就干什么。

〔张燕华拿鞋上，不理周大璋，为张祥甫换鞋。

张祥甫　（看表）就走吧。

周大璋　就走——不和伯母告辞了……

张祥甫　不用客气，走吧。（向张燕华）我们走了！

〔周大璋、张祥甫同下。

〔张燕华望窗外，向周大璋背影点头冷笑，下。

〔张祥甫又上。

张祥甫　哈哈哈哈！

〔张太太上。

张太太　周大璋呢？

张祥甫　送走了！

张太太　你怎么送他走的？

张祥甫　他陪我一起出门——那不是再好没有吗？——临上车，我说忘了一件东西，请他先走吧——哈哈，我还要上楼去躺一会儿呢！

张太太　你好意思吗？

张祥甫　有什么不好意思的！我还把他送出了大门呢！

张太太　他不看破你？

张祥甫　看破最好！（高声）刘顺！

〔刘顺上。

刘　顺　老爷。

张祥甫　周大璋再来呀，说我不在家，谁都不在家。

刘　顺　是！（下）

张太太　我不懂你什么意思——就是不要他做女婿，也何必这样不客气呢？

张祥甫　（愤愤）让他来跟咱们婉如隔着窗子做眉眼……

张太太　哪儿呀，你又是神经过敏——婉如在楼上呢。

张祥甫　我亲眼看见的。

张太太　哎，就算有这么回事，又怎么呢？这人呀，我看是个大有前途的，真会做财政总长呢！

张祥甫　什么“财政总长”？

张太太　算命的说他要做财政总长，全国的钱都要从他指缝儿里流出来呢。

张祥甫　嗬！周大璋自己说的？

张太太　算命的说的——一次说起算命，他说不信这一套，要是算命的话有准儿，他将来要做财政总长呢。

张祥甫　他真做了吗？

张太太　他真做了，还来认你呢！眼光别放得太近！

张祥甫　那么，听我说吧：广告登得太大，那货色就得打折扣——要我信用放款哪，先得有响当当的硬货来买我的信用……

张太太　（怒）买卖！货色！我女儿不是买卖的货色！

〔刘顺上。

刘　顺　老爷，周大璋先生……

张祥甫　刚说过——我不在家。

刘　顺　周先生在门口等着送您上车呢。

张太太　瞧,人家这么诚心诚意的。

张祥甫　说我已经走了!

张太太　胡闹,明明你回来了没出去,叫人家白等你半天?

张祥甫　谁要他送我上车!

张太太　可是你当时不说……

张祥甫　咳,时候也不早了,得,我走,我走!(取帽下)

〔刘顺下。

张太太　(高声)光祖!光祖!

〔无应者,张太太亦下。

〔张燕华上,站在张婉如先前站的窗下,望窗外。

张燕华　婉如!婉如!哎,婉如!

〔张婉如上。

张婉如　叫我?

张燕华　(笑)快来等着,一会儿就来了。

张婉如　你说谁呀?

张燕华　你等的人!

张婉如　谁等谁呀?光祖哥才在楼上等你呢!

张燕华　别拉扯人——我说,有一个人为什么哭了?

张婉如　我不知道。

张燕华　我也不知道,怎么看见人家走了,就会哭。

张婉如　(撒娇)你坏!我打你!

张燕华　唷!瞧你这娇劲儿!你这一下子打下来,还不把人家骨头都打酥了!

张婉如　燕华姐,你坏!

张燕华　我还不好?巴巴的来告诉你,不用哭,人家一会儿就回来呢！

张婉如　谁说的？

张燕华　我说的。

张婉如　你怎么知道？

张燕华　我当然知道！难道还是人家告诉我的不成！要告诉，也不会告诉我呀！

张婉如　燕华姐，你别哄人。

张燕华　放心，不会哄你——当然，信不信由你。

张婉如　你说他还要回来？

张燕华　当然！到庙里烧香去，不拜菩萨，专为舍钱给香火和尚的吗？

张婉如　你说什么？

张燕华　告诉你吧，哄得过别人，哄不过我。他哄叔叔出了门，一会儿就会回来。（见张婉如笑）这回可乐了！我的小娃娃！

张婉如　得了，咱们俩同年，你比我大不了几天，别卖老！

张燕华　人间一年，天上一天，你过的是天上的日子，我二十一岁，你还没满月呢！

张婉如　（抱张燕华笑）好个老姐姐！

张燕华　（挣脱身，冷冷地）别乐得发了疯，乖乖的在这儿等着吧。

张婉如　信你胡说，我偏不等！

张燕华　也对，上楼去洗个脸，拢拢头发——你鼻子都哭亮了……

张婉如　（急照镜）唷，我像个鬼了！

张燕华　哪里，越发可怜样儿，叫人看着心疼。

张婉如　（撒娇打张燕华）我真要打你！坏东西！

张燕华　（躲避）打我什么味儿！有别人喜欢挨你这打呢！

〔周大璋上，张婉如娇声惊叫，急下。张燕华冷笑。

张燕华　周先生请坐啊，她上去打扮一下就来，——我正在替您安慰她，叫她别伤心，您一会儿就来。

周大璋　燕华，你怎么知道？

张燕华　对不起，周先生，她是婉如，我并不因此就是燕华！（指自己）张小姐，张女士，随您称呼。

周大璋　燕华，燕华，没做冯光祖太太呢，还不多叫几声燕华！

张燕华　（怒）大璋，冯光祖太太不冯光祖太太，你没有资格过问！你爱跟谁好，跟谁好，有你的自由，不用把冯太太的名称加在我头上。

周大璋　呀，燕华，还是我错了？把冯太太的名称加在你头上，我做得了主吗？我能阻挡吗？我能，我也不敢呀！

张燕华　（冷笑）好可怜的周先生！好一个退让的君子人！

周大璋　燕华，无论我怎么不好，至少还有自知之明，知道自己不如人，不能和人家争。一个男子汉甘心退让，在他是多么丢脸的事！可是为了心爱的人，为了她的幸福，就宁愿做懦夫，做弱者。

张燕华　（冷笑）为了我！为了我！连这点儿胆量都没有，就不敢承认自己势利！势利！

周大璋　燕华，这是你冤我。

张燕华　我没那么些闲心思。不过请你少管我的事！（下，又回头）我不要你叫燕华！

周大璋　遵命，张小姐。

张燕华　对了，周先生。（下，又回头）我再告诉你一句话，冯光祖比你好一百倍、一千倍、一万倍！

周大璋　（鞠躬）我恭喜你，张小姐。

张燕华　对了，恭喜我！过两天叫你看我做冯太太呢！（下）

周大璋　（点头赞叹）天下事岂能尽如人意——（来回踱步）燕华，嗨，不该错投了爹娘——那有什么办法……

〔张婉如急跑入，投入周大璋怀内。

张婉如　大璋，大璋……

周大璋　我的小婉！

张婉如　我以为今天见不到你了！偏偏的爹回来了……

周大璋　我肯不看见你就走吗？

张婉如　从你昨天走了，我心上直在跟你说话，你听见吗？

周大璋　当然听见。

张婉如　我在叫你，叫你快回来……

周大璋　我觉得你在叫我。

张婉如　是吗？大璋？你一走，把我的心拉得那么长，那么紧——你的心是黏的？把我的心黏住了，带走了，可是我的心不能连根儿拔去，不就得像牛皮糖似的越拉越长吗？拉成了一条丝，飘飘荡荡，没着没落的……

周大璋　现在我来了。

张婉如　（摇头做手势）它一圈儿一圈儿围着你绕，它不肯回来了。

周大璋　好了，我给你带回来还你了。

张婉如　（手藏背后）你不要，就这样还我了？

周大璋　哎，小婉，别鼓着嘴呀，你说我该怎么样儿还你呢？

张婉如　谁要你还！

周大璋　生气了？我说错了话吗？

张婉如　一点儿没错。

周大璋　那么，干吗呀？

张婉如　你走吧！

周大璋　我走哪儿去呀，不是你的心把我缠住了吗？

张婉如　你已经还我了。

周大璋　咳，小婉，我还给你的，是我的心。

张婉如　谁爱听这老套儿的话！人家老老实实，心上什么样儿都告诉他——他都不懂，拿这些套话来应酬我！

周大璋　哎，小婉，你的心给了我，我的心还给你，还不对吗？

张婉如　对极了！这种照例规矩的话，还会错吗！

周大璋　你要我说什么新鲜话儿呢？

张婉如　你心里没有，就别说。

周大璋　怎么没有啊，我满心的话，可惜我不是一个七窍玲珑的聪明女孩子，不会像你这样细腻婉转的说。

张婉如　谁要你说女孩子的话？我又不是男人！

周大璋　那么我说男人的话了——可知道我这个粗男人，没有话，看见你，只想一口吞了你。

张婉如　（笑）吞吧。

周大璋　（笑）吞下去怕化了！还是香花供奉，让我早晚磕头礼拜。

张婉如　（笑）拜呀。

周大璋　（屈一膝吻张婉如手，张婉如大笑）这回可不生我的气了？咳，小婉，差点儿把我一肚子的话都吓跑了。

张婉如　什么话呀？反正没正经。

周大璋　很正经的事情跟你商量。

张婉如　（双手掩耳）不爱听。

周大璋　我一会儿就得走呢。

张婉如　不准走！

周大璋　小婉，好好儿听我说。

张婉如　不肯。

周大璋　别胡闹，小婉，我认真呢！

张婉如　（噘嘴，背过身去）人家从昨天等他到今天。好容易来了，又不能两人说话；跟他打无线电，他又不会接，给爹查获了，回头我还得听他好一顿教训呢！这会儿还要讲正经事！

周大璋　你听着呀，小婉，就是咱们俩的正经事啊。

张婉如　（回身）那还有什么商量的！

周大璋　真的吗？没问题了？

张婉如　还有什么问题？

周大璋　你爹不反对吗？

张婉如　让他反对去！

周大璋　他反对，我就不能来看你呀。

张婉如　妈妈早吩咐过门房，没不让你来！

周大璋　来了又不能见你，躲躲闪闪的……

张婉如　那才好玩儿呀！

周大璋　（瞪目良久）照你说，你喜欢你爹反对我了？——咱们结婚，就得瞒着你爹，偷偷儿结去？

张婉如　(笑)不好吗？像电影里那样,偷偷儿一溜,私奔!

周大璋　回头爹不认你了,什么都不给你,你怎么办?

张婉如　怕什么？你有钱,我有钱。

周大璋　你的财产在你爹手里呢,他可以扣住不给你。

张婉如　早已给我了,单契上都是我自己的名字。

周大璋　现款呢?

张婉如　反正你有。

周大璋　我？我的家产,再多也没用,都在我妈妈手里呢。我自己的,够咱们什么用?

张婉如　我只要预先支下些。

周大璋　小婉,你居然有这心眼儿！可是,这不是长久之计,你爹要不认你做女儿……

张婉如　才没那事儿,爹怎么也不会不认我！他不认,也不怕,他不能扣住你的财产。

周大璋　我可穷得很呢。

张婉如　穷好啊！我又不是嫁你的财产!

周大璋　咱们得过日子啊。

张婉如　你妈妈等你结了婚,总得把财产交给你。

周大璋　我妈妈厉害着呢。

张婉如　我不怕。反正我早说过,我不到你们家去做儿媳妇。你们大人家,长辈多,规矩大,我不去。

周大璋　当然,我们得做个小家庭。

张婉如　(笑)可是你妈妈要来呢?

周大璋　她不会——她住娘家——也就是跟我妹妹同住——我妹夫是我的姑表兄弟,妹妹就嫁在妈妈的娘家,你懂不懂？

张婉如　我不管，反正我得跟我爹妈住一块儿。

周大璋　你不是私奔了吗？

张婉如　还没私奔呢！忙什么！爹反正是要依我的。只要我听他的话，他什么都答应我。

周大璋　可是，小婉，你不知道，我有时候真为难，朋友们不知道咱们的事，老给我介绍女朋友——其实也不是为我介绍，是为女方介绍我。今天这家请，明天那家请，不去，得罪人，去了也得罪人，回头问我某某小姐中意吗，我真不知道怎么回答——心上有了小婉，眼睛里还看得上谁！

张婉如　你不会说你已经订婚了？这戒指不是你给我的？（举示指上戒指）

周大璋　我怕你爹不承认……

张婉如　哎唷，大璋，怕什么！尽说这些废话！——爹不承认，咱们就私奔！好吧？——别闷在屋里了，咱们草地上走走去——（挽周大璋同下）

张燕华　（自后出，凝视窗外）好啊，好啊！（点头）好啊！

**——幕落**

# 第　二　幕

## 布　景

周大璋家。周大璋舅家杂货铺楼上的一间楼面，卧房兼厨房，床上挂布帐，旁搭帆布床。沿墙杂置脸盆架、煤炉、木箱、碗、碟、刀、锅等什物，周大璋母坐煤炉前小凳上扇煤炉。

〔楼下人声：楼上周家有人吗？

〔另一人：找谁？——找周大璋？周大璋从来不在家！

周　母　（向楼下）找周大璋？他事儿忙着呢，不能整天守着家里！

周　妹　（在外）妈，对门水果店讨账……

周　母　什么账？——你替大哥先付了吧。

周舅妈　（即周妹的婆婆，在楼下高声）周大璋！周大璋！好个能干儿子！好个能干儿子！白白的生了这么个能干儿子，还要靠女儿！

周　母　（跳起拿着蒲扇赶到门口，向楼下高声）靠女儿！谁家女儿能养娘呢！生了女儿给人家当孝顺儿媳妇的！

周　妹　（在外）死丫头！（打女儿）滚开！（女儿哭）打死你这个贱丫头！哭啊！你哭啊！打死你，打死你！生了你女儿干什么的？给人家当老妈子的！给人家当奶妈子的！给人家当管家婆子的！你趁早给我死了吧！省得你大了左右做人难！（打女儿）生了你女儿什么用！生了你女儿什么用！

周舅妈　大妹子，手下放轻点儿，打坏了自己的千金小姐，自己心疼！明儿她学着祖姑太太的好榜样，跟着女儿住娘家，你们外祖外孙也四代同堂呢！

周　母　（向外高声）住娘家，由我住！不比那没娘家的回不去！

周舅妈　（在外）我们姓吴的住吴家，没什么撑着东家的门，靠着西家的墙！

周　母　靠娘家，靠婆家，左右都是靠人罢了！靠娘家是天生的福气！咳！吴家的家当，是谁红轿子前边抬来的嫁妆吗？

〔周妹把女儿扔楼下，女儿哭。周妹上。

周　妹　妈，少说一句吧。

周舅妈　（在外）对呀！现成的还是靠爹娘！生了儿子什么用？别说能干儿子，我们儿子比不上周大璋，做娘的还没靠他呢，一天到晚，做牛做马，还得看儿媳妇的嘴脸！

周　母　（对周妹）叫你妈少说一句！我多说了哪一句啊？

周舅妈　（在外）靠女儿是贴皮贴肉的！靠儿子是隔着一层的了！先得靠儿媳妇呢！——小毛别哭——跟奶奶出去看嘟嘟去，明儿争争气，别生儿子，别娶儿媳妇，靠着你女儿，才是你的福气！

周　母　（向外）我有福气住娘家，没靠上女婿！（向周妹）她能回娘家住一天吗？自己偷偷摸摸贴娘家，倒来跟儿媳妇找碴儿！我们大璋问舅舅借了几个钱，总是要还的，不还钱也只算舅舅照应他，不用她黑日白天的吵！

周　妹　咳，大哥不争气，叫我也难做人。

周　母　唷！姑奶奶，你也来派大哥的不是！怎么不争气了？不成我女儿嫁了娘家侄儿，我就不能回娘家住，要害我女儿难做人！我几时使了我女婿的钱了？

周　妹　妈，真是，谁跟你算账来了，啰嗦什么！

周　母　这屋子是你公公留给我住的。他心上有我这妹妹，旁人又怎么样！

周　妹　这话说它干吗。你又不知道我们这会儿的事。

周　母　还不是大璋欠了什么账，借了你们的钱？

周　妹　哎，你哪里知道！大哥借了我一只金戒指——就是那手拉手的佛手戒——偏偏我们老太要戴了烧香去；我不敢说是大哥借了，只说是当了钱买东西了。她就说我当了钱贴娘家……

周　母　大璋要你那戒指干吗呀？你也糊涂，丢了我可不管。

周　妹　他说借去做个样儿——

〔楼下小儿哭声，周舅妈呵骂声。

周　妹　我走了——又说我不管孩子，吃现成饭，不动手……

周　母　告诉她，那是你命里的福气。靠儿媳妇命好，一家子兴旺发财，金子银子往床底下塞。

周　妹　妈妈真是！哪儿来什么金子银子……

周　母　大妹啊，别说现在了，从前你们家就是不错的！不过做女儿的没她的份儿！你爹那边穷，我爹只肯配着财礼赔嫁妆，怕伤了自己家的元气。

周　妹　说是金器赔了你不少呢。

周　母　哪里的话！老实告诉你吧，女孩子总是别人家的人，不肯多给的。财产都要留给儿子呢。宁可给儿媳妇、孙媳妇，她们倒是自己人；女儿是什么？别姓的人！

周　妹　可不是！妈妈的首饰都是大哥的，给了我吗？

周　母　啊呀！啊呀！好姑奶奶！倒说起我来了！我怎么错待了你？我还有什么首饰？不是都兑了钱给你哥念书去了。

周　妹　我就没得念啊！

周　母　他究竟是我的儿子呀！我们周家穷虽穷，究竟是世世代代的书香人家呀！

周　妹　得了！谁家不念三句书！就算书香人家了！不知哪个祖宗做了阔人家的账房，仗着东家，儿子做了衙门的书办，家里出了几个坐冷板凳的，倒好像世世代代做什么大官的了！什么呀！我就不希罕！

周　母　你不希罕！谁让你抬得起头，说得出这句话来！还不是你妈有心眼儿，把你嫁到自己娘家去，有得吃，有得穿，吃饱穿暖了，谁不会念书！——你伯母婶娘看不起我娘家是做生意的，到底富足的是生意人家！

周　妹　所以我们老太也说呀，书香人家，什么希罕！又酸又穷！偏会摆臭架子！

周　母　（怒）我可要说了，穷虽穷，到底书香人家，和那种穿围裙、打算盘的不一样！咳！我们大璋时运没来呢，在这儿委屈过日子，等他一朝发迹呀，不是我夸口，你们一家子靠他的地方多着呢！就穷呀酸的一副势利眼！

周　妹　哎,妈妈,你说话一会儿向东,一会儿向西,我帮着你说呢,你又回过头来咬我。

周　母　这是真话呀!你是嫁出门的女儿,心上护着别家人了,妈的话,反正是不入耳的了。

周　妹　你也在帮着你婆家说话呢!

周　母　我的婆家,不是你的娘家?

周　妹　我的婆家,不是你的娘家?——小毛在吵呢,我得去了。(怫然下)

周　母　(叹)女儿呢,只嫌娘家错待了她——靠娘家呢,他们嫁出的女儿泼出的水,只嫌女儿身上多赔了钱……

周舅妈　(外高声)养儿防老呢!做老妈子吧!扫地、煮饭、洗衣服,还要给儿媳妇看孩子!

〔周妹骂儿打儿声,小儿哭声。哭吵声中,周大璋持油渍纸袋上。

周大璋　妈,好点心来了!大肉馒头!

周　母　什么时候了,还吃点心。

周大璋　路过,热气腾腾的刚出笼。咬一口呀,汁儿直淌出来。乘热快吃吧,别凉了。

周　母　(高声向外)小毛儿!小毛儿!

周大璋　我孝敬妈妈的!吃个什么非先孝敬小毛儿!

周　母　怕吃不下,吃晚饭了。

周大璋　什么吃不下的!(授母纸袋)

周　母　(拈出小馒头一枚,熟视袋内)就只一个?

周大璋　哎,我留下两三个呢?怎么吃忘了——味儿还不错吧?

周　母　这鸽子蛋似的买它干吗?咳,大璋,你就是爱花钱……

（看周大璋脱西装，换旧衣）真的，大璋，你拿了大妹的戒指干吗的？

周大璋　别问，过两天告诉你。

周　母　舅妈在吵呢。

周大璋　有什么可吵的！我跟她说去……

周　母　别再多嘴了！大妹没说是你借的。

周大璋　就告诉她是我借了，怕什么！

周　母　咳，大璋，她当着婆家人，总得替娘家争气。

周大璋　当着娘家人，又替她婆家摆阔。

周　母　这就叫"一女要争两家气"呀！你不替我争气，叫这儿的人笑我靠娘家，叫你们周家人笑我娘家靠不上……

周大璋　妈又来了，别说这短气的话，有我在这儿呢！做了我的妈，还怕没处靠！

周　母　留洋借你舅舅的钱，还不知几时能还……听你舅妈日日夜夜的吵……

周大璋　那几个钱算什么呀！等我周大璋一朝得志，我加三倍的利钱还他！

周　母　一朝得志……（叹）你的薪水不够零用，米都没了，拨了点面鱼儿……（开锅，盛碗内，摆上筷子）

周大璋　好啊！（坐下）面鱼儿也是鱼！

周　母　（拿起筷子）面粉酸的。

周大璋　就不用搁醋了。

周　母　怕你吃不饱。

周大璋　我还没饿呢——今天在张家吃饭——便饭，六个菜：炒虾仁儿，黄焖鸡，香酥鸭子，糖溜桂鱼，炒三冬，奶油菜心，虾子海参……

周　母　七个菜了！

周大璋　七个了？就是七个吧。

周　母　张家又请你吃饭？

周大璋　还要留我吃晚饭呢，我怕你一人冷冷清清。

周　母　这年头儿，有好的吃，就吃点儿！

周大璋　我是陪着你呀，要不，还有应酬呢。一个朋友约我在梅龙镇吃酒，一个约我在DDS吃西菜。

周　母　就是那个要开什么厂的？你那个新事情成了？

周大璋　至少一个襄理。

周　母　多少钱呢？有一二千吗？

周大璋　一二千？上万呢！

周　母　（惊愕半晌）哦！倒还说要等你一朝发迹呢！这可不是书包翻身了吗？上万块钱！

周大璋　这就算书包翻身吗！这种事有什么希罕的！成就成，不成就不成，我才不在乎！

周　母　做长了，一年两年，咱们这份人家就算是撑起来了。

周大璋　这算什么呀！上次一个银行请我做经理，我都没去。

周　母　为什么不去？

周大璋　新开的银行——一个人总得留点儿身份呀！

周　母　有多少钱呢？

周大璋　钱再多也不去！那董事长看中了我，要把女儿硬塞给我呢。

周　母　哦，就是你从前说的董小姐？——比张家的小姐有钱吗？

周大璋　钱也有，可是脾气太大，相貌也平常，我看不中她。

周　母　还有那个金小姐呢？

周大璋　（摇头）像她那种女人太多了。

周　母　张小姐你算是看中了？

周大璋　还没看中，等我几时看中了，就娶她。

周　母　他们张家倒肯了？

周大璋　千肯万肯，就怕我不要。

周　母　他们挑个穷女婿，省些嫁妆。

周大璋　嫁妆是不省的。花园洋房，十几幢的弄堂房子，金条，首饰，单是金刚钻就值好几百万呢！

周　母　就肯赔她那么些！千千万万的数不清了！

周大璋　是啊！所以几千块钱，算什么呀！等我有了千千万万，再去做事赚钱，那钱也就万万千千的来，不像现在辛苦不赚钱，累得满身大汗，不过几十几百。

周　母　哎，大璋，那你就发财了！

周大璋　是啊，发财了。你要吃什么，就吃什么；要穿什么，就穿什么；大花园儿，大洋房，大汽车，汽车夫穿着新号衣，管你叫老太太，扶你上车下车，丫头老妈子伺候着你……

〔两人吃完，周母洗碗，周大璋擦碗。

周　母　一天做累了，就叫阿妹来，捶捶腿。

周大璋　还做得累！躺累了！叫丫头捶腿，老妈子泡参汤。

周　母　大璋，这就叫"书包翻身"了。

〔周世奎开门探头。

周　母　也算我熬了半世，什么苦没吃过，什么气没受过，也算儿子发了财了，一手五个指头，就抓上千千万万的钱！

〔周世奎捧水烟袋上。

周世奎　大璋发了财了？

周　母　叔叔，吃了晚饭吗？

周大璋　叔叔，坐啊，吃了晚饭吧？

周世奎　哎，你们发财人吃晚饭，我们是老南瓜煮面条，胡乱塞饱肚子算了，还怕有吃不饱的日子呢。

周大璋　我们也没什么吃的，鱼呀，肉呀，吃腻了也没什么滋味。

周世奎　嗬，大璋，你换了新饭碗了？

周　母　还没呢，老地方……

周世奎　我听说——听说你那保险公司的事靠不住了。

周大璋　谁说的？

周世奎　我们大女儿——她在你们经理的侄儿家当家庭教师——听说经理怪你做事不认真，迟到、早退，——专追女人……

周大璋　哈哈，叔叔，哪儿来的笑话！我要辞职，他们拉住不肯放，我好些别的事，一时都不能接呢。

周世奎　啊——啊——我就知道你是有了好饭碗了！你接了什么新事啊？

周　母　事情有好几个呢。我们大璋也是胃口太精。依我说，几千块钱一个月也顶好的了。

周世奎　还不好吗？像我呀，也算是书生末路，跑到店里写账去了；眼看东家赚钱，自己只能图个半饱，一家七八口人，柴米油盐，总是个不周全。（唉）这日子怎么过！

周　母　泥萝卜，洗一截吃一截罢了。

周大璋　叔叔不想换个事做?

周世奎　对呀! 大璋,这真是知心之谈,我就是这么想……

周大璋　怎么想?

周世奎　想做做生意去。我听说你那只饭碗儿砸了,所以来找你合股子。

〔周大璋傲然微笑。

当然你是有别的好饭碗呢,可是不相干,咱们这就算个副业,我们店里人都做……

周大璋　做什么呢?

周世奎　什么都行,只要有本钱,不论进些什么货,床底下,桌子底下,堆它几天,再卖出去,稳赚钱。咱们俩合了股子,就可以进货去。

周大璋　好是好,可是本钱呢? 我没有现款呀!

周世奎　大璋,你放心,钱是稳赚的。我告诉你,现在我知道一宗便宜货,比市面上便宜三成,咱们要买下来啊,过几天就是对本对利。

周大璋　那好极了。

周世奎　是啊,咱们就去定下来。七万六,先付一半。

周大璋　可是,叔叔,我有言在先,我手边没有现款。

周世奎　咳,大璋,你也太小心了,我给你打保,稳赚钱!

周大璋　那么,叔叔,你先付了你份里的那一半儿,等卖了以后,再从我赚的份里扣下那一半儿。

周世奎　哈哈,大璋,好算盘! 你这个发财的侄儿还占你穷叔叔的便宜! 我有了那一半的本钱,还来找你合股吗?

周大璋　叔叔总是有了本钱,才想做生意呀!

周世奎　大璋,别说笑话,我知道你手里宽着呢,所以来找你。

周大璋　不瞒叔叔你说,我穷得一个子儿都没有——

周世奎　大璋,这真是发财人的话了!越发财越装穷了!——这样,你拿出七万六的一半儿,等赚了钱,咱们四六份儿,你多一份利钱——你不在乎呀!咱们一家骨肉,总得帮帮忙。你小时候没了爹,做叔叔的怎么照顾你的?

周　母　(*在炉旁收拾什物,大声*)唷!我可要说了!大璋没靠上叔叔!从念小学起,都是我们娘家照应的。虽然没有念出什么凭据来,也是他心大胆大,问舅舅借了钱,到外国去洗了个澡,镀了个金身回来!能干儿子是我生出来的,我养大的,没沾了周家什么光!

周世奎　大嫂子,别说能干儿子,就像大嫂子这样贤德的娘,也都是周家祖宗积德修来的,唉,咱们总是一家人!

周大璋　一家人呢!我要是求人借钱,周家谁认识我!

周世奎　唉,逢到不如意人,别说趁意的话。我这叔叔是一辈子不得意,没力量照应人,不是我发了千千万万的财,眼看着你挨饿受冻,不理会你。

周大璋　我要发了千千万万的财,三四万块钱算什么!不用叔叔借,我还送上门呢。

周世奎　不是问你借,不过跟你合个股子。就算是借,也是要加了利钱还你的。

周大璋　哎,叔叔,赚钱生意,我还不想做吗!实在是手边一个钱都没有。

周　母　(*大声*)豆腐青菜买不起,吃点儿咸汤面鱼儿。

周世奎　那是大嫂子会当家——咳,大璋,有钱人谁把钱带在身上呀！不过是周转得灵通罢了。

周大璋　唉！我要周转得灵通，我还住在这个小破屋子里吗！背了一身债，到处受人气。保险公司要是辞退我，我们就得挨饿了，还有什么本钱做生意呢？

周　母　（慌）啊呀，大璋，那么，那个什么厂的襄理的事呢？

周世奎　大璋做了什么厂的襄理了？

周大璋　什么厂！就和咱们的股子一样，还没个着落呢。

周世奎　大璋，（摇头不信）原来你做了襄理了！我知道你走运着呢！那一点儿小数目，就那么为难。

周大璋　笑话！叔叔，厂还不知在哪儿呢，做什么襄理！

周世奎　哈哈，大嫂子，你听听，襄理都做了，厂还没有，哄谁！

周　母　厂当然是有的，等大璋还清了债，当然会帮你的忙。

周大璋　叔叔别听妈妈胡说，她弄不清楚。

周　母　怎么我弄不清楚！不是你自己说的？做了襄理，上万块钱一月……

周大璋　我说事情还没有成功呢。拉不到股子——这事情早吹了。（对周母）我不是跟你说吗，事情成不成我不在乎吗？

周　母　那么，还有那银行的经理呢？

周世奎　银行的经理！

周大璋　妈，你别胡扯，哪儿来什么经理！我又没去做。

周　母　那个要你做女婿的董事长不是叫你做吗？

周大璋　我不是说不要那小姐，我不做吗？

周世奎　喝，大璋！（点头不胜艳羡）一个人究竟得出洋！外国回来，现现成成的襄理呀，经理呀，还有董事长要他做女婿呀……

周　母　还有张家的小姐呢！脾气好，相貌好，陪嫁的田地房产，金银珠宝，不知多多少……

周大璋　哎，妈妈……

周　母　我这回总没有弄错吧！

周世奎　大璋，何必瞒得那么紧！享了现成福气，也让旁人沾点儿，散散福。祖宗的积德，让你一人占尽了，也不要眼睛里太没有自己一家人，祖宗也不答应的。

周大璋　祖宗！祖宗！我享了祖宗什么现成福气！人家生下来就是供在千万人上面的，我是一步一步爬都爬不上去！明知道人家瞧不起我，人家讨厌我，人家怀疑我，我得老着脸向上爬呀！现成的福气呢！人家祖宗做大官，咱们祖宗是什么？就出了一个书办大老爷！人家有田地房产，咱们呢？头顶上没一片瓦，脚底下没一寸土——福气呢！我从小到大享过什么福气？我是仰着头在地下爬的。让人家唾骂，让人家踩踏，成功了看人家鼻子里出气，失败了看人家笑。

周世奎　何必牢骚呢，到现在不是苦尽甘来，出了头了。

周大璋　出头了！那么容易！人家是现成的中学、大学、硕士、博士，我是借钱坐了一趟出洋的大轮船，外国最便宜的地方混上一年半载，别说硕士博士，就连中学文凭都是借来的。我靠谁享了现成福气？只有现成的笑、骂！

周世奎　唷！唷！大璋太谦了！笑你骂你，还把女儿送给你？大嫂不是吗？

周　母　那倒是！人人都服他的，都知道他将来大雷大闪的干大事呢！这个女婿是家家抢的。

周世奎　那么，大嫂子，你们家就要喜事临门了？

周　母　可不是——说起了，我倒又要上心事了。这屋子还得收拾收拾呢！——又没钱——我告诉你，大璋没钱是真的——慢慢儿钱是会有的——有了当然不会忘了你叔叔。

周世奎　大嫂说得对，真要是这几天手里不方便，收拾房子的泥瓦工，我倒认识。叫他们先来干活儿，你们慢慢儿还钱——新娘子过了门，别忘了我这个穷叔叔就是了。

周　母　哪儿的话呀！叔叔总是叔叔！

周大璋　（愤愤）叔叔不用忙，新娘子也不过门的，我也没钱收拾什么屋子。

周世奎　新娘子不过门？

周大璋　人家娇女儿，离不开爹妈。

周世奎　那么，她那些嫁妆也不带过来了？

周大璋　房子地皮怎么带呀？

周世奎　她不过来，你呢，到女家去？

周大璋　管我吗？

周世奎　你妈呢？也带到女家去？

周　母　（大声）那是我死也不去的！只有儿媳妇到婆婆家来，没听说什么婆婆上儿媳妇家去的！

周大璋　妈妈急什么？没叫你去呀！

周世奎　你妈还是住这儿？

周大璋　当然住这儿。

周　母　你呢？

周世奎　他不到女家去，郎在东，姐在西，也能成亲吗？

周大璋　事情还远着呢,忙什么?

周　母　哎,大璋,这事可得讲讲明白!到儿媳妇家去当婆婆,我是不去的。

周大璋　你放了心,绝不叫你去。

周世奎　大嫂子,你听明白了吗?叫你住在这里,靠女儿;你儿子赘出去给人家做女婿,是吧?

周　母　那可,我拼了这条老命,也不能答应!我守了这一辈子的寡,养得你这么大,好容易你翅膀长成了,你倒飞出老窝,扔下我不管了。

周大璋　妈,这是哪儿来的话!事情还远着呢。

周　母　远着!远着!我可做事得趁早!——我一头撞到张家去,先跟他们讲讲明白……(整衣、梳头、抹脸。作欲出门状,向门外高声)大妹!大妹!你来!

周大璋　妈,干吗?

周　母　我到张家去。

周大璋　(笑)张家在哪儿啊?

周　母　你说我不知道吗?你大妹看见你从张家出来,她不是还问过你吗?——(向外)大妹!

周大璋　妈可疯了!你到张家去干吗?

周　母　有话趁早讲,别一顿中饭、一顿晚饭把我儿子绊住了脚,钓鱼似的把个小姐来钓了我的儿子去!没那么便宜的事!能干儿子我生的!福气我享的!

〔周妹上。

周　妹　妈叫我?——哦,叔叔在这儿。

周大璋　大妹,你瞧,叔叔把妈挑疯了!——我没钱借给他,他也不该离间我们母子呀！

周世奎　唷！唷！唷！大璋，这是什么话！你们娘儿子吵架，别赖我叔叔！

周　母　（大声）大妹，你听见吗，大璋要撇了我到别人家去做女婿了！

周大璋　那是叔叔说的。

周　妹　啊呀，大哥，你是拿我那戒指送人了！

周　母　对呀，你们新法，送个戒指就算夫妻了！你过好日子去吧，把娘扔给妹妹了。

周　妹　大哥，那可不成啊！不是我做女儿的不肯养妈妈。这多少年来，妈一直在我这儿，叫我日日夜夜听婆婆嘀咕，这日子可不好过呢。

周　母　（哭）我这条老命也不用活了！女儿也嫌我，儿子也多我！我去问张家小姐要一根头发丝儿来上了吊吧！

周　妹　我并没有嫌啊！

周大璋　这都是哪儿来的话？

周世奎　大嫂子，这时候了，到张家去不方便。明天、后天，慢慢儿再说。大璋、大妹，都不会亏待你——大妹，来，我跟你商量一件事……

周　母　大妹，你别走，我想来想去还是不放心。你陪我出去走一趟……

周　妹　哪儿去？

周　母　陪我到张家去。

周　妹　这时候了，到张家去？又不认识人，好意思吗！——叔叔，咱们下面去坐坐吧。（与叔同下）

周大璋　妈,好好儿的怎么去听叔叔挑拨? 我会扔了你吗?

周　母　我越想越对了,阔人家的小姐,怎么肯嫁到咱们家来!当然是把你赘过去。

周大璋　你不放心,我就不娶她。我刚才不是说,还没看中她吗?

周　母　一个年轻轻的小姐,装得花朵儿似的,日日夜夜的迷住你,早晚是要看中的。

周大璋　那么我就不到她家去。

周　母　谁叫你不去! 我又不是不中意那位小姐。我不过是要跟她家里说说明白。

周大璋　妈,你放心,你有什么话,我一定说去。

周　母　(摇头)我肚子里的话,你们谁都不会说,非得我自己去——你也不用哄我,什么看不中呀,没看中呀,谁信你!

周大璋　妈,等我查查黄历,给你挑个好日子。

周　母　不用,明天黄道吉日,我知道!

周大璋　妈,等我给你买一双新鞋……

周　母　(低头端详足上破鞋,叹)这双鞋倒是见不得亲家了!你明天可别忘了给我买! ——哦,我先问大妹要了地名来……(忙下)

周大璋　妈妈! ——咳! (拍桌子)准坏了我的事! (踱步)得赶快,赶快!

——幕落

# 第　三　幕

## 布　景

同第一幕，张祥甫家客厅，张婉如站电话机旁，取下听筒，又放下。

张婉如　（恨恨）大璋！叫你给我留下个电话号码，你老忘记！我有话怎么跟你说！——我叫破了嗓子，他也听不见呀！（摔听筒，望窗外，看手表）

〔冯光祖上。

张婉如　光祖哥，你都回来了？

冯光祖　早着呢，已经在这儿等人了？

张婉如　等人呢！我恨死了！——要说话，没法儿说。

冯光祖　什么要紧话，这么着急！等人家来了当面说不行吗？

张婉如　就是要警告他别来呀！爹又在捣蛋呢！他守在家里，今天不出门。

冯光祖　昨天谁叫你隔着玻璃窗演哑剧呀！

张婉如　（笑）光祖哥，你也看见了？

冯光祖　谁不看见！

张婉如　刚才一个电话准是大璋打来的，给爹接了去。

冯光祖　大不了今儿一天不见面！

张婉如　可是我有话跟他说呢。

冯光祖　有那么多话！

张婉如　总好像忘了什么没说……

冯光祖　两人就好得那么样儿！

张婉如　只许你跟她好！！

冯光祖　（窘）哪里！和你们不一样——哎，婉如，你既然承认和他好，我有一句话问你，得老实告诉我。

张婉如　老实告诉你，行啊，你问呀。

冯光祖　（坐）我说，你——你跟周大璋，到底好到什么程度了？

张婉如　（笑）你看呢？

冯光祖　你——你——你选定了他吗？

张婉如　（大笑，举示指上戒指）瞧瞧！这是什么？

冯光祖　一个手牵着手的戒指！他给你的？——这就算订婚了吗？

张婉如　随你怎么算，他给我玩儿的。

冯光祖　他给你的时候，没表示意思吗？

张婉如　表示什么意思？

冯光祖　表示他——他——他爱你。

张婉如　（大笑）我不懂这一套呀。怎么样儿表示呢？

冯光祖　别装傻。我问你，他就算是向你求婚了？他有这意思吗？（见张婉如笑）婉如，这是很重要的事呢。

张婉如　是吗？

冯光祖　你妈妈知道吗？

张婉如　当然知道。

冯光祖　我说呀，婉如，到了这个程度，就得认真考虑了——就是说呀，周大璋是不是真心爱你。

张婉如　（恼）人家都是没有真心的！

冯光祖　唉，唉，我不是说他没有真心——我意思是——他心上还有没有别人？

张婉如　人家都是三心二意的！

冯光祖　当然，你有把握，就不错了。因为——因为我——啊……

张婉如　因为你怎么？

冯光祖　我一向觉得——好像周大璋很看中燕华。

张婉如　你真是！翻了十万八千里的大筋斗来吃这个醋！他看中燕华姐！当然啰，只有你的心上人儿是天下第一，谁都看中她！

冯光祖　我不过问问你。

张婉如　放了你的心！你的燕华！对不起，人家眼睛里就没有她！

冯光祖　那么，婉如，你再老实告诉我……

张婉如　问了我半天，原来就因为怕人家看中了你的燕华！再要我老实说什么？

冯光祖　你说——婉如，你老实说，燕华有点儿看中周大璋吗？

张婉如　燕华姐又不是傻子，她明知大璋爱的不是她。

冯光祖　啊……

张婉如　这可放心了！

冯光祖　也无所谓放心。尽管她心上没有别人，她心上也没有我……

张婉如　何必那么丧气呀。

冯光祖　婉如，你说我有一线希望吗？

张婉如　怎么会没有希望，她背后老说你好。

冯光祖　（惊喜）真的吗？

〔张太太上。

张太太　是你们俩！商量什么呢？

张婉如　光祖哥在研究问题……

冯光祖　没有，没有，我不过是问问……

张婉如　他拐弯抹角的探问我燕华姐爱他不爱。

冯光祖　（窘）没有，没有……

张太太　（笑）傻吗！为什么不问她本人去？婉如，你也糊涂，不用你做什么代表呀，叫燕华来，让他自己问去。

张婉如　燕华姐还没从机关里回来呢。

张太太　她头痛，早回家了。

张婉如　（起身）我去哄她来——光祖哥，你放心，我一定走得远远的，决不偷看你们！

冯光祖　婉如，别胡闹，我——我——没有准备……

张婉如　你要问的话，你心里早滚瓜烂熟了！（笑，下）

张太太　准备什么呀，又不叫你演讲，又不是上课教书——不是我说你，光祖，做了一个大男人，见了女人一句响话不会说，这样拘拘谨谨的，叫谁看中你！——燕华什么了不起！你什么地方配不上她！（笑）看你这副为难的样儿！我也走了……（回头）大着胆子问，她有什么不愿意的！

冯光祖　唉，我——我——

张太太　（笑，仿冯光祖）“我——我——”我有事呢。（下）

〔冯光祖来回踱步，搓手，掠头发，整衣，拉领带，坐立不安——张燕华两手抵太阳穴，皱眉上。

张燕华　三婶呢？

冯光祖　燕华，头痛吗？

张燕华　还好。婉如说三婶叫我……

冯光祖　她叫你到这儿来坐坐，别一个人闷在屋里。

张燕华　哦！我以为她有事儿呢。（坐）

冯光祖　她知道你不大舒服——不发烧吗？

〔张燕华摇头，冯光祖倒茶。

冯光祖　喝一口？

〔张燕华就冯光祖手喝茶。

冯光祖　还要吗？

〔张燕华摇头。冯光祖把茶杯放在沙发旁小几上，坐张燕华旁，张燕华头枕椅背，闭目不语。

冯光祖　好一点儿吗？

张燕华　谢谢你，好一点儿了。（闭目）

冯光祖　燕华！

张燕华　（张眼）嗯？

冯光祖　啊——嗯——哦——好一点儿吗？

张燕华　好一点儿。

冯光祖　啊，燕华——

张燕华　嗯？

冯光祖　啊——啊——

张燕华　（故作惊诧状）怎么了！

冯光祖　我——我，（起身踱步）你——你——好一点儿吗？

张燕华　（笑）又好一点儿了。

冯光祖　（毅然坐张燕华旁）燕华，我想跟你谈一件事。

张燕华　（稍挨近柔声）什么事？那么严重！

冯光祖　也不能说是什么严重的事——从整个社会的观点来看，这是很小的小事。不过对于当局的那一两个人，事关终身幸福，不能不看做很重大的事，不能不细细讨论一番。

张燕华　（坐稍远）请说吧。

冯光祖　你不头痛吗？

张燕华　还没有呢。

冯光祖　很好，那我把意思整理得清楚些，分五点：第一点哪，就是说，根本这个问题，值得不值得讨论。从前的小姐，提到男女婚姻问题就觉得不好意思，有关自身的重大事情，都糊里糊涂的让人包办了。

张燕华　所以当然是值得讨论的。

冯光祖　并且需要仔细研究的——这就要说到第二点了，就是说，这个问题本身——就是说，现在要研究的，是个什么问题呢？

张燕华　嗯？

冯光祖　现在有些人反对结婚。我们要讨论的是：一个人究竟应当不应当结婚？——有人说，家庭是自私的根源，社会上许多罪恶——营私舞弊之类都是从结婚开始的。那么，结婚究竟是好事、坏事呢？

张燕华　嗯？

冯光祖　当然很明显，不妨坦白说，无论男女，都需要结婚……

张燕华　得了！我就不需要结婚。我看中了一个男人呀，跟他就跑。

冯光祖　（窘、急）燕华，我们这是讨论问题——我没说完呢——刚才说的是第二点——我先把一个大纲说完了再一一讨论吧。第三点是说，为什么我还不结婚呢？这里有几个理由，我慢慢儿告诉你听。第四点是说，现在可以结婚了吗？这下面包括两项：一项是从你的观点说，一项是从我的观点说——第五点就是把这两项合拢，就是说……

张燕华　就是说我应该嫁给你了！

冯光祖　哎，燕华，我从来没敢说过这句话。我总觉得——这个——这个——爱情这件东西是顶奇妙的东西，需要精心培养，不能勉强制造。所以我耐心等待着你，一年、两年、三年，以至五年六年，就是要它自然滋长。这就要回到我的第三点去了……

张燕华　（站起）不必了。你为什么不结婚，那是你的事。你现在可以结婚吗？那也是你的事。我现在可以结婚吗？不用你管！结论是：七十年、八十年、一百年，我心里也培养不出你那个奇妙的东西，叫我嫁给你！（愤愤下）

冯光祖　燕华！——唉，我又是怎么得罪了她？——啊！女人！女人！——这是一部神秘的书……

张燕华　（又上）我要嫁给你呀，除非我这个女职员羡慕做大学生，没福气在讲堂上听课，特地跟你私家补习呢！（下）

冯光祖　（张口惊诧）这——这——这——简直——简直——

叫人笑又不是，气又不是！她——她——我要再看不破她，我就不是人！（坐沙发上愤愤抹汗）

〔张燕华又上。

冯光祖　还有什么话吗？

张燕华　（欲前不前，虚心抱歉）光祖哥，我请你饶恕。

冯光祖　（不耐烦）什么？

张燕华　我来赔罪。

冯光祖　赔罪？我不懂我怎么得罪了你。

张燕华　我对你赔罪。我一时不知怎么的，对你那么无礼。

冯光祖　（默然）

张燕华　我很不应该那样。

冯光祖　（叹）那是我活该的。

张燕华　我当初——我进来的时候，一心准备来答应你的。

冯光祖　（茫然）答应我？

张燕华　我知道你的意思，我准备来答应你的。

冯光祖　（惊喜站起）燕华，你是故意先叫我吃些苦的，再给我甜的！

张燕华　（退一步）并不是——我诚心来向你赔罪。

冯光祖　（拉张燕华）还用赔什么罪呀！燕华，只要你答应我，随你打骂我，我都甘心情愿。

张燕华　可是我并不喜欢打人骂人呀。光祖哥，我知道你对我的一片心，可是我实在没法儿答应你。

冯光祖　为什么？燕华？唉，燕华，你就没肯听我说完第三点……

张燕华　（不耐烦）第三点！第四点！这是你冯教授的求婚法！

冯光祖　就为我分了那么几点，你就生那么大气？

张燕华　我不是生气，可是，（没好气地笑）有这样的求婚吗？

冯光祖　你要求按一定的方式？唉，燕华，你都是多看了电影，以为求婚一定要做出浪漫的姿态，说上些肉麻的话，实际上，一个真心诚意的人……

张燕华　这话甭再说了。

冯光祖　为什么呢？

张燕华　我竭力叫自己爱你，可是我不能，怎么也不能。

冯光祖　这就怪了，既然是不能爱我，为什么又竭力勉强自己呢？

张燕华　那还不明白吗！我应该爱你。这多少年来，除了你，有谁顾怜我？我爹娶了后妈，心上早没有我了。三叔三婶，也不怎么理会我。只有你，关心我，帮助我，管我，我就不知道感激吗？

冯光祖　可是燕华，感激不等于爱；我绝不赞成一个女人为了感激而牺牲自己。

张燕华　我现在想想，为了感激，为了报答你，我就应该不嫁给你——我的脾气，自己知道；谁要娶了我，就够他受的。

冯光祖　哎，燕华，你是爆仗脾气。

张燕华　一点儿不错，我就是个大爆仗。心里埋着火药，裹在一层层厚纸里闷得慌，只等火药点上，砰！拍！我一下子炸裂了，飞起来了，身子烧成一片片的冷灰，我才轻松了！畅快了！

冯光祖　我就怜惜你……

张燕华　可是你受不了我。我准会虐待你、糟蹋你、欺负你；你越好,我越要折磨你。我不会是你的好妻子——我本来打算努力做你的好妻子,——可是我不能——我不能爱你。

冯光祖　因为你爱别人。

张燕华　(默然)

冯光祖　燕华,我知道,我不如周大璋。

张燕华　(默然)

冯光祖　可是燕华,你该知道——婉如告诉我,他们俩已经算是订婚了。

张燕华　我早就知道。

冯光祖　知道了,就应该约束自己的感情,别像洪水那样决了口。

张燕华　我向来就是决了口的水,管不住自己。我但愿我能爱你,我不能。我不愿意爱他,我也不能。经过刚才的谈话,我越发看透了自己。周大璋是我的,我非嫁他不可。

冯光祖　我很了解你,我也很同情,可是——我这是撇开了自己说话——他们毕竟是未婚夫妻了,你不能破坏人家的婚姻。

张燕华　(冷笑)为什么不能?为什么不能?

冯光祖　你不应该。

张燕华　为什么不应该!应该婉如是娇贵的小姐!应该我是辛苦劳碌的奴才!应该婉如享受人间所有的福气!应该我什么都没份儿!捧着她,趋奉她!我什么地方不如她?什么地方不如她?

冯光祖　燕华，你比她聪明，比她美。

张燕华　那有什么用！这个世界是她的，她有爹妈溺爱，我只有人多嫌。她要什么有什么，我要什么没什么。她可以不在乎有钱没钱，我为了几十块钱的薪水，得把自己的生命分割了一片片出卖。——不是吗？一生不过几十年，一年三百六十天，生命分成一天天卖给机关里了。转眼我就老了，我得到了什么？聪明有什么用？美有什么用？不用聪明，人家也说她聪明。不用美，年轻女人只要不太丑，打扮得好，都是美的。她不但聪明，不但美，她脾气还好呢，心肠还好呢，气量还大呢，不像我这小心眼儿忌妒人！应该！应该！地狱里的火，都在我心里烧呢！

冯光祖　哎，燕华，这种事，细细想来，也叫人不平。所以这个世界要有哲学，要有宗教，所以……

张燕华　谁问你“所以”，我只问你为什么？为什么？（顿脚）

冯光祖　（哭丧脸）这个——这个——燕华，怎么问我呢？我怎么说呢？

张燕华　我就问你！你也是天之骄子，你糊里糊涂的，日子过得那么乐！

冯光祖　咳，燕华，你这话太偏激了，你哪里知道我心里是苦是乐。不能都像你，炸弹似的，一碰就爆裂。

张燕华　好修养！

冯光祖　你气死也没用啊！我劝你，别老想着自己，只把自己和别人看得一样轻重，犯不着为小小一个自己，白操这许多心。你就没什么怨恨忌妒的了。

张燕华　我才不那么窝囊呢！天欺负我，我就得格外多多照应自己！天不爱我，我也就不爱我自己？只应该婉如有好丈夫、阔丈夫！只应该她的丈夫能干，她的丈夫漂亮！

〔冯光祖叹气，起身踱步。

张燕华　光祖哥，我请你原谅，不是我看不起你……

冯光祖　也不要紧。

张燕华　不过我——我——

冯光祖　你爱他阔，爱他能干、漂亮……

张燕华　那当然。什么叫没条件的爱情，我不信！

冯光祖　（叹）那么，我是永远没有希望的了。

张燕华　何必说这样可笑的话呢！我早说过了，我不是你的好妻子，天下女人多的是，就说没希望。

冯光祖　（叹）燕华，我没想到你是这样的心思。（叹）可是我不明白，你到底打算怎么样儿去嫁给周大璋呢？

张燕华　我也不知道——不过我要做的事，我一定做到——早点儿，晚点儿。

冯光祖　（摇头，叹气）

张燕华　也不是那么困难！大璋，他爱我。我知道他爱我。

冯光祖　我只能希望你成功吧。

张燕华　不用你希望，你帮我一点儿忙。

冯光祖　我能帮什么忙呢？

张燕华　你不是要到苏州去，吃你堂妹的喜酒吗？

冯光祖　我明后天去。

张燕华　你今天就走。

冯光祖　（点头）叫我走开点儿？——当然可以。

张燕华　你带了婉如走。

冯光祖　这个我管不了——她说了不去的。

张燕华　可是我告诉你一个消息：她要跟周大璋私奔呢，私奔！这是她自己的话。

冯光祖　胡闹，我告诉姑夫去。

张燕华　不用告诉，你今天带她走就完了。

冯光祖　她又不是小孩子，肯让我带走吗？

张燕华　叫三叔命令她。三叔正不要她和周大璋来往呢，——嘘，三叔来了。

〔张祥甫穿拖鞋上。

张祥甫　（站门口）婉如！

张燕华　是我，三叔叔。

冯光祖　姑夫。

张祥甫　哈哈，我说是周大璋来了呢！（欲下）

张燕华　三叔，光祖哥正要问你个事儿。他今天就要到苏州去，不知婉如妹妹去不去苏州去玩儿。

张祥甫　今天就走？

冯光祖　外婆想接婉如去住几天，三婶没工夫，她可以跟我同去。

张祥甫　（喜，拍桌子）太好了！叫她马上就跟你同走！我对她说去！——婉如！婉如呢？——婉如！（下）

张燕华　瞧！我没料错吧！

冯光祖　婉如一定不肯。

张燕华　她不敢不肯；三婶也准赞成。

冯光祖　（摇头叹气）反正谁跟我苏州去，就同去，我不勉强谁，也不管谁的账。——燕华，我得收拾行装去。（下）

〔张燕华看表，看窗外。隐约闻楼上张祥甫和张太太片断的话："看看新娘子去！"——"买点苏州糖食回来，"——"快点儿！"

〔张婉如匆匆上。

张婉如　怎么办呢？燕华姐！爹逼着我立刻到苏州去。

张燕华　好天气，正可以游山玩水，苏州是好地方。

张婉如　哎，可是——

张燕华　可是有一个人不能同去！叫他跟着一起去，多好！

张婉如　咳！燕华姐，真糟糕！待会儿大璋准会来看我的，也许马上就来了。可是爹要我和光祖哥赶这班火车，立刻就走，爹自己送我们走——燕华姐，你说怎么办呢？

张燕华　留个信给他，叫他也到苏州去。

张婉如　你说他肯去吗？（找纸笔，写信，撕掉又重写）怎么说呢？

张祥甫　（在外）婉如！婉如！

张婉如　（高声）来了！来了！（向张燕华）急死我了！（撕信，又写）

张燕华　（笑）就别写情书了，写简单点儿。

张祥甫　（在外）婉如！

张太太　（在外）婉如，你还有两双新的丝袜子呢？

张婉如　（向外）来了！我来了！（撕信）燕华姐，你给我写了吧。

张燕华　（笑）胡闹，我怎么能替你写情书呢，我只能帮你传个信罢了。

张婉如　谁还写什么情书！（写信，又撕掉）燕华姐，你给传句话吧，行吗？

张燕华　传什么话？

张婉如　叫他到苏州来——告诉他我和光祖哥到苏州去了，叫他也来。

张燕华　替你传话，得有个信物呀。

张婉如　干吗要信物？

张燕华　证明是你的话。

张婉如　什么信物呢？

张祥甫　（在外）婉如！婉如！

张婉如　来了，爹！——燕华姐，你说……

张燕华　这个手拉手的戒指——（指张婉如手上戒指）——你就烦这双手拉他到苏州去呀！

张婉如　（喜，笑）你这坏东西就想得到！（脱戒指交张燕华）你给他，就说——你替我说吧。

〔张祥甫上。

张祥甫　婉如，叫你换衣服去。

张婉如　不换了。

张祥甫　那么就走！东西妈妈都给你收拾好了，（高声）光祖！

〔冯光祖提小箱及提包上。张太太提小箱随上。

张太太　婉如，别忘了，过老大房再买点儿东西带去，我已经告诉你爹了。

张祥甫　知道了！知道了！还要说多少遍！

张太太　光祖，替我们都问候，给你六婶道喜——叫他们上这来玩儿……

张祥甫　(顿脚)咳!我就不懂为什么你们太太出门,末了儿一分钟,还要结个账——来玩儿啊,问好啊,早说了都不算,非要末了儿总结一遍。走、走、走、走了!

张婉如　(悄推张燕华)别忘了。

张燕华　忘不了。

〔众哄然下,张太太与张燕华复上。

张太太　燕华,剩了咱们俩了——约人来打牌吧。

张燕华　啊呀,我忘了,刚才好像是婉如说的——是王太太请你去打牌呢,还是陈太太——要你就去呢。我打电话问问吧。

张太太　甭问,准是王太太!她是坐山的老虎,不爱出门——可是我去了,剩你一个人了。

张燕华　我看家。

张太太　那我就走了。(下)

张燕华　(听张太太出门,看表)都走了……(高声)刘顺,周大璋先生来,请他坐一坐。(下)

〔周大璋上。

周大璋　(坐,自言自语)都出去了。(翻阅画报)

〔张燕华盛装上,作欲出门状。

张燕华　啊呀!周大璋先生!

周大璋　燕华!

张燕华　真不巧,都出门了。

周大璋　燕华,那么漂亮,到哪儿去?

张燕华　对不起,周先生!我有点儿小事,不能奉陪。

周大璋　他们就回来吗?

张燕华　回来？不会就回来吧？

周大璋　哪儿去了？

张燕华　三叔三婶送婉如和光祖到苏州去了。

周大璋　苏州去？婉如和光祖？去干吗？

张燕华　（很神秘地笑）不知道。

周大璋　张先生张太太也去了？

张燕华　他们去了就要回来的。

周大璋　啊！（沉思）

张燕华　哦，一件大事差点儿忘了！（翻皮包，取出一纸包）一件东西，婉如叫我交给你的。（交周大璋纸包）她还请你到苏州去吃喜酒。

周大璋　（拆纸包，见戒指，愕然）她没别的话吗？

张燕华　她请你到苏州去。

周大璋　你怎么不去？

张燕华　没请我。

周大璋　怎么不请你？

张燕华　请我干吗？

〔周大璋默然，玩弄戒指。

张燕华　这是订婚戒指吗？还你的？

周大璋　（强笑）这也充得订婚戒指吗！太寒伧了！

张燕华　（微笑）瞧你这样失望，好像是你的未婚妻给人抢走了。

周大璋　我失望？你的未婚夫给人抢走了！我还失望！

张燕华　我没有未婚夫。

周大璋　我也没有未婚妻。

张燕华　你有未婚妻，就派我有未婚夫？

周大璋　我知道你没有未婚夫，就自幸我没有未婚妻！

张燕华　（冷笑）自幸！周博士落空了！大家快来抢！

周大璋　燕华，是你落空了，我来抢你。（拉张燕华手）

张燕华　（甩手冷笑）对不起，周先生，我还有一个约，失陪了。

周大璋　燕华，不准走。（拉张燕华）告诉我，你有什么约，我不让你走。

张燕华　（笑）看我的律师去！看我的财产经纪人去！到银行的保管库里取东西去！

周大璋　燕华，你看谁去？

张燕华　我说了。

周大璋　别胡说。

张燕华　当然啊！那只是胡说罢了！要是真的话，大璋会把我派给冯光祖吗！

周大璋　燕华，你太看轻我了。我的爱，是一斤一两约着卖的吗？你明知我爱的只有你！我所以退步，不过是为了你的幸福！可是我忍不住还是要到这儿来，不能看见你，也能偶然听到你，时刻感觉到你——这是多么矛盾、多么可怜的心思呀。我还有自尊心，怕人家笑，我得借一个名目，算是来找婉如。婉如！没头脑的一个小动物罢了！她是金子打的，她也能和燕华比！我就能给她买了去！燕华，除非是为了你的好，我甘心退让——我周大璋从没有对我的环境低过头！除非是为你打算——或者，你不支撑我。

张燕华　大璋也要谁支撑！

周大璋　我有时候疲软得支撑不起。我梦想要一个温暖的胸口，能让我埋下脸去，让我任情的哭哭、笑笑——我觉得自己变成了一个硬壳的空管子，外表虽然硬，里面却是空的，饿着要点儿软的东西填进去、填满它！（搂张燕华）让我在你面前做一个最无能、最可怜的人！我这个空心的硬壳里，只要加进一点儿你的同情，我的疲软、我的脆弱，立刻会凝固得钢铁一样坚硬！燕华，你是我的。（欲吻张燕华）

张燕华　（半推，柔声）大璋。

周大璋　永远永远是我的！（为张燕华戴戒指）既然你说这是订婚戒指，这戒指就是你的！（吻张燕华手）

张燕华　（枕周大璋肩）可是大璋——（转弄戒指，叹气）明后天我爹也许就要到上海来，逼我回去——回去……你知道，我是不愿意的。

周大璋　咱们结了婚度蜜月去！

张燕华　大璋也想结婚吗？他不是看透我是个傻女孩子，在跟我玩儿吗？

周大璋　燕华，摸我的心！我是跟你玩吗？

张燕华　可是，事情就那么容易，明天就结婚？

周大璋　除非你胆儿小，你不敢。

张燕华　我怕什么！我打定了主意，就非做到不可！

周大璋　那么，燕华，咱们明天早车到杭州去。

张燕华　杭州去？

周大璋　游西湖去！

张燕华　啊！

周大璋　明天清早走。

张燕华　真的吗？说走就走？你都准备了？

周大璋　都在我身上。你带了你的东西，到车站去。

张燕华　最早的一班车？

周大璋　一清早！现款有多少都带着。

张燕华　当然！

周大璋　我这会儿就回去！筹备所有的事——燕华，听听我的心跳得多快！

张燕华　我马上也收拾东西去。

周大璋　对。

张燕华　明天清早见！机关里得请个假吗？

周大璋　明天车站上再说。明天见。（下）

张燕华　（目送周大璋背影）这是真的吗？啊，谢天！有志者，事竟成！

——**幕落**

# 第 四 幕

## 布 景

同第一幕。

张太太坐沙发上织毛衣，张婉如躺在长沙发上吃苏州糖食。几上有糖食罐、瓜子壳。

张太太　你们没多带两罐儿采芝斋的松子糖。

张婉如　实在拿不了了。（吃糖食）我说，妈妈，燕华姐准是跟大璋跑的。光祖哥说，他可以打赌。

张太太　管他们呢！

张婉如　我也不气！我看破他了！

张太太　气它干吗！犯不着！

张婉如　我才不在乎！现在想想，他准是存着坏心，想骗我。（吃糖）什么呀！就好比石头上浇水：水也流了，石头也干了！谁也不在乎谁！

张太太　大家撂开手就完了，还想什么？不值当！——只有你爹，还忙着登报啊，写信啊——燕华的爹早该收到信了，瞧，连回音都没有！

〔外边争吵声，周母不顾刘顺拦阻，大嚷："我偏进来！"闯上，刘顺跟上。

周　母　你不是阎王爷的看门小鬼！你挡不住我，这儿是姓张，我就问你们姓张的要人！

张太太　你找谁？

周　母　我找姓张的！

张太太　刘顺，你放她。——有话好好儿说。

刘　顺　她找周大璋，我说周先生没来，我们这儿姓张。

周　母　姓张就不错了！我就问你们姓张的要。

张太太　要什么？

周　母　要人啊！你们好便宜，你们有了个小姐，就想霸占我的儿子吗？我们周家十八代祖宗行好积德修来的子息，让你们张家现成受用的吗？

张婉如　你是大璋的谁？

周　母　哦！我是大璋的谁？倒也叫他大璋！这就别想赖了！大璋不是藏在你们这儿，我就不算人！（扭住张婉如）不还我大璋，我就跟你拼了这条老命！

张婉如　（挣扎）干吗呀？这老太婆疯了！

〔刘顺拉周母。张太太拉张婉如。

周　母　（对刘顺）你敢！你敢！你知道我是什么？我是年轻守寡的节妇！你敢碰我！

刘　顺　我怕你？

张太太　刘顺，你出去。

〔刘顺出，站门口探头内望。

张太太　周老太——你姓周，不是吗？——请坐坐，有话好好儿说。婉如，叫杨妈倒碗茶来！

〔张婉如下。

周　母　哎,究竟是亲家太太——你是姓张啊？究竟是念书人家的太太,懂道理!

张太太　周老太,你大概是弄错了,我们没有姓周的亲家。

周　母　啊呀,亲家太太,这话就不能四四方方的讲了。按规矩呢,新亲,没喝过会亲酒,也好意思找上门来吗？可是讲情理呢,我们到底是男家,男比女大,阳比阴贵,倒让你们女家压没了我们男家,只怕皇帝家也没有这个规矩。

〔杨妈上,倒茶,旁立呆看。张婉如也远远站着看。

张太太　可是,周老太,我就只一个女儿,还念书呢,并没有出嫁……

周　母　就是这位小姐吧？长得真不错！观音娘娘似的,也配得过我们大璋了。可是,你们小姐不出嫁,不成就该我儿子出嫁呀！我为这件事,发了几夜的愁,早就想过来说说——不是吗,亲家太太,现在不比从前了,媳妇儿没过门,就行得和男家见面说话了,那么,没会过亲的亲家,见见面,说说话,咱们脸皮儿都老了,还害臊吗！(笑)我就为脚上这双鞋,头上开了花儿,怕亲家看见笑话,说等等吧,等大璋给我买双新鞋——谁知他——唉,真是说来气人！男心也向外了,怕我拦他,一声儿不响的,自己赘过来了。

张太太　从来没有这样的事儿啊!

周　母　这事瞒不过我。我的金压发,金如意,还有一对绞金丝的镯子——还是我哥哥给我赎回来的,都给他拿来了,写个条儿,说是拿来娶亲的。

张太太　你的儿子，就是周大璋？

周　母　哎！总不能连我这个娘都不认呀！你女婿怎么能干，也是从我这肚肠子里爬出来的呀！

张太太　哦！周大璋的娘！

周　母　亲家太太，咱们称呼也客气点儿。我倒亲家太太长、亲家太太短……

张太太　可是周大璋跟我们没什么亲呀！

周　母　他明明写了个条儿，说是来娶亲的。我不认得字，他大妹也不大认得。等了他两天不回来，把我急得半死。还是他叔叔来了，看了他的条儿，才知道他是在这儿。

张太太　周老太，你儿子拿了你的东西跑了，我们不知道，我们这儿他没来。

周　母　哎，亲家太太，我那几件首饰，本来是留着给儿媳妇的。我一个寡妇家，千辛万苦，养得儿子成人，不过是指望早娶儿媳妇，早抱孙子，我就算没有白活了一辈子。我守寡到今天，没有穿红著绿，只等娶儿媳妇的好日子，让我穿上红裙子做婆婆，受他们双双一拜。亲家太太，您想想……

张太太　你这老太，我已经告诉你了：你儿子不在我们家——不信问我们门房。

周　母　（拍桌子、顿脚）亲家太太，你讲理，我也讲理；你硬是抵赖，我就信你了？——你们家房子大，我儿子也不是一颗芝麻——他是一颗芝麻吧，烧了灰我也认识！（向内高声）大璋！趁早自己出来，别想躲得过你娘！（欲入内）

张太太　这老太婆哪儿去?

周　母　找新房去!

张太太　杨妈,拦住她。

杨　妈　(拦)你找什么新房? 我们这儿有什么新房!

周　母　(推杨妈)你老妈子少开口,等我告诉了你们姑爷,叫你滚蛋!

张太太　这婆子疯了,叫刘顺拉她出去!

杨　妈　叫警察来,抓你出去!

周　母　你们别仗势欺人! 警察来,也得讲理! 我的儿子叫你们藏起来了,你们人多,就能欺负我吗?

〔刘顺上,与杨妈捉周母左右手,强拉出门。周母坐地下放声大哭。

周　母　我这条老命跟你们拼了吧! 我还活着干吗! 我生的儿子,倒让别人靠着享福,阳间是没理可讲的了,我一头撞死了,找阎王爷告状去吧!

〔张祥甫上。

张祥甫　这是怎么回事儿?

张太太　周大璋的娘……

杨　妈　来找新房……

刘　顺　我告诉她周大璋不在这儿……

张祥甫　别闹,(向周母)你是找谁?

周　母　(急起立)您是这儿的张老爷?

张祥甫　你找谁?

张太太　这是周大璋的娘,来找周大璋……

周　母　亲家太太,您别抢在头里,也让我伸伸理——唉,亲家,我是来找儿子的。就让你们赘了我的大璋,也不能绝了我们娘儿子的情分,不许见面呀!这多少天了,我每天心上熬油似的……

张祥甫　那么周大璋也跑了!跑了几天了?

周　母　哎,笑话,这四五天了,不是在你们这儿躲着吗?倒来问我!我们大璋娶你们的小姐,我是千肯万肯的,可是,总不能像皇帝家娶媳妇儿,把人关进深宫大院,不让出门呀!

张祥甫　不用说了,燕华是周大璋拐走的!(向周母)嘿嘿!你儿子拐走了我们的侄女儿,我正请了包打听找他呢!一会儿你的亲家会到上海来,你们算账去吧。(转对杨妈、刘顺)你们走开,什么好看的。

〔杨妈、刘顺退立门口。

周　母　啊?——你说什么?

张祥甫　我的侄女儿给你儿子拐走了!我只问你要人!

周　母　啊呀,啊呀,我知道什么!

张祥甫　刘顺,别让她跑了!(向周母)你说,周大璋躲哪儿去了?

周　母　阿弥陀佛!我知道了还跑到这儿来吗?我说你们藏了我的儿子呢——没有,大家也好好儿说呀。

张祥甫　你拐了我们的人,倒来讹我们!刘顺,别让她溜走!待会儿大老爷来了好问她。

〔周母慌,回身跑,刘顺拦住。周母大叫。

周　母　大璋,你害得我好苦!养儿子享福呢!我为儿子只是吃苦受气!我是个苦命老太婆,抓住我干吗!

张太太　放她走了拉倒。

张祥甫　不能，得扣住她。周大璋在哪里，她准知道，至少也能探出些线索来。一会儿燕华的爹来了，我怎么交代？

刘　顺　（指外）大老爷来了。

〔张元甫口衔雪茄烟上。

张元甫　好啊，三弟、三弟妹——哎，婉如。

张婉如　大伯伯。

张祥甫　大哥，叫我们好等！我们的信几时才到的？

张元甫　前天？——大前天？忘了。

张太太　我们估计大哥今天该来了。

张元甫　我本来也不想来——恰好有点事儿，燕华的妈要配花边，说是上海的好……

张祥甫　燕华跑了，我们四处打听……

张元甫　跑了，就跑了……

张太太　跟一个男人跑了……

张元甫　当然是男人，不会跟女人跑。

张祥甫　给一个骗子拐走了……

张元甫　骗得她喜欢就好。

张祥甫　呀，你就不追究？

张元甫　追究什么？女大不中留，你把她锁在屋里贴上封条，她还是会逃走。

张祥甫　你就让她去？

张元甫　（笑，吐烟圈）不让又怎么？人都走了。

张太太　（笑）我们大哥倒是看得开……

张祥甫　照这么说，我也不管账了。（指周母）这是那男人的娘,你有话跟她说吧。

张元甫　有什么可说的。(跷脚坐大沙发上,悠然吐烟圈)

周　母　(挣脱刘顺)我可要说了——我才不上你们的圈套!拐了我的儿子去,倒说我儿子拐了你们的人!吓我!吓跑了我,你们一家子团圆享福。我才不上这个当!我不走呢!我在这儿守着,大璋不能老躲着不出来!

张祥甫　好呀,我叫警察来带你去,叫你交出你的儿子来。

周　母　好亲家,我儿子躲在你家里呢,我只问你要人。

张祥甫　我侄女儿跟你儿子跑了,我只问你要人。

张元甫　哎,你们闹什么?

张祥甫　闹什么!大哥,我先要怪你呢。女儿不管不教,出了岔儿,坏我们张家小姐的牌子!你不在乎,我这儿还有没出阁的闺女呢。

张元甫　那有什么关系。燕华是燕华,婉如是婉如。

张祥甫　都是张家的小姐,一个招牌子。

张元甫　有关系也没办法呀!

张祥甫　谁说没办法?开了空头支票,就赶紧送款子进去弥补亏空!双双逃走了,就抓回来补行结婚礼!

周　母　啊呀,我们大璋明明说是结亲来的,他认真跟谁跑了?

张祥甫　你倒会装糊涂!你自己说他是结亲去了,你说出来,他到哪儿去结的。

周　母　不是在这儿结吗?你们一顿饭、一顿点心的哄着他,他心上还有妈呢?他哪儿去结亲还告诉妈呢?我要找他出来说话,你们又拦着我。这会儿倒来问我!我叫他出来自己说!

〔周母作势欲上楼，张祥甫拦住。

张元甫　（泰然）让她找去。找完了，你也上她家找去。不结了！

张祥甫　好啊。杨妈——你们挤着看什么？带她满处找去，有没有，自己仔细看。

〔周母回顾，畏缩不敢上楼。

张祥甫　去啊！去找啊！

周　母　我伶伶仃仃一个人，叫你们弄死了也容易！

张太太　这可是笑话了！你自己说是我们藏了你的儿子，你自己要找去；这会儿请你去找，你又不去，这不是分明的赖人吗？

周　母　你们人多势众，我叫你们关了起来呢？

张太太　（笑）把你关起来干吗？——刘顺、杨妈，你们走开。（向周母）你跟我来。……

〔周母见门角鸡毛帚，抢持手中。

杨　妈　太太，这可不行……

周　母　我拿着壮壮胆，又不动手。

杨　妈　（取扫帚上）太太您先走，我跟着。

周　母　你这是干吗？

杨　妈　我也拿着不动手。

张太太　来啊！（下）

〔周母随下，杨妈随下，张婉如笑着随下。

刘　顺　这个检查队倒是从来没见过的。（下）

张祥甫　查完了，咱们一同到她家去。

张元甫　去干吗？

张祥甫　查查问问。

张元甫　(悠然吐烟圈儿)何必跟那老婆子一般见识！天下哪一个儿女是爹娘的？小时候是寄生虫,大了是他自己的人;男啊、女啊,都是一样。

张祥甫　照你说,都别管他们了？

张元甫　(缓缓)这就叫“儿女债”！欠他们的债！

张祥甫　(叹)燕华也是个可怜的孩子——我早说周大璋这人不稳当。

张元甫　(抽烟,闲闲的)怎么样一个？

张祥甫　公司里的一个职员,家里有这么一个娘。

张元甫　他骗得上燕华,本领就不小。

张祥甫　怕将来日子难过呢。你准备给她多少？

张元甫　嫁妆吗？她那一身本领就是活嫁妆,一个月二三分钱的利呢。

张祥甫　你总得给她些？

张元甫　一个子儿也没有。

〔冯光祖上。

冯光祖　姑夫——哦,伯伯几时来的？燕华有了！

张祥甫　找到了？在哪儿？

冯光祖　她来了一封信,叫我五点钟到车站去等她。

张祥甫　他们在哪儿？

冯光祖　叫我守秘密的。

张元甫　哈哈,你就为他们守秘密！

张祥甫　她叫你去干吗呢？

〔冯光祖不答。

我知道，准是要钱！哼，还说什么？

冯光祖　没说什么。

张祥甫　没说起周大璋吗？

冯光祖　是他。

张祥甫　周大璋的妈妈赖我们藏了他的儿子，这会儿在楼上找人呢。

〔张太太上，周母哭泣上，张婉如等随上。

张太太　别哭呀，他准在别处躲着呢……

周　母　（哭）大璋呀！我的大璋哪儿去了呀！我还想穿了红裙子做婆婆呢！送终儿子都没有了。活着没依没靠，死了也只好到三岔路口抢些冷羹饭吃了！

冯光祖　就是这位大妈？

张祥甫　擦擦眼泪别哭了，这位先生把你儿子找回来了。

张太太　找着了？

周　母　（擦泪）大璋呢？

张祥甫　别忙，我先问你，周大妈，你儿子回来了，你打算怎么样？

周　母　叫他回去啊。

张祥甫　你打算给你儿子、儿媳妇办喜事吗？

周　母　办啊！我新房都准备好了。别的没有，大红蜡烛是早买了的，点上拜拜天地祖宗，少不了。新床上的被褥，是我自己喜事里的。

张祥甫　好极了。你听我说，周大妈，你快回家去，换上红裙子，等着做婆婆吧。新郎新娘子就回来了。

张太太　真找着了？

张婉如　（向冯光祖）燕华姐有信了？

冯光祖　（点头）有消息了。

周　母　你说我们大璋要回来了？

张祥甫　对，一会儿你们大璋就回来了，带着你儿媳妇一起回来了。

周　母　真的，不是开我玩笑吧？

张祥甫　你问问这位先生，他就要到火车站去，接了他们送回你家去。

冯光祖　可是我怎么接呢？他们没打算回家呀。

张祥甫　光祖，你也是个没用的人。先叫好汽车，只说请他们俩吃晚饭，把两人哄上车，叫车夫开到他们家去——周大妈，你住哪儿？说明白了地址，我们好把你儿子送回来。

周　母　七马路，"万利"杂货铺楼上——就是大璋娘舅开的铺子，发财得很呢！一天好几千块钱的生意呢……

张祥甫　哎，一定发财——七马路几号呀？

周　母　七千七百，大饼摊儿旁边，水果店对面。

张祥甫　那么你先回去等着，我们这儿的太太小姐们还要打扮打扮，再到你家来吃喜酒……

周　母　啊呀，喜酒怎么请得起！

张祥甫　你放心，我办了送过来。

周　母　啊呀，亲家，您就太客气了！——那我自己也得洗洗换换呢……

张太太　（笑）所以叫你快回去。

周　母　可是我们大璋呢？

张祥甫　这位先生去接。

周　母　我也一起接去。

张祥甫　你去了，就接不到了。你儿子没打算回家，看见你，他就躲了。快回去，在门口等着。——光祖，你留心别让燕华跑了——周大妈，等着你儿子下车，就拉他上楼。

周　母　我拼了命也不会让他溜走！

冯光祖　那我就去接他们了。

张祥甫　地名别忘了。光祖，这点事儿总办得了吧？也是燕华的大事，咱们得替她好好儿收场。

冯光祖　放心。（看表）我就走了。（下）

周　母　这可是真的了。我还得回去拾掇屋子呢！我也走了。

张太太　快回去吧。

周　母　（笑）你们就来啊！现在是亲戚了，不嫌我们家寒伧，亲家老爷、亲家太太、小姐，还有这一位亲家老爷，都请过来啊！

〔众笑，送周母到门口，只张元甫不动，坐沙发上抽烟。

张太太　（笑）哎唷！好容易送走了！我脑袋都胀大了！

张祥甫　事情没完呢，赶快，弄一张结婚证书，还要燕华的图章——婉如，做新娘子还需要什么东西？

张婉如　花儿，头纱……

张祥甫　对了，你们准备去。

张太太　干吗呀？

张祥甫　抓了他们回来，叫他们补行结婚礼呀。

张婉如　咦！燕华姐嫁给他！流氓！骗子！

张元甫　（呵欠）她早已嫁了，不用你批准！

张祥甫　你们得赶快。你们还要打扮打扮呢。

张太太　我不去！谁和那老婆子攀亲家去！

张祥甫　这是大事！谁说不去！

张元甫　（懒懒的）你们去吧，我就在这儿躺会儿了。

张祥甫　你是主婚人，我是证婚人。

张太太　我和婉如不去了……

张婉如　妈妈，咱们去看看吧。

张祥甫　去，去，去，燕华面上，就这一遭。行了礼，你们就回来得了。

张婉如　妈妈，咱们穿什么衣服？（拉张太太同下）

张祥甫　（打电话）大鸿运吗？要一桌酒……

**——幕落**

# 第五幕

## 布景

同第二幕，周大璋家。室内打扫清洁，挂红结彩，点着红蜡烛。

周母穿红裙，端坐正中。周妹盛装，鬓上插红花，戴首饰，旁立为周母敷脂粉。

周　母　（照镜）再搽红些！我是爽快脾气，红就红个透！（叹）从生了你到现在，就没有称心称意的打扮过。你大喜的日子，我只不过搽了点粉……

周　妹　行了吗？

周　母　（照镜，叹）哎，你瞧瞧，究竟老了！大妹，你没看见我做新娘子的时候哪！一掐一滴水，这边儿，这边儿，（抚两颊）红鸡子儿似的。都说我是香烟牌子上的美人儿呢！（摇头感叹）也没有打扮几回，人都老了！

周　妹　什么老！我们老太还当自己十八岁那么打扮呢，也戴了大红花儿。

周　母　她吗？做新娘子进门，黑不黑、黄不黄的脸皮子，看来就像有三十岁了。到现在，她倒也就是那么老。咳，大妹，我吃她喜酒的时候，可惜你没看见呀！我梳一个光溜溜的烧饼头，这边儿（手托耳边）一朵桃红的宫花，大绿叶子。

〔楼下周舅妈嚷"客人来了！"引张元甫张祥甫兄弟、张太太及张婉如上。张婉如夹大小盒，捧花。

周舅妈　（上）客人来了！

周　母　啊呀，啊呀，两位亲家老爷，亲家太太，小姐，请坐！请坐！我们这儿地方窄，脏死了——嫂子，忙坏了你！

周舅妈　哪儿的话！还没跟你道喜呢！小毛儿跟她爹找你们叔叔去了，一会儿就来，（转身）请坐呀，请坐呀，大妹，倒茶——（掇凳）

张太太　你们别客气，不张罗……

〔周世奎上。

周世奎　大嫂子，大喜呀！

周　母　你也喜，（手忙脚乱）你们都请坐呀，别嫌脏呀。（取抹布，抹桌子凳子）

张祥甫　大妈你别忙——你打扮好了就到楼下去，门口等着，别让你儿子跑了。

周　母　啊呀！我这个样儿去站在门口，不害臊吗？

〔张婉如吃吃笑，张元甫早找了个最舒服的椅子，坐下抽烟。

张祥甫　你搬个凳子，坐在门背后，听见有汽车到了，赶快就出来。

周　母　那么，我得下去了。我再叫我大哥也帮着我抓住大璋——呀，大妹，倒茶呀！（指大妹）她就是你们小姐的小姑子，我的女儿，就是嫁给我娘家侄儿的——这是我们嫂子，我女儿的婆婆，——请坐啊，凳子我都泡了碱水擦过的……

周舅妈　你下去吧！这儿有我呢。

周　母　叔叔，你也帮着招呼招呼。这两位是张亲家老爷，这位是亲家太太，这位是他们的大小姐。

张祥甫　周大妈，你赶快下去吧！

周　母　我就下去了，（下，又回顾）你们别客气啊。（下）

张祥甫　（回顾）这就算是礼堂了，还得布置布置。婉如，东西拿出来，准备着。

〔张婉如解绳开匣。

张祥甫　这桌子挪这儿，红毡子铺这儿。

〔众人搬桌子，铺红毡。

张祥甫　周大璋有图章吗？

周　妹　有，有。（开抽屉找图章）

张祥甫　周大妈有吗？

周　妹　有木头的。

张祥甫　也行，都拿来，搁桌子上——新郎来了站这儿，新娘子站这儿，（指点）啊，还少个赞礼的……

周舅妈　他们叔叔常做赞礼……

周世奎　啊，啊，啊，我赞——赞礼单呢？

张祥甫　没准备……

张元甫　就甭赞了。

张祥甫　没赞礼单行吗？

周世奎　那就得随我赞了，行！

〔外汽车喇叭声。

张婉如　来了！

张祥甫　来了！

〔众静听。周母扭周大璋上，周舅妈提小提箱随上。

周　母　这可别想跑了！这可回来了！我一颗心，日日夜夜的在油锅里煎熬哪！

周大璋　（挣脱）妈，我是回家来，又不跑……（莫名其妙，招呼众人）

〔冯光祖提手提包，挽张燕华上。

冯光祖　（招呼众人）来了！

张燕华　干吗呀？（呆视众人）

张祥甫　婉如，装扮新娘。

周世奎　（赞）装新人！

〔张祥甫推周大璋站桌前，做手势命冯光祖为周大璋戴襟花。

张燕华　婉如！三叔！三婶！——呀，爹！

周舅妈　（哑声向张婉如）叫新娘子别开口！新娘子开口不吉利。

〔周舅妈扶张燕华与周大璋并立。周妹立张燕华旁，助张婉如为张燕华披纱，张婉如代张燕华捧花。

张祥甫　（站在桌前正中）来，大哥，（请张元甫站在左边）周大妈，（请周母站在右边，咳两声清清嗓子）大家请听，啊……

周世奎　（赞）主婚人致辞！

张祥甫　我是证婚人，他们（指周母及张元甫）——他们是主婚人。

周世奎　（赞）证婚人代主婚人致辞！

张祥甫　各位请听：周大璋、张燕华，自由主张，两厢情愿，要结为夫妻，啊——万事通融，补行婚礼不晚；一切从简，现在时世非常。恰巧今天哪，黄道吉日。点上龙凤烛，铺下红毡毯，新人一对，交拜成双，愿他们百年好合，白头到老，多子多孙，福寿无疆！（向周世奎示意）

周世奎　（赞）新郎新娘相向立！

张燕华　（扯纱）这算什么呀？

周舅妈　（哑声）新娘子别开口！

周　妹　新娘子开金口，白米堆山金论斗！

周世奎　（赞）跪！

周大璋　哎？（周母等按周大璋跪）

张燕华　大璋！

周舅妈　（向周妹）叫新娘子别开口！

周　妹　新娘子金口开，财源滚滚进门来！

〔张燕华怒，咬唇，周妹、周舅妈按她跪下，扶张燕华手代“万福”。

周世奎　（赞）跪！拜！拜！拜！兴！礼成！

张祥甫　结婚证书上打图章。

周世奎　（赞）结婚人用印！

〔冯光祖代周大璋、张婉如代张燕华用印。

周世奎　主婚人用印！

〔张元甫用印，张祥甫代周母用印。

周世奎　证婚人用印！

〔张祥甫用印。

〔张燕华扯下头纱。

周世奎　（赞）新娘卸装！新郎新娘拜见尊长！

张元甫　哎，鞠鞠躬算了。

周　母　（拉椅子坐正中）亲家，什么话！做人一世，难得今儿一次！就这么站着，身子晃几晃，也算行礼吗？

周世奎　（赞）拜见婆婆！

〔周母端坐。

周世奎　（赞）跪，拜，拜，拜，兴！

〔周大璋自跪，周妹、周舅妈按张燕华跪，扶手代“万福”。

周世奎　（赞）拜见叔公！（自上受礼）

张祥甫　大家一起行个礼算了。

周世奎　乾宅坤宅都在一起？没这个礼！

张太太　这样叩头就叩到明天去了。

周世奎　得、得、得，（赞）大家对鞠躬！

〔众排立，与周大璋、张燕华对鞠躬。

周世奎　（赞）拜家祠！

张元甫　还没拜完吗？

〔张燕华直立不动。

周　妹　新嫂子累了吧，坐坐——叔叔，晚上拜家祠……

周　母　不忙！不忙！（扶张燕华）快坐会儿歇歇！别累坏了！

张太太　（向张祥甫）咱们可以回去了。

〔张婉如收拾头纱等物。

张祥甫　（点头）就回去——燕华，你现在就是这儿的人了，我们把你一规二矩的嫁过来了，好好儿做你的贤妻和贤媳吧。周大妈，你可以放心了！喜酒，一会儿就送来，我们就走了。

周　母　啊呀！亲家，不吃了喜酒走？让您花那么多钱，自己又不吃。

张太太　我们回家吃——来吧，婉如——光祖——

周　母　不再坐会儿？——大妹，叔叔，嫂子——大家送送。

〔众哄然送下。

张燕华　大璋，这是怎么回事儿？

周大璋　我也不知道。

张燕华　这可不是做梦吧？

周大璋　简直像演戏呢。

张燕华　这——这就是你的家？

周大璋　咱们的家了！

张燕华　（回顾）好个"诗礼之家"！（指外）那一位就是你的知书识礼、有才有德的妈妈啰？楼下就是你舅家的什么华洋百华公司啰？那位喜妈妈就是你妹妹啰！（苦笑）咳！大璋，真是环境由你改造啊！！我佩服你改造环境的艺术！

周大璋　哎，燕华，命运由你做主呀！！我也佩服你掌握命运的手段！

张燕华　好！说得好！你的意思，我很明白！你说命运是我自己掌握的，是不是？不能怪你，是不是？

周大璋　哎，燕华咱们就是彼此彼此。

张燕华　我可比不上你！

周大璋　别客气，燕华，除了你，谁还配得过我！

张燕华　除了你，谁还配得过我！——可惜，我没有你这副厚皮老脸！这就是"咱们的家了"！你把我哄到这么个家里来！

周大璋　啊呀，燕华，你这个绝顶聪明人，怎么怪起我来了！我要做了老天爷，你要什么，我还有不叫你称心的？可是由不得我呀！

张燕华　由不得你？哼，都由你改造呢！可是我要做的事，我一定做到！

周大璋　是啊，你能征服命运！！

张燕华　包括你！！从你开始！！记着！

周大璋　我？我只会改造……

张燕华　我从此就得督促你的改造！包括你！！也从你开始！！记着！

周大璋　燕华，你说得对，说得对！你都对，都对！——凭我这份儿改造环境的艺术，加上你这份儿征服命运的精神，咱们到哪儿都能得意！

张燕华　（苦笑）在你的嘴里，什么都大吉大利呢！

周大璋　口说无凭，咱们往后瞧吧，这是咱们的世界！来，来，来，喝一杯，这世界是咱们的！（随手拿茶杯倒茶，强与张燕华碰杯）

张燕华　（喝）这是半冷不热的茶！

周大璋　当它酒喝，一样！

〔众上，七手八脚搬圆桌面，摆酒席。

周大璋　（斟酒）妈，忙坏了你！叔叔，舅舅，舅妈，大妹夫，大妹，你们受累了！今天是大喜的日子！我老丈人还没有为我出力呢，我叔丈人已经给我找了好差使！（张燕华低头旁立）新娘子当然不如我妈美！可是她那份儿千依百顺的脾气呀，打着灯笼也没处找！我这一辈子，还有什么不顺心的吗！今天的喜酒，是真正的喜酒哪！！（举杯）恭喜！恭喜！

**——幕落**

# 《喜剧两种》一九八二年版后记

一九三五年我和默存出国的时候,我父母俱在。一九三八年海外归来,母亲已于家乡沦陷的时候去世;父亲逃难,寄居上海。船过香港,默存到昆明教书,我就到上海看望老父。正值我母校校长因苏州沦陷,要在孤岛的上海复校。我应她的要求,留在上海帮她工作。上海沦陷,学校也就停办。恰恰默存又一次来上海探望他的逃难在上海的母亲。路途艰难,辗转到达之后,却出不去了。我们就一同沦陷在上海。

上海虽然沦陷,文艺界的抗日斗争始终没有压没。剧坛是一个重要的阵地。当然,剧坛不免受到干预和压力,需演出一些政治色彩不浓的作品作为缓冲。有几位朋友如陈麟瑞(石华父)、李健吾、黄佐临等同志鼓励我写话剧。我试写了几个剧本,虽然都由进步剧团上演,剧本却缺乏斗争意义。如果说,沦陷在日寇铁蹄下的老百姓,不妥协、不屈服就算反抗,不愁苦、不丧气就算顽强,那么,这两个喜剧里的几声笑,也算表示我们在漫漫长夜的黑暗里始终没丧失信心,在艰苦的生活里始终保持着乐观的精神。我对话剧毫无研究。这两个剧本,不过是一个学徒的习作而已——虽然是认真的习作。

一九八一年十二月于北京

# 风　　絮

# 剧　中　人

王奶妈

乡　人　（长幼男女数人）

沈惠连

唐叔远

叶　三

老　金

方景山

方景山叔

方景山堂妹

# 第　一　幕

乡间一座破庙,搬掉了佛像,修葺粉刷以后,改成一间大堂,一边排着几只矮凳子,旁边放着几件没编完的藤篮竹器,凳脚堆着些藤皮竹丝。另一边张着几架绣花机,紧靠边一张旧桌子上铺着雪白的布,桌上有纱布药棉一类东西。靠右挂着方景山母亲的遗像,前面供着灵座。庙前一棵老槐树,遮得里面暗沉沉的。暖风里,满天飞着杨花,满地滚着杨花。

从破庙的院子里,看得见前面新盖瓦屋的后墙,上面大字写着"叶氏小学"。庙旁,矮墙外面一棵桃树,伸进半枝密密的桃花,墙外是整片青翠的稻田,纵横镶嵌着几畦金黄的菜花,田野尽处是火车轨道。火车驰过时撇下的白烟,已经凝成一座一座白云,重沉沉地压在天边。远近有几只狗在叫。

幕开,王奶妈站在庙前石阶上。舞着扫帚在赶杨花。院门半开,两个乡下女人在探头。乡女二人上。

女　甲　王奶妈!

女　乙　(笑推女甲)看看,王奶妈乐得疯了。

王奶妈　什么呀,这些杨花!疯了似的,乱飞乱滚,要扫片干净地就不容易,回头我们姑爷回来——

女　甲　你们姑爷真的放出来了?

王　　（恼）怎么不真！把他关一辈子啊？认真他犯了什么案子啊！

女　乙　嗳，王奶奶，我们不过问问：几时出来？

王　　（很得意地）看着——（指矮墙外远处）才过去一趟不停的车。再来就是了。

〔乡女丙丁拿着爆仗鞭炮上。

女　丙　王奶奶，方先生要回来了？

王　　嗳，天有眼睛。有潘大胖子会害他，也有好人会帮着我们小姐救他出来。

女　丁　（送上爆竹鞭炮）小鱼他爹叫我送过来的。热闹热闹，清清晦气。

王　　啊呀，多谢你们了——呀，我糊涂了，你们坐坐呀！

〔门里挨进两个孩子，看见满地杨花，就扑着乱抢。

王　　嗨，阿龙，你来得好，回头替我们放爆仗！

孩　甲　我放！

孩　乙　我放！

女　丙　别吵！——阿龙，我大巴掌打你呢，昨儿你把我们弟弟怎么了？

女　丁　（推丙）算了——

〔村夫二人上。

村夫甲　（送爆仗鞭炮）王奶奶，凑凑热闹。

王　　唷，赵老大，生受你了。

村夫乙　这会儿乐了，王奶奶！方先生几时回来啊？

〔乡老妇上。

老　妇　王奶奶，你们姑爷放了？

众　　　穆老太！

王　　　坐坐坐坐，穆老太，我们姑爷就要回来了。

〔门外五六个孩子探头。

门外一孩　方先生来了么？

（外）　　哦，哦，方先生回来了！方先生回来了！哦！哦！

王　　　（大声向门外）你们怎么出来了？你们先生叫你们开欢迎会呢。

〔远处隆隆火车声汽笛声。

女　乙　来了！（伸头看墙外）

王　　　就是这车！（众伸首望墙外）

孩　甲　放么？

女　丙　外面放去，外面放去。

〔二孩取爆仗下。

（外）　　放么？王奶妈？

王　　　放？等一等吧！

（外众孩声）　放！放！放！

〔爆竹声。

（外众孩拍手唱）　爆仗飞得高！

内众人　咱们大家运气好！

（外众孩拍手唱）　爆仗跳得远！

内众人　好运绵绵坏运转！

（外众孩乱叫）　哦，哦，运气好了！运气转了！（外鞭炮声）

女　甲　嗳？你们小姐呢？

王　　　接姑爷去了吧，没看见。

村夫乙　咱们也接去！

女乙丙丁　（手障着眼睛望墙外远处）来了！来了！

王　　人来了?!

女　乙　车停了。

村夫乙　咱们也接去！

村夫甲　去啊？

王　　去啊！

女甲乙丙　去啊，去啊！

老　妇　咱们去啊！

〔众一哄出门。门外狗乱叫。许多孩子杂乱地嚷着："方先生回来了！方先生回来了！"声音渐渐儿远了，听不清了。

〔沈惠连百无聊赖地从堂后面出来。在石阶上站了一会儿。慢慢儿踱到槐树底下。她一手抱着树干，头靠在树上。痴痴地看着飞舞的杨花。

〔王奶妈急急忙忙又从院门进来。

王　　咦！小姐！你在这儿！

〔沈如梦初醒，呆呆地瞪着奶妈。

王　　（顿脚）姑爷来了，都接他去了，我说你早去了呢！——我因为想起这儿没人，门都忘了关——怎么？一个人在这儿！

沈　　不来呢。

王　　车都来了。看，看。（点足，两手障目）

沈　　不会是这趟车。

王　　你说姑爷这班车回来呀。

沈　　我说过么？怕赶不上吧。

王　　早知道不来呢，咱们倒没赶进城接去。

沈　　除非你爱走交叉路。唐先生来信，叫咱们在家等。

王　　那么你没出去——才刚就在后面——我们放爆仗，没听见？都在凑热闹呢，说吉利话——

沈　　难为他们。

王　　也是人家好意啊，总得讨点儿吉利。清白晦气的，牢狱里关上一年多了。结亲不到一年，倒关了一年多。

沈　　难为他们好意。

王　　（凑近看沈脸）怎么了？

沈　　人要回来了，他们也来热闹了，平常他们想念景山呢！

王　　那也不能怪他们——

沈　　潘大胖子挤掉了姑爷，他要是自己做了姑爷的事，他们不说他好，能干！和气！

王　　那混蛋！

沈　　看看，这破庙，不是潘大胖子来了改的？！那瓦房，不是潘大胖子来了造的？！这儿乡下少了一个方景山么？！

王　　这句话就对了。我对你们说过多少遍呀：要教书，哪儿不能教，要开学堂，哪儿不能开，一定要找到这么个乡下破庙里来！唷，可记得你做新娘子才来的时候呀，天又下雨，东也漏，西也漏。真是一个千金小姐嫁到破窑里来了。

沈　　奶妈妈，我没请你跟了来。

王　　不是我怨哪。我替你冤！念了一肚子书，什么用啊？到这儿来教乡下姑娘们编篮子，编筐子，绣花。她们哪一个不比你能干多呢！她们躲这儿来玩，省得在家刷锅煮饭洗衣裳。谁要你们什么改良，什么服务的！花了嫁妆钱，替他们包包冻疮擦擦红药水。烂洞儿大了，还急得直叫奶妈妈！

沈　（恨恨）嗳，哪一天可以别干这些倒霉的事了！

王　呀！这又奇怪了！姑爷给抓了去，我横说竖说，叫你回娘家去吧，你肯听么？唐先生也劝你别住这儿，到城里去，你肯听么？

沈　我就让潘大胖子！他害了姑爷，我就由他摆布！

王　那你也算称心的了，潘大胖子斗不过你呀！凭他多险的心肠，凭他城里牵线多，叶三老爷出来拍肚子，这儿公地他买下了！吓，潘胖子，只好滚他的蛋呀！这是叶三老爷的地，叶三老爷的房子了，叶三老爷要你替姑爷，没要他！（拾起扫帚扫地）

沈　我偏不让他！不让他拍上叶三。你们怕潘胖子地头蛇，我可不怕他！

王　得了，人怕鬼，鬼也怕人。我看你们到了乡下来，就忙一个潘大胖子。没了他，事情做不成。有了他呢，今儿是潘大胖子买东西打了回扣赚了钱，明儿又是潘大胖子家里新盖的猪圈开了公账——

沈　嗳，奶妈妈呀，这就是方景山的伟大使命！他的最高理想！这也是我不听了爹爹妈妈话到这儿来帮他干的高人几等的大事业——管着一个潘大胖子的猪圈！看我们多成功！年轻好时候，换来那么个成功！潘胖子走了，景山回来了，还有人替他放爆仗说好话！嗳，奶妈妈，我也该得意了！该乐了！

王　（疑疑惑惑）你在说笑话？

沈　　看我多乐！我在说笑话！

王　　（熟视沈）你算说反话呀？我也不懂。打开天窗说亮话，我对你说吧，哪儿的蚯蚓吃哪儿的土。你们抢了人家饭碗儿，挡了人家的路，人家恨不得咬你们。你们不当心呀，不止一个潘大胖会放野火说姑爷是无法无天的什么党什么派。看着——

沈　　呣，我们再不回城里去，还要给抓去呢！

王　　（急按沈嘴）好晦气的话，小姐，你怎么的？

沈　　那不是你要说的话么？你怕晦气，今儿得躲着去，监狱里出来的人，一身都是晦气呢。

王　　（连吐唾沫）我怕什么？我没跟你进监里去看过他！晦气他不带回家，出来剃个头，洗个澡，开了光，装了金回来呢！

沈　　他有那么些闲工夫。

王　　唐先生会去招呼呀！有唐先生在那儿呢，你包在他身上。

沈　　你说唐先生接了姑爷一同回来？

王　　总该一同来了。为了姑爷，叫他乡下城里一来一去地赶了几百趟了。钱用了多少别说，风里雨里东奔西走的辛苦别说，心思拌掉多少！你算算！总算姑爷还有两个朋友！城里一个唐先生，又现成是律师。乡下一个叶三老爷。现成本地的财主。

沈　　叶三算什么！他也配得上朋友。

王　　不是他买下这儿公地，帮你赶掉了潘大胖子，你还能住下不走么！这儿三尺地面上，谁不看他脸。这两年来，不是靠他照应！鱼啊，肉啊，老送给你吃！

沈　　我吃了他的么？

王　　不吃是你客气，人情只在啊——我说错了么？

沈　　你从来不错。

王　　干吗呀？刺毛虎似的！——（凑近沈脸细看）姑爷还不来，不是我耽搁了他呀，我也在等啊。你看，衣裳床铺，都搬出来晒了，鸡早上杀了煨在火上了。嗳，我也在等得心上发烧啊！

沈　　你发烧去，我不发什么烧。

王　　唷，唷，唷！还装出这副张致来！你不等姑爷回来！

沈　　呣，奶妈妈，这句话说到我心坎儿上来了。

王　　哈哈哈，千煮万煮的鸡子儿，老嫩了！做小姐的时候，倒是老皮老脸的不害羞。老爷嫌姑爷穷，你偏要他，也不怕人说。这会儿倒又装出这副劲儿来，不在乎！信你！怕奶妈妈笑么？

沈　　不怕你笑，也不怕你信我！说给你听是叫你信我么？我心上撑满了装不下，吐一句出来，自己轻松轻松。

王　　小姐，你在跟谁发什么脾气么？

沈　　跟我自己。

王　　这一年多没个姑爷在家磨你，我们反把你脾气惯坏了。

沈　　你们？你们谁？

王　　叶三老爷不趋奉你？

沈　　我要他趋奉！乘景山不在家，他来趋奉！

王　　我不惯了你？还有唐先生——

沈　　（微笑）唐先生怎么惯了我？

王　　他对你那么客气——

沈　　客气？嗐，客气——（叹）

王　　我们惯了你，回头姑爷来了，你对他闹脾气去，那可——（摇头）

沈　　我后来还跟姑爷闹脾气么？

王　　是啊，要越来越和气才对。

沈　　嗐，奶妈妈，他要说这桌子是圆的，我也说是圆的，他说是尖的，我也说是尖的。他说是天下第一，我就说他天上也是第一——

王　　不好么！这会儿也知道夫妇团圆，是好福气了。

沈　　他是我的十字架，我得背着走。

王　　什么架？

沈　　挑上我自己挑选的担子，走我自己挑选的路。那是我的份儿。

王　　什么胡说八道！

沈　　（顿脚恨恨）我这时候才知道我那么恨他！

王　　还恨什么？一会儿姑爷就回来了。

〔唐叔远推门上。

沈　　唐先生。

王　　我们姑爷呢？

唐　　给他们抢去了，听！

〔外远远的许多孩子在嚷“哦，哦，方先生回来了！方先生回来了！”

唐　　路都不能走。我绕道来的，他们抢了景山去开欢迎会了。

王　小姐，小姐，咱们前头去！看欢迎会去！

沈　那么些人围着他呢，去干吗。你要去，你去。

王　（开门向门外大声）姑爷，姑爷！（急匆匆地跑出门去）

唐　该怪我让送得不好，——给他们一个浪头卷了去，简直没办法。

沈　（背着脸）太失望了。

唐　（认真）我真抱歉，——可是，总算回来了！等到天晚，也不过个把钟头了！方太太咱们该庆祝成功！

沈　假如成功值得庆祝。

唐　（诧异）怎么说？

沈　还有比成功更没味儿的事么？什么有意思的事，什么有价值的事到成功了，就是完了。碰了壁了。不能再做下去了。

唐　（诧异地看着沈）好在你们俩的事业，离成功还远着呢。

沈　我们俩的事业！——我不承认。

唐　你们不是志同道合么？

沈　志同道合！（笑指飞舞的杨花）唐先生，你看那一朵杨花，它的志愿是要飞上天去！

唐　（笑）一个人就那么可怜！

沈　就跟草木一样。春天，太阳里开着花儿，春风吹得它乱飞，——什么理想，什么恋爱，不过是春天的太阳，春天的风。明儿掉下地，抽了芽，生了根，不过是一颗种子——假如环境让它活着。

唐　（强笑）这“植物哲学”什么时候想出来的？前年你跟

潘大胖子斗法的时候，你不像植物。

沈　　有不安分的植物。飞呀飞呀，以为自己有多大力量，自己做得主！安分的，谷子麦子，早悄悄地把自己烂在泥里做下一代的肥料了。

唐　　可是我佩服景山的，就是他自以为能做主。我就爱他那股傻劲儿。

沈　　傻劲儿，他不妨有呀。他也该知道他不是天地间少不了的大伟人，担着什么伟大使命来救人的。

唐　　就因为他有那自信，才有那傻劲儿。

沈　　他只信他自己。他从来不能从别人眼睛里看自己！从来不承认别人心目中的自己。

唐　　何必到别人眼睛里去看。别人眼睛里，他不过是一个不知世事、不切实际的傻子。他应该回城里去，钻谋一个小事情，安身立命去。——唷，真的，差点儿忘了，我去接景山的时候，碰到他的堂兄——景渊，是不是？我告诉了他，他说今儿没空，明后天到乡下来看你们呢。

沈　　谁要他来！

唐　　大概就是要劝景山回城里去。

沈　　要他们管！他们懂什么！无论景山怎么样没经验，没学问，不知世事，是个顶叫人受不了的有志青年，反正他们不配来教训。他们只知道赚钱养家，生男育女，驯良的好动物。咄！他敢来！我问叶三借那一群狼狗来咬他！——看他敢来！

唐　　（笑）干吗那么激烈。才在说景山不能从别人眼睛里看见自己！

沈　（任情地）我今天不爱讲理！我今天什么都别扭！什么都别扭！

唐　因为消息太突兀？——我自己也觉得——觉得——是裘老头儿的书记突然打电话来说放了，想不到那么快。希望得太长久了，忽然又那么容易，好像咱们一年来的心思都错得冤枉。早知道——

沈　可是谁那么聪明，会早知道。——早不该让景山给这儿乡下警察抓去。我要跟那两个混蛋拼死活——

唐　你也拼不过，他们有枪。

沈　我就没有？（从墙上移去一块砖，墙洞里掏出手枪）看看！

唐　这手枪哪儿来的？

沈　这是纪念品。（把手枪放原处）一个纪念品。留在这儿壮壮胆子的。——都是奶妈抱住了我。我要早使用了它，别让景山在这乡下抓去，城里不至于像这儿没王法，不会鼻子里灌醋，身上烧香洞，逼得景山招供。

唐　你要跟他们拼，你自己也不保了——

沈　嗳！我宁可那时候死了吧！省了今天——（忽住嘴。瞪着唐，惊骇自己会说出这句话。——低声）我一心一意地等着今天，等他回来，可是这时候我一点儿不希望他回来！我怕他回来！我不要他回来！（急又咽住）唐先生，我在胡说，我在胡说。

唐　因为你太乐意了，反觉得不自在。——好好地歇一会儿，景山就来了——（取帽）我走了。

沈　走了？不等景山？

唐　　我特为辞行来的。

沈　　辞行?

唐　　我有点儿事,要到北边去一趟。

沈　　那么急?就来不及等景山回来?

唐　　我已经跟他说过了。

沈　　啊——什么大事?没听见你说起过。

唐　　突然有点儿事。

沈　　啊!突然!——几时回来呢?

唐　　不知道——也许——不知道——

沈　　一时不会回来。

唐　　一时不会回来。

沈　　我知道的!我知道的!

〔惠连抬起头来,她挑战的目光,直射进了唐叔远的眼睛。叔远慢慢儿转开眼光,低着头——惠连伸手给唐——低声。

沈　　唐先生,再见了,(握手)我告诉你我为什么今儿觉得什么都别扭。——因为我知道你要走了。

唐　　你知道——?

沈　　我早知道的。我早知道有那么一天,你突然要有事走开。

唐　　为什么早知道——?

沈　　为什么!为什么!我应该知道,我自然知道,我一向知道。

唐　　希望我没告诉过你。

沈　　除了你的嘴。

唐　　没想到我是那么个可怜的透明人儿。

沈　不，你不透明，是我在胡猜，我在胡说——我在胡说些什么——

唐　你没说什么——方太太再见了——

沈　再见了，唐先生。你所记着的我，当它一捆废纸，把它藏起来，埋得深深的，再别翻出来看一看。

唐　假如我能够。

沈　因为我从来不爱看过去的自己。总叫我讨厌她，看不起她，为她羞得流汗。因为你要走了，把你记着的我带走了，你得答应我——把它埋得严严密密。别再翻出来看，我托给你的。

唐　好吧。像埋在山里的宝贝一样稳。你放心。

沈　我就觉得你像一座山似的稳，我自己就是风风雨雨里挣扎着的小树。这一年安安稳稳地种在你的山限里——可是，从今天起，我又得——（笑）是你护得我太好了——咱们再见了——假如会再见。

唐　假如。

沈　还有——

唐　嗯？

沈　没什么——我忘了——

〔二人相视默然。唐决然下。沈呆立，痴痴地看着唐后影。

〔叶三上。扭唐同上。

叶　来，来，来——慢走一步。有你唐先生在这儿方太太还肯赏脸。

唐　可是叶先生，我有事要走了。

叶　慢走一步，慢走一步——（向外）老金，往哪儿去？挑进来！

〔老金挑满担鸡鱼肉上。沈站在石阶上，迟疑地看着那担礼物。

〔老金停担，坐扁担上。

沈　　叶先生，这——

叶　　别说下去了，别说下去了——你再客气，我就说是看不起我。

沈　　哪儿的话呀——叶先生——

叶　　别说了，别说了——我知道，我面子不够——进门碰见唐先生，哦！我说，好了！有唐先生有面子的人在这儿呢。我说不上话，他的舌头是有斤两的。

唐　　（笑）抵不上你的胳臂有斤两——

叶　　那有什么用啊！我们乡下人罢了。虽然祠堂里供满了做大官的祖宗，毕竟我们是乡下土货，不比唐先生有谈吐——方太太就肯赏脸陪着说闲话！

沈　　您赏脸跑到这儿破庙里来！

叶　　方太太，不说客气话——这是我的生日酒，知道请不到你，特为挑了来的。——唐先生，你就替我说一句好话，叫她别客气，别老给我没脸了。你说一句话，方太太都答应啊——还是有附带条件，一定得唐先生今儿不走，也陪着一同喝酒？

唐　　（怒）叶三——

沈　　（赔笑）叶先生，您就不让我说话。没想到是您好日子，我还以为这是您跟景山接风来的呢！

叶　　景山什么？

沈　　景山回来了，回头我们跟您拜寿。一同喝您的寿酒。

唐先生有事先请吧。

〔唐对沈招手,下。沈目送唐出。叶什么都没有留意。

叶　什么?! 什么?! 方景山回来了?

沈　回来了。

叶　啊? 怎么会?

沈　唐叔远救他出来了。

叶　唐叔远啊? 他真心救他? ——哈哈。这会儿朋友回来了,可以多多来往啊? 方便些!

沈　他有事出远门了,不来了。

叶　(诧异)哦? 呣——唐叔远,他有女人的么? 说是没有结婚呀。

沈　这个不干咱们事。

叶　说是他娘爱赌钱,还有许许多多姐妹,都流水似的会花钱。他赚多少花多少。所以还没娶亲呢。

沈　叶先生哪儿探听来的这些话?

叶　我们老金的兄弟在城里开汽车,就在他们隔壁。他们家事,我都知道。

沈　他妈妈爱赌钱?

叶　脾气还坏。

沈　姐妹很多?

叶　都打扮得妖妖娆娆的,有几个嫁得很阔。——呣,大概看惯了城里女人——心上有人了。

沈　那是他的事。

叶　哈哈哈——他跟方先生倒是好朋友?

沈　同过学——这次是他知道了景山的事,自己找来帮忙的——他是律师。

叶　　嗨,很好。——很好,很好。——方先生已经来了?

沈　　在前面,他们在开欢迎会。

叶　　嗨!很好——很好——很好,很好——(怒声向老金)你坐下了不想动了?不想回去了?

金　　挑后头去么?

叶　　谁叫你挑后头去?倒空了担子回去啊!

金　　早着呢,月亮还没上来呢,您说在这儿吃了晚饭回去啊。

叶　　谁说的?谁说的?搬出来,快!空担子挑着回去!

沈　　呀,叶先生不在这儿喝酒么?

叶　　我有事呢。——可是方太太,有一件事我正要通知方先生,他回来得正好。——方太太,你知道的,这个地方,本来是镇上公地,潘大胖子要来接办的时候,是我拍出钱来,把这房子这地买了下来,才让你管下去的。可是这一年来,这一笔经费太大了,我实在亏负不起了——

沈　　呀,叶先生,上次你说要怎么样扩张,怎么改造——

叶　　上次是上次的话,现在我没钱维持下去。

沈　　那么叶先生预备——

叶　　这地方另外有用——方先生既然回来了,最好——你们后面的住房,都可以还我了,我这儿要翻造呢!

沈　　叶先生——

叶　　老金!东西都搬出来了?回去。

沈　　叶先生,这许多东西,我们不能领。我们——

〔外面人声嘈杂。

〔奶妈上，侧身让方景山上，急关门。

王　（向门外）回去吧，我们姑爷要歇歇了。

〔外面推门打门，王靠在门上。

叶　（正眼不看景山）嗳，让我们出去呀！

王　哦，叶三老爷！（向方）叶三老爷顶照应我们小姐的——这就是我们姑爷！叶三老爷替我们姑爷接风来了？

叶　方先生，久仰久仰——

方　叶先生。

叶　一点儿小东西——

王　不坐会儿？我沏茶去。

叶　没工夫了。老金！

〔叶岸然下，老金随下。

〔沈惠连生了根似的站在上面，惧怕地看着景山，好像是一个不认识的生人。

方景山　惠连！惠连！——（迎上）别让我一跤摔醒了，你还是不在我旁边。

沈　（向前，闪开景山）景山，我赶不及来接你。

方　我不要你接，我不要你接。我要你在这儿等着我，在咱们的窝里。

王　姑爷饿坏了吧？我弄晚饭去。

沈　我去。

方　惠连——

王　（恼）这点儿事我都不会了！要你去！（下）

方　　惠连，（前抱沈，沈闪开）可不又是抱个空。嗳，惠连，惠连。不知多少次，不知多少次，我才看见你，你就溜了。总是差那一点儿我抓不住你，（注视沈）不认得我了么？怕我么？（苦笑）这是个监狱里新放出来的犯人！

沈　　景山，你累了。歇一会儿，吃点儿东西——

方　　我歇得还不够么！歇了一年多了。我什么味儿没尝过，还想吃什么。（走向沈，沈避入堂内）惠连，你变成一个生人了。

沈　　景山，你别——别——（躲闪）咱们有话说呢。

方　　说话！你不在我旁边的时候，我心上直在跟你说话。还叫我一个人对自己说话？惠连，你过来，给我一个实实在在的真的你！我总害怕，怕一辈子抓不住你，我抱住的总是一个影子——（逼近沈）

沈　　（退）景山，（强笑）别做出这副样子来——

方　　（忽见母灵座，停步端详母遗像）这还能是假的么！这是等着我回来的妈妈！我梦里从没有看见那么严酷的实在。（瞪视遗像，失声哭——止哭向沈）惠连，惠连，从前你怨我心上只有妈妈。今天可以回答你了，先在我心里的，她先走。可怜妈妈，白有了儿子，不肯做好儿子，拖她到这地方来还不够——还叫她牵肠挂肚——一个人孤凄凄的——

沈　　我跟奶妈时时刻刻陪着。

方　　可是我不在——

沈　　她一病就糊涂了，并不明白你不在这儿。我怕她也许有一个清楚的时候，也许有什么话，所以不敢跟奶妈轮流。几天几夜，我一直陪在旁边——

方　可怜妈妈会忘了儿子在什么地方，她心上是怎么也不肯死的，她还要等我回来呢。

沈　我把她送进城里会馆去了。

方　伶伶仃仃的——嗳，儿子，儿子！是我不安本分，白叫她为我辛苦了一世。牺牲的不单是我，还有她。——惠连，我没有权力也牺牲了她！

沈　你没有权力牺牲任何别人。

方　可是还来得及么？你有父有母的人，你不懂得。我以前还是泥里的笋，现在长成了竹子了。护着我的皮儿，一层一层地都掉了。我不再是肥嫩的笋，我得做坚韧的竹子。

沈　可怜的风雪中的英雄！可怜的孝子！

方　孝子，现在无可孝了。英雄，我是个一无所成的废物。活着是白活的。死了，世界上也不少了我。——惠连，要是没有你，我再没有力量活下去。过来，惠连，我要像野兽似的吃了你，让你的血流到我的血里来。给我一点儿热力。

沈　你早已吃掉了我，消化了我，所有的我，都变成了你，你，你！（躲避开，恨恨地）可怜的你！可怜的你！——你没有权力牺牲了任何人，可是你要吃掉我，因为你说爱我！

方　呀，惠连，惠连，怪我牺牲了你么？到这儿来做事，是你自己的意思。我只知道爱你。你我，我你，咱们还分彼此么？你的志趣就是我的志趣。你的力量就是我的力量。我的成功就是你的成功。从今以后，惠连，我只有你了。

沈　我，我早已没有了，成了你的一部分。除掉你消化不了的那一点点儿。

方　（失望地看着沈）那一点点儿！你那么大一个，硬得像一块铁，冷得像一块冰。

沈　（强笑）怕你吃了我——嗳，进去歇歇吧，别站在这儿嫌我了，我要不像一块铁，这一年怎么撑？我为你把家里人扔了，他们没找我回去，我还是什么嫩芽儿么？

方　你曾经是我擘下的一个嫩芽儿，你现在是我的金箍棒了！（抱沈）嗳，惠连，这才是我的惠连了！

〔沈倔强地侧过脸。

方　可是谁知道我抱的，不还是一个影子。你从来没有完全给我，你永远不会完全是我的——回过脸来，眼睛看着我，我心上的话，不能说。让你的心贴着我的心，让我心上的话，自己流过来。

沈　（撑拒）我都知道了。

方　你不知道我多么感激。没有你，没有叔远，我还有今天么？秋天一场大病，我准给糟蹋死了，妈妈病的时候，我可以急死，没你们，我早失望死冤屈死了。死了，什么希奇。谁知道天下糟蹋死了一个人！可笑我偏又抱着那么大希望，担着那么重责任。

沈　天没让你死。

方　有你活着，我怎么肯死！天下有你还有叔远这样的朋友，我也值得活着。惠连，我告诉你，这一年来我也细细想过。怎么能说这是个丑恶的世界。不经过这次磨难，我怎么会知道你这样勇敢，你是这样坚强，自始至终，没有一点儿动摇地支撑我。我怎么能知道叔远会忘了自己的利害，不顾一切来救我。怎么说天是残酷的，他借了这小小的苦难，给我这许多慈悲。

沈　　愿天也可怜我。

方　　所以我回来了！惠连，我回来了！从今以后，咱们再不必分离了！

沈　　从今以后——

方　　数不清的日子！每一天走近咱们理想一步。惠连，有一天，这个小小乡村，会变成一个模范乡村。让大家看看，乡村应该是怎样的！总有那一天，叫一切笑咱们的人知道，咱们没有为吃为穿，白活了一辈子，就算咱们是傻子，也是傻不可及。

沈　　可是我不傻。别说“咱们”。我一点儿不傻！

方　　（很清楚地看出沈在嫌他避他，推开沈）那你就是个顶可怜的，自以为聪明的笨东西，自以为什么都看透了。都不值得做。

沈　　又不能不做。

方　　那你就完了！（很不高兴地走开）

沈　　也许——

〔王奶妈上。

沈　　奶妈妈怎么？

王　　鸡烂了，肉也烂了，再煮就出油了。

方　　奶奶，我只想吃一碗咱们天天吃的稀饭，你自己做的咸菜——

王　　哦，今儿好东西多着呢——（忽见阶下礼物——鱼肉等）啊呀，小姐，这许多东西怎么办？

沈　　搬后面去——

王　　有几天吃的。（搬物下）

方　　那人叫叶什么？难为他一番好意。明儿弄了菜请他来吃。

沈　　不必请他。

方　　还有唐叔远。

沈　　人家忙着要出远门了。

方　　明天还不走呢！

沈　　他没工夫来。

方　　他为我也要抽出点儿工夫。

沈　　赶不及请他来。

方　　我立刻寄信。

沈　　可是，景山，何必呢？我希望咱们两人一起。没外客。

方　　（不耐）今儿是我跟你，咱们俩。明天约叔远来，我还没跟他畅畅快快地谈过，我要留他好好儿多住几天才放他走呢，顺便还请了那个姓叶的，就是他的东西。

沈　　景山，我想霸占着你——

方　　你是一个不可救药的女人！你不懂得爱，偏又喜欢调情。霸占着我，再度蜜月么！可惜我没有什么心情跟你一试一探一逃一躲追呀避呀哭呀笑呀地谈情说爱了。我的春天已经过去了。你也不再是娇娇嫩嫩的小女孩子了——

沈　没工夫讲爱情，只可以谈事业了？——可是我不爱你那事业！

方　惠连，你是女人，你妒忌丈夫的事业，讲事业就是不爱你，妒忌丈夫的朋友，有朋友就是没有你——不是我不感激你，要是没有叔远你能帮我多少！现在我回来了，你就逼我推开朋友。

沈　我没有逼你，我不过想——

方　你叫人不耐烦！

沈　嗳，景山，我真不是个好太太，怎么把你的脾气都忘了，我怎么能够违拗你！

方　你不用拐弯抹角的，我早已说过了，咱们都不是年轻人了——一生一次度蜜月，尽够了！

沈　你说得很对——明天请唐叔远来，请叶三来——

方　嗳，惠连，不生我的气？我性子还是那么暴躁——我刚才的话不过跟你捣蛋，你不当我真？

沈　差一点儿忘了，差一点儿当真了。

〔王奶妈上。

王　晚饭开哪儿？

沈　问姑爷。（下）

方　惠连，惠连——（下）

王　（奇怪地看着他们背后）又闹了？

——**幕落**

# 第　二　幕

景同第一幕。

幕开，墙外的顽童在把石子泥块扔进墙来，王奶妈又着手在院子里闹。

王　　嗨！哙！干吗？谁？——

〔外掷泥块。

王　　好啊，当心啊！谁把东西扔我们这儿来？

（外）　你们这儿！这儿不是你们的！

王　　（垫了凳子往外望）咦，这不是阿龙、小鱼儿，你们干吗？

（外）　我们玩儿。

王　　玩儿？谁教你们这样玩儿的？摔得这儿满地泥土。

（外）　我们玩儿，不干你事。

王　　你们闹，告诉你们爹，放了学不回家，在这儿摔石头掷人。

（外）　怕你告诉，我们要扔呢。

王　　要扔，别处去！到我们这儿来，当心！我告诉方先生！

〔方上。

（外）　方先生不是好人！

王　　什么?!

(外)　　方先生不是好人!这地方不是方先生的!

王　　阿龙,你好啊!昨天你还替我们放爆仗说好话呢!

(外)　　(两三人齐声)方先生不是好人,明儿就叫他滚,滚!

王　　好,好,好,你们当心着——(回头见方,大声)姑爷!

方　　奶妈,你在干吗?

王　　听听,这些野人!昨儿把方先生捧上天,今儿就在骂人。

方　　别理他们。

王　　也不知是谁教他们的。

方　　嗳,奶妈,你就跟他们一样大?厨房里只小姐一个人在忙呢!

王　　她忙!她坐在灶仓里,眼看着火舌头做梦呢!

方　　啊呀,那你还不帮她去?

王　　她赶我出来扫地的。

方　　一会儿客人就来了,别赶不及——

王　　小姐说今儿没客人,没人来的。

方　　(怒)怎么没人来?咦,为什么没人来?

〔叶上。

王　　哦!可不是来了!叶三老爷来了!(下)

方　　叶先生!请进来,请进来!

叶　　不客气——我找方太太。

方　　她在后头,请坐一坐。

叶　　(踌躇)方太太想必已经告诉您了。

方　　是的,我知道了。所以今天特地要请您来谈谈。事情可以有许多新的发展，值得重新斟酌。

叶　可是我没工夫。我来提醒你们一声。

方　这事对于叶先生有很大的利益。我已经约略写下了一份计划书——叶先生，也许我该介绍自己——我是一向研究农村经济的。我在这儿虽然只办了一个小学校，添了这一班学手艺的，那不过是我的初步，站定脚跟的意思。

叶　嗳，我早已闻名，久仰得很。

方　岂敢，从前一向荒谬，没有早来拜见过，这次多承叶先生照应内人。

叶　笑话，笑话。

〔沈惠连上，站在后面听着。

方　我不知道怎么样儿报答，只能拿叶先生对我的心，作为鼓励，我愿意尽我一生，为这地方上效劳。

叶　方先生不必放在心上。这地方——

方　这地方是顶合理想的。不太大，不太小，交通又很方便。

叶　（不耐）我已经对尊夫人说过——

方　叶先生忙什么。何不请坐下，咱们细细谈谈。

叶　对不起——

方　叶先生实在不得空，请等一等，（从口袋中掏摸出一沓纸）在这儿。叶先生不妨拿去研究研究，我的计划书——一个粗稿，昨儿晚上随便记下的。

叶　这个我不懂的。

方　叶先生好客气。这是非常简单的一个大概。也许，看着觉得不够具体。可是我心里的稿子,够详细的。我已经静静地想了一年多了。配上我一点儿学理和四五年的经验,我觉得很有试验的价值。更相巧的是这村子上有叶先生这样热心的人,又有能力。

叶　　那么,方先生,您弄错了。我实在没有力量维持下去。(欲出)

方　　叶先生何妨带去看看,慢慢儿还我。假如叶先生看着觉得——嗳,咱们慢慢儿再说得了。(将计划书强塞与叶)

叶　　(不得已接纸塞怀内)别让我给丢了。

方　　丢不了。我心上有底稿——

叶　　再见。

方　　要是叶先生觉得太简略,我可以详详细细切切实实讲给你听——有空请过来——今天你不能来,实在扫兴,我们就偏了你的好东西了。

叶　　什么话!什么话!(下)

〔沈由暗处出。

沈　　景山,你那计划书给他了?

方　　只怕他不看。

沈　　他懂什么。

方　　怎么会不懂。简单一句话,不过是加点儿科学管理。有什么难懂的,他自己的好处,总能知道。我要有田有地,我立刻就做。

沈　　景山,这个人不是你的朋友。

方　　自然不是我的朋友,我还看不出来么?可是那有什么关系。一定要朋友才能共事,那就太难了。一个做事情的人,要把人家的意思放在心上,还能做什么事么?让他们反对,笑,骂,不以为然——别理会。像坦克车似的,不顾一切阻碍,往前滚过去!只要你滚上去就压平了。我何必要他做朋友,我只要他跟我站在一个方向,把他的力量合在一起——

〔唐上。

方　哦,叔远,叔远,我知道你会来的!(握唐两手)我在等着你呢!

〔沈低头下。

方　嗨,惠连!你说不会来!——呀!惠连呢?——哈哈,她输了,她跑了!

唐　因为我告诉她立刻要动身——

方　可是你得为我来!我一定要你来!我一定要做的事,我就做到。

唐　景山,我羡慕你的自信。

方　除了几分自信,这世界上,我什么都没有。

唐　有了自信,事情已经成功一半儿了。

方　是么?你也没碰见过!一万个里边没有一个会像她那样——那样——嗳,叔远,我从认识了她,才知道我能那么疯地爱一个人。——你说我有自信,可是那一遭,我什么自信都没了。我简直是——(摇头)现在回想,真疯得有意思。——你知道——(笑)我预备自杀了,手枪都备好了。

唐　哦!(指墙洞处)那是你的手枪?

方　　是啊，你也看见了？我有一个表哥是军人，我从他那儿弄来的。我准备自杀！哈哈哈。

唐　　浪漫的事都是你做的。

方　　一点儿没什么浪漫。那支枪不过成了一件纪念品。可是，嗳，叔远啊！那时候！半痴半醉，心里头甜醇醇暖融融的，叔远，你怎么不恋爱？你要为了家里人，也放弃了这一点，你活了一世，只尝到些糟粕。

唐　　怕我得牺牲了这一点。

方　　我劝你别！并不是我劝你自私，我正要学你的不自私呢。——可是有些事，你怎么也不能跳出一个自己，并且你也不必强压下自己。要有了自己，才能给人家用。正好比猪要养得肥了，才配宰。萝卜白薯，长得大了，才能让人吃。你要是从来没有为了一个爱人发过疯，你这人，只有一层空皮儿，萎的，瘪的——

〔惠连托盘上菜。她眼光怯怯地移上了叔远的脸，可是碰到了他的目光，立刻避开眼睛。叔远也避开了脸。

方　　真的，叔远，千万别为任何人牺牲了这一点。别为任何人牺牲了恋爱。（拉沈）惠连，你说可是不是？

沈　　让我走，我还有事。

方　　奶奶生气了，你抢了她的地盘。

沈　　（摔手）我一会儿就来。（下）

方　　（呆呆地看着沈后影，半晌）叔远，你看我变了么？

唐　　你瘦多了，憔悴多了。

方　　很可厌吧？

唐　　（笑）为什么？

方　　（苦笑）我觉得那样，（默然良久）你说我有自信，可怜我一点儿自信也没有——我只觉得自己很可厌。嗳，你不知道这一年来把我磨得多么看不起自己，谁都瞧不起我，谁都厌弃我！

唐　　你还没恢复——

方　　恢复了也留着一个大疤，不是平平滑滑的好皮肤了。我唯一的安慰是——嗳，好容易你来了，对你哼呀哼的叹气，好没意思。——我告诉你，叔远，我有一个很大很大的计划——

唐　　那么快又在计划了？

方　　我是个不倒翁精神。你和惠连是沉住我的那团铅饼子。

唐　　你太太是。我怎么混在中间。——怎么个计划？

〔奶妈愤愤上，喃喃自语，赌气地坐在石阶上。

方　　我有一份写下的——（掏摸身上）我拿给你看，（欲下，忽见奶妈）奶妈，怎么了？

〔奶妈不理，口中喃喃不休。

方　　（向唐）我进去一趟。（下）

〔沈上，站在后面。

沈　　奶妈妈，奶妈妈——

王　　（赌气）我歇着呢！

沈　　不得了了。奶妈妈，你快来！

王　　不要叫奶妈妈了！

沈　　快呀，奶妈妈，你歇不了！

王　　（笑，起身）我对你说！（下，回头）你就安安顿顿坐着去吧！

沈　（低声）奶妈妈，姑爷呢？

王　后面。（下）

沈　（略迟疑，走近唐，责问的口气）唐先生怎么来了？

唐　景山叫我来，我没有理由不来——明天我就动身走了。

沈　因为景山叫你来？

唐　因为景山。

〔两人默然相对。

沈　（突然掩面坐下，两肘支在桌上）可是我受不了，我受不了！

唐　我可以立刻就走。

沈　不是，不是，我希望你会来，我希望你还要回头看一看，我怕你没有这勇气——

唐　（强自镇定）我是因为景山。

沈　你哄自己！

唐　（起身踱步）我请你原谅，我不应该来。

沈　你应该来！我——我这儿受不了——一天都受不了——我得——（瞪视唐——咽下半句）

唐　你得镇定一点儿——

沈　我得离了这儿。

唐　景山呢？

沈　他有他的事业。

唐　没了你，他也没了事业。

沈　他的事业！他的事业！我是他的垫子，让他坐着舒服的！我是他的手杖，让他撑着走路的！他是栋梁大材，我是壅着他的泥土！他是一部大机器，我是他烧锅的煤炭！我不是人么？我不是人！一辈子是他的陪衬！

唐　(回坐原处)嗳，可怜景山——他——

沈　(慢慢地，恨恨地，一字一字咬着)可怜景山——只可以我可怜他！可是我也会有一天没力量可怜人——我要人可怜我——(哽咽，泪下)

唐　(转过脸看着别处)景山——他爱你——

沈　景山爱我！不如说他爱自己。他只知道要我爱他，要我变成他自己，然后，他就爱我，像爱他自己一样——

唐　(肯定地)他爱你。

沈　(恨恨)多谢你，多谢你。教训我这句话。(起)天下除了我自己，再没有别人会知道，他怎么样儿爱我！

〔方上，沈拭泪下。

方　叔远，我简直糊涂了——(停止，看着沈背后)惠连！

〔沈不理，下。

方　她干吗？

唐　她下厨房去吧？

方　哦！(疑疑惑惑)我以为她——我说，叔远，我忘了，头一件，我那份计划书才交给别人，第二件，你顶不耐烦我的计划。

唐　谁说不耐烦，我不过是外行——

方　耐烦也没用，我才交给了别人。

唐　谁？

方　叶三。

唐　他懂什么？

方　　跟惠连一样的话。可是他不懂也要逼他懂。这地，这房子，都是他的。他才来讨回房子，要赶我们走呢。

唐　　那你还给他看干吗？

方　　我就走吗？哈哈，那么容易！柔顺是女人的美德，咱们大丈夫男子汉得强硬一点儿！

唐　　可是你没法子强硬呀。

方　　看光景。——他软，我硬。他硬，我软。

唐　　（笑）我就怕你。

方　　怕？（笑）哈哈，干脆说吧，我在努力做个讨厌东西。为了自己，不妨退让些。为了事业，不得不讨人厌，你不能退让。你看哪一个事业成功的人，不是一个讨厌的人！

唐　　不怕人家讨厌的厉害人。——我希望叶三肯给你用。

方　　不用愁，他听了我的话，他发财呢。

唐　　好呀，等我再到这儿来的时候，希望叶三发了财。你的计划成功了。

方　　啊？你预备几时回来？要等我的计划成功以后么？

唐　　也许一时不会回来。

方　　那你得在这儿多住几天。叔远，就为我们暂时不舒服几天。

唐　　可是我今天就得走，（看表）吃过饭就得走。

方　　我不放你走！

〔沈与奶妈同搬饭菜上。

方　　惠连，咱们今天别让叔远跑了，（拉沈）坐下吧，还要烧什么？

王　　没什么了。（旁立）

〔沈坐。

方　　（起立）咱们再喝两杯吃饭，（斟酒）这一杯谢叔远谢惠连谢奶妈，（众推让）这一杯，平平我的气。（众笑）（斟）这一杯，替叔远送行。（众饮）（斟）这一杯，祝我们成功，祝叔远——天保佑他，给他一个像我的一样好的太太——

〔方喝酒，唐停杯，沈举杯看着唐，二人忘了喝——方注视两人，忽然，好像明白了什么，放下酒杯。

方　　惠连，你眼睛给烟熏红了。

沈　　（拭目）是么？（助奶妈为各人盛饭）

方　　（注视唐，又注视沈）叔远，你说我祝得不好么？

唐　　（窘）可惜我没工夫结婚。

方　　结婚有什么关系！看中了人，爱她！——

〔沈坐。

方　　惠连，你说可不是！

沈　　（冷冷地看着唐）那你就看错了唐先生。他是博爱济众的大慈善家。爱普天下一切众生——可是没工夫爱任何一个人。

唐　　博爱济众的，那是景山。我没有那么热心肠，我嫌所有的人，包括自己。

沈　　（笑向方）所以他甘愿学唐僧，把自己浑身的肉割下来，喂妖魔鬼怪，让他们长生不老，上天享福。

唐　　那是景山。

方　　我不过是一个自私自利的人，我的事业，也不过是个放大的自己。

沈　所以你只需爱自己，便已经爱了别人。你为自己做事，就是替天行道。你的心，就是天意。唐先生——他顺天应命，天意就是他的心。你们是一对好朋友！

唐　方太太，我不能比景山。他有理想，他能实行，他能奋斗。我是糊涂活了半世，都是替别人活的。我已经完了，他才开始。

方　叔远，你从来没有那么佩服过我，那么恭维过我。

唐　在我心里，我是那么佩服你，我是那么对自己失望。（放下筷看表，微笑）并且我就要走了，临别的时候，总该说几句好话。难不成为了咱们不同的见解，这时候再来辩论什么。

沈　（起身斟酒，强笑）唐先生喝这一杯——原谅我说错的话。

〔唐饮。

方　叔远，那么急么？

唐　我得走了，我要赶上这班车呢。

方　（冷淡）那么，叔远，不强留你了。

唐　再见了。

沈　（看着别处）再见了。

方　（偷看两人，故意）可是等一等，我叫奶妈拿洗脸水。（下）

唐　方太太。

沈　（指头放在嘴上）嘘！

唐　我不知道怎么是对——我希望景山不在家的时候，我从来没有存一分对不起他的心思。

沈　　你知道么,通地狱的路,是“好意”砌成的。

唐　　你也怪我?

沈　　我不知道怪谁——反正我不能怪自己。

唐　　(踌躇不安)可是——

〔方上。

方　　等一等吗?水还没热。

唐　　不用洗什么脸——我要走了。(下)

〔方沈送出门复上。

方　　惠连啊!乐莫乐于新相知,悲莫悲于远别离。新相知而远别离,可真是别有一番滋味啊!这一分别,不知几时再相见了!

沈　　(假做不介意)一两天的路程,你跑去看他也容易。

方　　(冷笑)何况人远心近。

沈　　可不是。

方　　可不是!口虽不言,莫逆于心。

沈　　是么?

方　　不是么!

〔沈收拾碗碟,方旁立冷笑,沈泰然不理,搬碗欲下。

方　　惠连!

沈　　你还吃么?

方　　谢谢你,我还没饱呢,(坐下吃)奇怪,今儿谁都没吃东西——

沈　　谁说——

方　　就没看见你吃一口东西。

沈　（强笑）主人不容易做啊。（坐下，夹菜吃）

方　情人不容易做。

沈　景山。

〔方冷笑。

沈　你说的什么话？

方　不是情人的话——丈夫的话。

沈　嗳，我的丈夫——

方　不幸我是你的丈夫。

沈　我劝你少说一句。

方　多说也没关系了。反正是个讨厌东西了！

沈　（起）景山，我不跟你吵架。（下）

方　（拉沈回）我在跟你吵架么？原来你一天躲着我，因为我开口就是吵架！可怜，可怜，怎么我话都不会说了？开口就招人讨厌。

沈　这又何苦！你一定要挑人生气——

方　还用我挑了才生气么？看着我这人不就够生气的！——比蛇还可怕，比蝎子还毒——避着我，躲着我，远远地看着我，讨厌我——

沈　随你说吧，景山。我早下了决心，再不拗你一丝儿。

方　哈哈哈哈！好个贤德女人！可是让我问一句，为什么要下这决心？忏悔么？还是要人家替你立个贤妻牌坊？——真的，只有节妇牌坊，有没有贤妻牌坊？——贤妻比节妇难做得多呢，尤其是做这种讨厌丈夫的贤妻。

〔沈吃菜不理。

方　对不起。这又是吵架了——嗳，说话不理我，吵架，她不接口，哈哈哈，这是个贤惠的好妻子，她不拗我一丝儿！

〔沈欲下，方拦阻。

方　别拗我呀！你逃哪儿去！

沈　你要我说什么？

方　我不敢要你说什么，你嘴里漏出来的任何一点小声音，你眼睛里漏出来的任何一点小表情，都会漏泄你的秘密——躲着去吧，你的良心在发霉。见不得阳光。

沈　（坐下）景山，一个人的耐心，不是百炼的钢——

方　啊呀，惠连，你那么讨厌我，还是在忍耐我！嗳，我真是得福不知，白叫你在火里烧炼得苦！

沈　景山！——嗳，多可笑——我不耐烦跟你吵。

方　我怎么敢希望你耐烦我！

沈　我劝你管着点儿自己。你现在伤了人，回头说一声"惠连，别当我真"就完了。可是景山，感情经不起那样糟蹋的。

方　这是恐吓么？

沈　这是请求。你明知道自己不对，不要尽着脾气闹。

方　对不起，我不知道自己有什么错。

沈　你的话，叫我做你的准么？

方　呵呵，原来我的话都不做准！是啊，我是你的什么！我的话算什么！

沈　景山，景山，我忘了你会这样——

方　你不应该忘了！那么个卑鄙自私的丈夫，何必再要他回家。让他死在外面，不干脆得多！问题是，惠连啊，你不该忘了呀！到现在——你眼睛里的光，生了钩子，也难把人家钩住了。躲到厨房里去哭，也太晚了。

〔沈勃然怒。

方　（冷笑）你说呀，我这句话又说错了么？嗳，多可惜！不能瞒过我！惠连，惠连，是我太乐观了，以为天下真会有真心爱我的太太，有真心肯帮我的朋友，会忘了自己赤心地来救我！

沈　景山，你这话对不起人。

方　我应该死在监狱里，才对得起你们。借了我这好题目，成全了你们。

沈　（大怒）景山，要是天下没人真心待你，那是因为你自己不配。

方　我配什么！我有什么来供奉你。跟着我吃苦，牵累你受罪。

沈　你不用对我说这种话。你不应该对我说这种话。——你是一个褊狭刻毒的小人，我恨你！恨你！恨你！

方　啊，啊，惠连，你是恨我。我要听你说一句真心的话，宁可一句刺得死我的真话——我受不了你的假装。

沈　是么！你有这气量听真话，我自然有真话说给你听。我看不起你，我恨你，我恨你！

方　（冷冷地）从什么时候起？

沈　从头起。

方　嗳，可怜！“盲目的爱情”！记得你是所谓有理智的小姐，并不是盲目爱我。

沈　　你不妨笑——

方　　我没有兴致笑——惠连，我告诉你，我为什么对你发脾气——

沈　　（冷笑）你说是因为你爱我！

方　　而我觉得你不爱我。你瞒不过我的，虽然你千依百顺地做我的好太太。那不过是一个丝绸障子。表面上是柔软的，可是我摸得出背后冰也似的冷，硬。我宁可你对我发脾气使性子——

沈　　我可以对你发脾气使性子！我对你撒下小小一点儿娇，你立刻跳起来生大气了！你心上有一点点儿空地给别人么？除了你，你，你！我跟你发什么脾气，吵什么架。你的意思，山也似的不能够移动一分？咱们争什么！

方　　可是你跟我争过不止一次。

沈　　每一次都证明我错了。我很不必争。

方　　请问你这时候在干吗？

沈　　说你爱听的真话！

方　　可是惠连，这不是真话。

沈　　真话是——（冷笑）我在跟你吵，因为我爱你！

方　　惠连，从前你还自以为爱我，所以常跟我争吵。不过从昨天起，你明明白白在嫌我。你不理我，你完全不爱我了。惠连，你老实说，我这话——

沈　　我不知道。——我不用说什么话，只有你的话是对的。

方　　是对的。——有时候呀，一件事的真相，本人自己也不承认。

沈　很好，景山。天赏赐你的一对明眼睛，点清楚了我。——我还哄着自己呢！我何必勉强——（起身欲下）

方　惠连，你上哪儿？

沈　不用你管。

方　（拉住沈）你上哪儿？

沈　收拾东西去——我走了！

方　哈哈哈，装了那么些声势，好容易挣出这三个字来！我还不知道你要走！你不过要说是我逼你走的，我赶你走的。好呀，你如愿以偿了。走吧，人家等着呢！

沈　景山，你侮蔑我，我懒得跟你辩。可是请你不要牵扯人家。

方　呵呵，还要撇清什么！我喜欢牵扯人家么！你们自己牵扯在一起了，叫我装傻子不成！——因为我感激你们，所以我应该是傻子。

沈　景山，叔远从来没有半丝儿对不起你。假如他不是一片真心地来帮你，假如他存了一点儿私心——你看见我理会了叶三么？因为叔远不是那槎，我才看得起他。

方　（冷笑）因为他不爱你，所以你爱他。

沈　因为他不存一点私心，所以我看重他。

方　你爱他！

沈　那是另外一句话。

方　喔？！你是爱他了！——因为他不爱你！

沈　不因为什么。

方　这回是盲目的爱了！

沈　并不盲目。也没有理由。

方　　好吧！好吧！离了这儿，过舒服日子去！汽车，洋房，好吃好穿的——

沈　　（笑）寒碜死人！这一套怨愤姨太太舞女的话，对我说！简直是白为你糟蹋了自己。（由后下）

方　　走呀！走呀！看你走得了！我死也不让你走，不让你走。

〔王奶妈提洗脸水上。

王　　哎哟，等久了吧，水才烫——咦，姑爷，唐先生呢？

方　　走了，走了，都要走了，就剩咱们俩了。

王　　谁都走？

方　　做错了事，可以改。嫁错了人，可以换。——你们小姐要跟唐先生走了，你怎么办？奶妈。

王　　咄，咄，咄，这也是当笑话说着玩儿的？活一辈子，五十年，六十年。一匹布，二丈五，裁了长衫，不做袄裤；做了门帘，不做被铺。有那么些料子让你糟蹋让你改的！裁下了什么，就得做什么。这也是说着玩儿的！吵架是吵架！——你们又吵了？

方　　（懊悔）我不好。

王　　小姐也不好。

方　　我像一只恶狗。

王　　有得这会儿骂自己——

方　　可是她总不理我——她嫌我——她恨我——

王　　这可不是我护着小姐了。她费尽心思吃尽辛苦地弄你出来——吃不下睡不稳地等你回来——

方　　她为我么？

王　　不为你为谁？

方　　她跟别人好——她——

王　　不怕雷打！你看她刺毛虎似的，谁敢碰她呀——

方　　可是奶妈啊，我的确是个讨厌东西，难怪她嫌我。谁都厌弃我，谁都踹我——要是她也嫌我，我再活着干吗？

王　　全是废话，好好儿的吵什么架！还当着客人闹——唐先生那么客客气气的——小姐呢？

方　　——在后头，她要走了。嗳，奶妈奶妈——她走了，我也不用活着了。快呀，奶妈，你到后门看着去，别让她走了。

王　　她走哪儿去呀。

方　　你看着后门去。去，去！（推王由后下）我像一只恶狗，我是一只恶狗。

〔沈提小箱上。

方　　惠连！（沈不理）惠连，看我一眼！

〔沈不理。方拦在前面。

方　　惠连，看我一眼，（沈毫无表情地看着他）饶了我——

〔沈转脸，摔手欲出，方拦阻。

方　　惠连，我不敢请你饶恕，可是你让我解释一句。惠连，因为我妒忌他，我说话没了轻重。你偏又不理我。我是一个做了错事的孩子，扭住妈妈，要她理我一理，宁可惹她生了大气，打我一顿，只要她理我。

沈　　可是我不是你的妈妈。你也不是一个孩子。

方　　你从前当我孩子，你原谅我的——

沈　　我受够了，景山，我是绷断的弹簧，没了松紧的橡皮筋——我受不了你了——让我走。

方　　惠连，我对不起你我每次想起你，我良心不安，是我糟蹋了你，——我总想，怎么样儿才能补报你——

沈　　将来想起我的时候，请你原谅点儿。（下）

方　　（追上，拉回）你头也不回地去了！看你走得了！

沈　　（坚决地）景山，让我走。

方　　除非我死了。

沈　　（冷笑）你不能死！你死了，哪儿再有第二个人来改造农村，重建中国。不用再拿死来要挟我。我不是一个睁着眼做梦的小女孩了。以为你肯为我死，我就得为你活！让我走——

方　　（不放）我不能！除非你要我死。

沈　　你死不了！我宁可为你死了，不能再为你活！你要是狠心，杀了我，要不，让我走。（推开方，脱身下）

方　　（呆呆地瞪着沈）她走了——她走了——

**——幕落**

## 第　三　幕

景同第二幕。时间是第二天清早。昨晚请客的桌子上，碗碟还没收去，桌上的灯还亮着。幕开，方景山一晚没睡觉。——坐在石阶上打瞌睡。——外面有人打门。

方　　（跳起，惊喜）奶妈！奶妈！你城里赶回来了？（下开门，外仍敲门）奶妈，你没赶上小姐？（外仍打门不应——方屏息站住了，抖声）惠连，是你么？

〔外仍敲门。方手抖抖地急忙下闩开门——门外不过是几个乡下姑娘——手艺班的学生，方怒。

方　　嗳，你们干吗？

女甲乙　我们来上课呀！方先生。

（门外数人）　方先生。

方　　出去，出去，走，走，走！

女　乙　还放一天么？沈先生昨儿只放一天呀。

方　　你们出去！

〔方推众女出门，关门，上闩——外又敲门。

（外）　方先生，方先生——方先生！

方　　（大声，怒）你们走！

（外）　再放几天？

〔敲门声，方不理。

方　　(恨恨低声)放你们一辈子！(回坐原处，垂头沉思)

〔外又敲门。方不理。敲了一会儿，外又寂静。敲门的人才到矮墙外高叫。

(墙外男人声)　里面有人么？(方不理)开开门！开开门！

方　　(怒，大声)这儿没人。

(墙外女人声)　三哥么？

方　　谁？

(外女人声)　是三哥——三哥开门。

(外男人声)　景山——

方　　谁？

(外女声)　我呀，锦心——快开门呀，爹在这儿呢！

(外男声)　景山。

方　　(冷笑)这可是意外的荣幸！(高声)请进来呀！(开门)

〔方叔方堂妹上。

妹　　三哥，敲得我手都痛了！

叔　　嗯，景山——(四顾)

妹　　爹特为看你来的——大哥银行里抽不出空。

方　　多谢叔叔牵挂！(冷冷的，并不招呼他们)

妹　　(搬凳叔坐)爹，快坐会儿吧。(自坐)我也累死了，怎么车都雇不到一辆——惠连呢？

方　　她不在这儿。

妹　　别哄人。你把她藏哪儿去！别忘了我是大媒啊。今儿特为看她来的。

方　　头一次来么?

妹　　是啊,找了好半天。没想到这里面也住人!

方　　好媒人,你害她嫁了那么个没出息的丈夫,到今天才想到她!

妹　　啊呀,啊呀,我怎么能出来——人家——

叔　　锦心去年出了阁。才生了一个孩子。

方　　啊,啊,对不起。我无从知道。

叔　　(咳)晦,你们且慢说闲话。——景山,你是几时出来的。

方　　叔叔也知道我才从那儿出来?

叔　　这事大家都知道。

方　　大家都知道么!我以为你们不知道。

叔　　景山,你不必埋怨人,我说一句不入耳的话。这事是你自己招的。

方　　是啊,不听长者教训。该受冤屈。

叔　　也不能算完全冤屈。是你言行不检。心高气傲,招人恨,招人忌。

方　　(冷笑)所以应该受罪。

叔　　并不说应该——那是势所必然。

方　　叔叔料事如神啊!

叔　　景山,我今天特为一清早赶来看你,并不是来放"马后炮",说现成话的。过去的事,不必再提了,要紧的是将来。——你预备怎么样?

方　　哈哈,叔叔还关心我的将来!幸亏没死掉!要不,真辜负了叔叔这一番好意!

叔　　这也是过甚其词了。死就那么容易！你一出事儿，我就叫景渊四处去打听，知道没什么大不了，一年半年就会出来。又知道你有个很能干可靠的朋友在替你奔走。景渊是个老实没用的人，我又老病家居，无能为力，也只得关心地看着等着罢了。要说死——

〔妹四处乱走，看这样弄那样。

方　　死了也是我自己招的。就恨我去年没死了，还可以留个榜样，让叔叔借来教训教训后辈小子！

叔　　景山，你到现在，说话还是不知轻重。得罪了人，自己不肯认账。你是分明怪家里人没有为你尽力罢了。可是你也替人家想想，各人有各人的事。景渊一天到晚绊住在办公室里，不能不到的。他有妻儿要他养呢——我为了锦心也忙了个焦头烂额。知道你没什么大事，也分不出心力来了。固然我们是没尽力，可是换过来说，要是景渊有了什么事，你就能放弃了这儿的事，不顾自己，专心一志地为他奔走么？

方　　对极了，这话对极了。我从前以为有这样的好朋友，现在知道天下绝没有这样的事。谁都顾着自己罢了。顾得全自己，不拖累人，就是道德！

叔　　我以为你受了这么些折磨，少年气盛，该收敛些了。——你还是这样偏激。

方　　我偏激么?! 就让我偏激！从今以后，我只靠我自己。我只有一个自己。

妹　　三哥，看你，好像吃了生米。爹因为大哥抽不出空，特为自己来看你。他病了一礼拜了，还没完全好呢！

方　　本来,何必到这儿看我——不必来呀。

妹　　你这人怎么的——

叔　　锦心。别说闲话——是这样的:我替你城里弄了一个事——

方　　我不去。

叔　　这又是不入耳之言——生活不免为衣食。现在我说的这事,待遇不坏,并且很有发展——好些人在钻呢。不过他们要一个大学毕业的,并且是学经济的——

方　　我就没学经济。

叔　　你学的农村经济——当然是学非所用。——可是,一个人,也不得不变通一点儿。比如景渊,他学的文学呀,文学呀!怎么到银行去做事!

方　　我只有佩服!

叔　　你不用瞧不起啊!景渊是个老实忠厚人,本本分分,也有他的福气。我是把自己儿子看得清楚。他不如你。可是——女人有才,没有福气,男人有才,也没有福气。一个人要能安本分——

方　　本分——什么是我的本分!

叔　　这句话是不能跟你说的啰——景山,我常说呀,一个初出世的年轻人,用你们新式话——没有些反抗的精神,这人没出息。可是一个人,一辈子倔倔强强,横不称心,竖不称心,只在怨天尤人的,这人也没出息。年轻时候,谁都以为自己了不得,都要做些非常的事呢。就看景渊,他从前不也爱做个白话新诗么!嗳,慢慢儿多经些世事,就知道你倔强不来啊!

方　　有人是倔强不来，有人是不能不倔强——

叔　　未见得——看我现在，又老又病，生平做事，赚赚钱而已，说不上事业——可是小时候，也有大志啊！年轻人心目中，都是五色霞彩。中年人的眼光，才是正常的白昼的太阳光！这句话，还是我的爹，你的爷爷说的。他年轻时候，口气大，手段辣，何尝肯做个庸庸碌碌的人。可怜他一生只做了一个候补知县，一辈子也没补上赏缺！志向，志向，嗳——

方　　我的志向，并不要做大官，发大财，享大名，我只要无声无臭地在这小地方做些小事——你们要是怕我还会牵累到你们，那么，说明白了：将来我再出了什么事儿，我死我活，不用你们管。——不用任何人管。

叔　　（叹气，站起）人各有志。

妹　　可是三哥，你们就住这儿呀？怎么住啊？

方　　我住着很好。

叔　　你妈妈也可怜——

妹　　惠连怎么习惯呀？——她还写信说得顶好的——你们真是——

叔　　锦心，可以走了。

妹　　惠连就回来么？我特为老远地跑来——

方　　你不必等她——

妹　　她上哪儿了？

方　　我不知道。

叔　　锦心。（走近门口）

妹　　好呀，走了——三哥，你替我告诉她吧，我等不及了——

叔　(回头)景山,你不妨跟你们少奶奶商量商量,我可以等你一两天。

方　不必等。

叔　知其不可为而为之,我也尽心而已。——有空,自己家里也常来走走。

方　我没有家——

〔叔下,妹诧异地回看景山一两次,亦随下。

方　都走光了。都走远些!谁都不用理我!

〔老金由后上。

金　(大声向台后)好了,方先生在这儿!(做手势叫后面的人上来)

方　(回头)你是谁?

金　(向后)来!来!

〔后村夫二人抬方房中箱笼包裹上,又二人搬桌子椅子上。

金　放这儿。

方　嗳,嗳,干吗,干吗?

村夫甲　前门关着,敲不开,后门没上闩,里面又没人儿。王奶妈哪儿去了?

方　谁叫你们来的?

金　叶三老爷要房子。

方　要房子,不用抢东西啊!

村夫乙　(怒)抢东西?!我们不会后门抬着走!

方　要房子,也有个商量,不用先把东西乱搬呀。

村夫乙　我们知道么?又不是我要房子。

村夫甲　我们是叶三老爷家种地的。房子是他要,不是我们。

方　　可是你们有话好说。不能先动手搬人东西呀。

金　　后面房子要拆了重建。明天好日子,就动工,叫你们搬这儿庙里来睡几天。

方　　睡几天,我哪儿都能睡。可是叶先生何必那么急。

村夫丙　这话,方先生,你跟我们老爷讲去(招呼丁同下搬物)

方　　你们老爷怎么不自己来?

金　　他有工夫么?!

方　　他在家么?

村夫乙　啰嗦,啰嗦什么! 你不叫搬,我们就走。明儿人家来拆屋子,你自己搬去。

〔王奶妈由院门上。

王　　啊呀,啊呀,姑爷,怎么了?

方　　奶妈——你一个人?

王　　怎么的,老金? 嗳,(向甲)有庆,你们干吗?

〔二人相看,不好意思说话。

方　　奶妈,你一个人? 你没赶上——

王　　这话慢说——这是怎么回事儿? 那是我的衣包呀!

村夫甲　王奶妈,你放心,没掭乱你的东西,我们绕后门进来,就是来找你。你上哪儿了?

王　　找我干吗?

金　　(不耐)叶三老爷要房子。

王　　叶三老爷的脸,倒是个广漆刷子。这一面光溜溜,反过来就是毛的。才说照应我们呢,姑爷一回来就逼我们搬走。我们又不是背上驮着屋子的小蜗牛,随处都是家。

甲　王奶妈，不怪我们呀。

王　不怪你们！我正要问你呢！你倒好，啊，你们二娃娃发烧了半个月，不是我们小姐的药吃好的！

〔丙丁搬床架上。

王　嗳，小黑，你也来赶我们哪！你妈要赶你出去，不是我替你求的情——

方　（因为惠连没来，失望，疑虑——失掉了所有的勇气）奶妈，有什么说的，走就是了。

王　走是走，我心上不服气呀。叶三逼着咱们也罢了（向甲乙等）你们干什么也帮着他？我们在这儿吃辛吃苦的。不是为了你们？！

乙　为我们什么了？

王　倒撇得清！学堂谁开的？念书认字谁教你们的？

丙　别提念书认字儿。认了西瓜大一担字儿，田里粗活就懒动手，爱看个字儿画儿。再下去，明儿没人种地了。

乙　有了钱认字念书。认字念书了不会有钱。

方　说得不错！（苦笑）说得真不错！东西你们也不用搬了，明天你们叫人来拆房子得了。（送老金等下）

甲　这就对了，方先生，我劝你们还是早走。（拉奶妈与之耳语）

王　又要来抓他？有了什么凭据了？

甲　方先生要是不肯走呀——（低语，下）

王　姑爷，姑爷，听见么？还要来抓你去呢。他有凭据！就是你亲笔的什么计划。

方　管他，管他。——奶妈——小姐——她不肯回来？

王　　我没看见她。

方　　你没追到——

王　　她不在娘家。

方　　当然不在娘家——我说，你没到唐家去问？

王　　也不在唐家。

方　　啊？她没进城么？

王　　姑爷，也不用问了！咱们这地方，也不能住下去了。回头大家知道了，咱们有什么脸见人。

方　　奶妈，怎么了，奶妈？

王　　我赶进城，已经很晚了。赶忙找到小姐家——从你出了事，我去送信以后，还没去过——一看小姐并不在那儿——他们老爷太太，还不知道你的事呢——

方　　怎么会？

王　　他们少爷少奶奶，怕吓坏了老人家，瞒得紧腾腾的，这会儿我说了才知道。太太急着要接小姐回去住，也叫请你呢——你看——白把小姐气伤了心——

方　　奶妈，你怎么尽说些没要紧的事——

王　　你听呢——我一看小姐不在，我只好说，你们有事使唤我进城的——今天一清早，我就跑到唐家去问——说唐先生不在家。昨儿晚上有电话，约他到车站去接人。接了同住旅馆了，没回家——

方　　住旅馆？——惠连，惠连——（掩面片时）奶妈，你胡说，你看见他们在旅馆么？

王　　真不真，咱们也不知道——

方　　可是我知道——我知道！那是真的！她爱他！她

爱他！

王　这可是再想不到的——

方　为什么我不早些儿想到，我该早死了！我该早死了！

王　这废话，说他干吗。正经，姑爷。拾掇东西快离了这儿。

方　我还赖在这儿干吗？奶妈奶妈，我为什么要到这儿来？

王　你不走，叶三的人就来了——

方　我怕叶三啊！可是给抓了去，再没人来救我，再没人来理我了。

王　是啊，我奶妈有什么用。只会替你收拾点儿东西，催你快快走。（理衣物）

方　你说走。走哪儿去？

王　哪儿不能去！天上没饿死的麻雀，地下没冻死的蚂蚁。

方　随时随地，天照应着你呢！奶妈。踹死的蚂蚁，冻死的小鸟，天都看见，天都照应么？可怜我们这些小东西，一条一条虫子。一脚踹死了，脚底下没觉得用了劲儿。谁顾怜我们痛，我们苦。

王　谁没个苦没个痛的！

方　可是奶妈呀，我要是一个英雄，一个伟人，我的苦痛，会有诗人来为我歌唱，一切人要为我伤心，后世千百代的人，要借了我，流他们的眼泪。可笑，我不过是一个平平庸庸的人。千百万人中间的一个。——我们配有什么苦痛！我们的苦痛是不值得苦痛的。没有名目，没有声响，埋在千百万人心里的。这些渺小细碎的苦恼，喊出来只配招人笑，没价值叫人哭的。奶妈，我苦是白苦的，我活是白活的。活着不多我一个。死了，哪儿都不少我。

王　　活着就活着，管人家多咱们少咱们的。——这是我的话。

方　　嗳，奶妈，可是我不甘心呀，我不甘心呀！叫我安分呢！我的分是什么。——挣扎了一辈子图一个活。——我又何必活。

王　　姑爷——这是你的脾气。

方　　只不过是我的脾气么！——我看见别人怪安分怪幸福的——可是我生成是这脾气。——到这世界上来，就这份儿脾气是我的。嗳，奶妈，我这脾气，烈火一样；我炽干了烧枯了自己，还没有法子灭了它呀！——要灭掉这脾气，除非先灭了我。除非是你们小姐管得了我——

王　　姑爷，还提她——

方　　她也扔了我！谁都扔了我了。我能怨他们么？他们是我的救命恩人。他们就为救我才认识的。——我该早死了，免得他们嫌，他们恨——也许他们还能分出心来可怜我。（哽咽）他们在笑我呢！他们在乐呢！你说他们会可怜我？我还要他们可怜！

王　　他们怎么样，咱们不知道。多想也没用。（盖箱子）姑爷，这里面都是你的东西。

方　　搁那儿得了。

王　　小姐的，没多少。我替她带了吧。

方　　随你。

王　　这些桌子椅子怎么办？

方　　扔了——

王　　能搬还是搬了。

方　　搬哪儿去？反正我不能带了去！

王　　你上哪儿呀——姑爷？

方　　奶妈，你走你的路，我走我的路，咱们就此分手了。

王　　叫我到哪儿去呀！乡下亲人，一个都没了。沈家，我拗着太太跟小姐出来的，有什么脸回去。

方　　你还是跟着小姐——

王　　唐家，我不去的。唐先生是好人，可是——我不去的。姑爷，我跟你。

方　　可是我到的地方，带不得你。——奶妈，我的纸呢？笔呢？

〔王交方纸笔，方写信。

方　　天还是慈悲的。哪儿都不要我，我还有一个安安静静的好地方，能让我悄悄儿躺着，过我那过不完的日子去。

王　　我跟你。

方　　谁都不能跟我，我也不需要谁。奶妈，我劝你，跟着小姐。唐先生和你们小姐——很好的一个家——

王　　（怒，提包）我总有地方走。

方　　奶妈，别生我气——你先走一步。我还有点儿事情料理。（给奶妈钱物）这是你的。这个我给你的，留个纪念。

〔奶妈接钱物藏好。

王　　谢谢姑爷，谢谢。（拭泪）

方　　走吧——

王　　走了，姑爷！（叹）靠人靠人，空心灯草做了拄拐！（拭泪下）

方　　王奶妈，别怨我——

王　　我走了，姑爷。我打后头小路出去，辞辞行，车站上等着你。

方　　不用等我，咱们不是同车。

王　　那么姑爷，你也快走吧。

〔奶妈拭泪由后下。

方　　（对奶妈背后）走了，走了，早该离开这世界，让别人。我不配活着。——（起身，折信，把信放在母亲像框上——长叹——默默地站着）妈妈，妈妈，死了我会看见你么？我立刻扔了这身体，来找你，还找得着你么？还有我么？

〔门外脚步声。

方　　（惊跳——低声）谁来了？叶三？（向外点头）好，叶三，来吧！来吧，我让你！（由后下）

〔唐扶沈提小箱上。唐放下箱子。默默地看着沈，不知说什么话好。沈含恨盛怒，咬着唇不开口。

唐　　惠连——

沈　　好了，你的任务完了。不忠实的妻子，送回了家了！还要当面卸货，交割清楚么！

唐　　假如你要我跟景山讲——

沈　　假如你怕伤了你们神圣的交情，要表白你的心迹，不妨一把抓住我头发,把我摔还给景山。

唐　我宁可你现在恨我,惠连。我不愿意你将来懊悔。

沈　我现在就懊悔呢!一个扔了自己丈夫的女人,谁还敢理她么!(笑)我替你找主人出来,领回这一只迷路的羔羊!(忽然留意到院子里许多家具)呀,叔远。这儿怎么了?

唐　像搬家的样子。

沈　我后头去看看。(下)

唐　(颓然坐,叹)我为谁变成了一个好好先生道学夫子了——

沈　(自后上)一个人都没有。

唐　一定是找你去了。

沈　好吧,我还可以安慰自己,他们还在找我,还要我回来!您可以放心了,不至于湿布衫加身,无从逃脱了!请吧!

唐　惠连,听我说,我从来教训过你么?我万不得已而说的话,你听着不喜欢,也原谅我这份诚心,你就听我说——

沈　说什么,我都知道——我自己也会说。

唐　你说你不爱景山——

沈　我恨他!

唐　你曾经爱过他。你曾经为他扔了你舒服的家——

沈　我是傻子。难道你还要教训我爱情不变的那一套道理么?

唐　不是教训你。惠连。你那么恨他,怨他,因为你还爱他——

沈　这倒是一个很有希望的新闻。

唐　那是真的。——况且你所看得起我的,是我尊重你,没辜负朋友——

沈　是么,我就为这点——

唐　惠连,这话我不配说的——可是——可是现在我借此出卖了景山,别说我对不起他,对自己说不过,你将来也要嫌弃我。并且你忘不掉景山,你要恨我,你要懊悔的。

沈　叔远。你既然一定要送我回来,你就不必编派我爱谁不爱谁。你没有权力来分析我心上怎么样儿。咱们从此忘记了有过这么一回事。——不过,你要把我当个任性的小孩子看,你就错了。我不能再强迫自己爱景山。我爱他,我嫁了他。可是我嫁了他,我不爱他。怎么办?怎么办?我能够当心他,爱护他,尽我的责任。——可是叔远。譬如长在墙阴里的小草,一旦见了阳光——你说它不该爱太阳光的温暖?

唐　我没说不应该——

沈　你说不能——是吧?也许你是对的。好在从天亮到天黑,没多大时候。不能的事,咱们都可以忘了它。叔远,请你忘了这一回事,并且我真心请你原谅。

唐　可是你不原谅我——你不肯明白我。

沈　何必要我明白呢。

唐　我是一团矛盾。经不起你轻轻地打一下推一推,这一堆抟不紧的沙,就要塌下来了——你以为我是一个没心肠的假道学——

沈　你是一个有心肠的真道学。你永远不会发了疯管不住自己。你永远是守礼的君子，仗义的朋友。

唐　惠连，别送我这许多冷酷的褒语。我不过是一个不幸的人。从小境遇困苦。所以很早体验到我在这世界上的不重要。我也曾经怨愤过，反抗过。我怨恨为什么我不如人。可是有一天，我忽然看清楚了自己，承认了我的不重要。也承认了别人跟我一样不重要。从那天起，我心平气和了。好像不单是活在自己心里，也同时活在别人心里。什么烦恼痛苦，都不值一笑了。惠连，这不过是一个忠厚人的存心，我不是一个有用之才。你不笑我？

〔沈低头默默。

唐　这话我从来没跟一个人说过。不比怨愤的话，容易打动人。恨的声音叫得高。这一点点和爱的意思，太怕羞似的，只能躲在心底里。说出来，怕人家笑。

沈　你以为我不够体会你这点存心，我会笑你？——在我顶苦顶闷的时候，我死了心再不顾惜自己了。那时候，我也达到了你所说的心平气和的境地。我放开自己，为别人尽了些心力，更有说不出的快活——可是，我不信，任何血肉做的人，能真正解脱了他自己。

唐　你说可以么？怕永远也不能解脱。不过是暂时把那自己锁起来关在地窖里。一个不小心，他脱了锁逃出来，会蹿上你的头——

沈　叔远，你觉得那样？

唐　（起身）咱们越说越离原来的路远了。我不是血肉做的人么？可是你笑我，骂我，说我是道学君子，怪我太管束着自己似的——惠连，我走了。将来你会知道我没有错。

〔沈低头不动也不理。

唐　（忽见方景山信，走近细看）惠连，这是景山给你的信——

沈　（反复看信面）叔远——这是什么意思？（拆了一半，手抖给叔远）我不想看——

唐　（拆信）快看——

沈　你替我看——

唐　（读）"惠连：有一天，这信会转到你手里。那时候，你已经自由了。"什么意思？

沈　（急）读下去。

唐　"你不用再恨我了。所有你恨我鄙我的，现在都完了——"

沈　叔远——

唐　"你说我爱你像爱自己，是的。你走了，我的自己也没有了。你嫌我，我还爱惜自己什么。可怜我对你的爱，只不过像打铁的火，把你烧炼成了钢。我想恨你，我不能。我要鄙你，我也不能。叔远是个顶忠实可靠的好丈夫，你是顶温柔可爱的好妻子。天不该开玩笑，把我夹在中间。惠连惠连，活着我曾经爱过你。——曾经那样爱过你——这一点儿爱，很够超度我那可怜的灵魂了——假如毁灭了这身体，我还有一个灵魂，需要超度——”

沈　（忍泪）读下去。

唐　完了。下面是他名字。

沈　（抢过信，看信泣）我爱他的呀。叔远我是爱他的呀，你一点儿没错——我要是相信世界上有爱，我怎么能不爱他！我要是不相信有什么爱，我还找什么爱！

唐　惠连，别哭——你可知道他在哪儿？

沈　我杀了他呀，我杀了他。

唐　（走到藏手枪的墙洞那儿，搬开砖头。手枪在原处）惠连，手枪好好儿还在这儿。

沈　他不用手枪——我知道他在哪儿——顺这边田岸过去，有十几棵杨柳的地方，那儿是一个深潭，又深又黑。（打寒噤）景山常说死了要到那儿去做鬼。（战抖）那么冷的水！叔远我是一个自私透顶的女人。我只要人爱我。我不肯爱人。

唐　可是惠连。你看，那字还没干呢。这信是才写的——

沈　还赶得及去救他么？

唐　那地方常有人么？

沈　有时候有人去钓鱼。

唐　现在是白天呀，他还不会有机会。咱们快找他去。

沈　这儿乡下曲曲弯弯高高低低的小路，这儿一堆树，那儿一个塘——嗳，叔远。怎么找他。

唐　别急。这时候他绝不会有机会——你放心。咱们一定把他找回来——

沈　要是他能回来呀，叔远叔远，我的心裂成了两瓣儿。——

我说爱他，我还恨他。——我害怕，我在希望——我又失望到了底。叔远，我放不下他，我扔不了你。我恨透了这自己。（抬头忍泪）可是——我爱，我不爱，什么了不起的大事！——让我在别人心上活着去——从此我把这自己扔了——

唐　　咱们快走吧。（同走向院门）

沈　　（回身，任情地）可是叔远，说你爱我的——让我心里藏着这一句话。冰天雪地里，我也存着一丝暖气——

唐　　惠连，咱们快走吧——

沈　　（泣）不错，叔远，你不用回答我——来吧。（同下）

**——幕落**

# 第 四 幕

景同第三幕。当天晚上。台上黑暗。黑云过处,月亮微明,方景山头发蓬乱上。

方　　我还活着么?我还是个活人?——景山,景山,方景山——这是声音?——怎么我越叫得响,越觉得死沉沉的静?我真的成了鬼魂——一个回家的孤鬼。嗳,要是真的我死了,还有个灵魂儿不死,那真是永远永远的孤凄,无尽期的寂寞了。回来看看,就跟现在一样,只剩了冷清清的一间空屋子。谁都走了。——他们热闹着呢!他们乐呢!他们心上还有我么!我退让了,他们跟我退让么!吓,看着!我没那么懦弱!我一生没向谁屈服!现在她不爱我,我就悄悄儿死了,让他们!活着,她是我的!我死,她也跟我同死!(由墙洞取手枪)我要是一声儿不响地死了,怀着这满腔的恨,凭什么替我伸雪。留着这身子,要死,也先得泄了我的恨。(抱枪)咱们城里去。找上那一对欺朋友背丈夫的没廉耻的东西去。

〔外有人声,方倾耳听。

〔唐叔远扶惠连打灯笼上,方急蹑足避暗陬。

唐　　惠连，你在抖，冷么？

沈　　（靠近唐）我怕。

唐　　别怕。我在这儿。

沈　　这屋子可怕。

唐　　惠连，你累了。坐下歇歇吧。（放下灯笼，坐石阶上）来，靠着我。——你昨儿一晚没睡，今儿一天没吃了。

沈　　（坐唐旁，啜泣）叔远，他死也死得狠心。他死是对我的埋怨。叫我知道，我杀了他。

唐　　他并没有怪你。

沈　　可是我知道是我杀了他呀。（泣）

唐　　也许还有希望。

沈　　你听见他们说么？分明有人看见他在那儿的。后来不见了。那潭水是活的。

唐　　要明天后天才会出来了。

沈　　（颤抖）那么深那么黑的水呀——

唐　　别想了，惠连，靠着我这儿。什么都别想。

沈　　（靠近唐，打寒噤）搂我紧些——好像黑地里景山两只眼睛射着我，在恨我。

唐　　别胡想，惠连。

沈　　他是该恨我呀。

唐　　过去的事，不能挽回了，惠连。

沈　　谁知道是这样的结果——咱们费了这许多心。这一年来的焦啊，愁啊——结果，是为了杀死他！

唐　　嗳，咱们是戴着眼罩拉车的马，蒙着眼赶路。谁知道天的安排。

沈　天要把咱们俩放在一起，为什么要多一个景山。不能让咱们俩在一起，为什么又叫咱们认识。叫我忘了你爱景山，我宁可死了。我白下一百次决心，我还是不能够。可是牺牲了景山——叔远，他一辈子压在我心上，我永远永远也不会快活了。——嗳，我活得累极了，什么力量都没了。让我闭上眼什么都不管了——再也别睁开眼来。

唐　惠连，你懒得为我活着——

沈　难道叫我再重活一遍？一生太短了，不能够起个稿子，再修改一遍。

唐　你就闭上眼，永远扔开了我？

沈　我闭上眼，你还在我眼睛里——

唐　惠连，惠连——天啊，也有这一天，我能志得意满地听你说这一句话！我以为我对你的心，到死也不能给一个人看见。嗳，惠连，你不知道，我要压上多少重量，才能够把这个秘密沉到心底里去。

沈　别再讲爱——我的心死了。

唐　你不能死，你不许死。有得活着的时候，好好儿活着。——只有过去是死的。这是个活人的世界。过去的事，就是不存在的了。过去的人，他也没有了。过去没有权力来干涉咱们现在的。惠连，咱们心上能纪念，能可怜。可是，咱们得活。——惠连，你尽抖。

沈　（打寒噤）因为我心上在爱你。——我觉得景山在恨我。

唐　说你爱我！说你爱我！惠连，我逼住自己到今天了，不敢让你知道,又恨你不能知道。在人家是那么甜蜜的事,在我那么苦。除了自己糊里糊涂不知道怎么回事儿的时候——那几天,我睡梦里也觉得心上有些说不出的快活。我好像年轻了十年二十年——我觉得这世界那么好,我爱所有天下的人。于是——忽然我明白了。——从那时候起,我只有苦恼——

沈　　你以为我不知道么?

唐　　我哄自己,说你不会知道。我对你非常客气——

沈　　你非常客气。我也非常疏远——

唐　　可是我才离开你,立刻又有原因再要来。我来了,又拘束得不敢说一句话。

沈　　就在不能说话的拘束中间,你不在偷尝一丝甜蜜?

唐　　惠连,你怎么会知道?

沈　　我比你先知道,我在等着你,等着你。我以为你一辈子不会理我的。你看不起我,你从来不看我一眼——

唐　　可是,惠连,难道你早就爱我?

沈　　我不知道。我只记得有一次,你说错了话,红了脸——我不知多么可怜你,(笑)那有什么可怜的!

唐　　惠连,听你说这句话,我就觉得(搂沈)还不知是太乐了,就好像疼似的——嗳,惠连,怎么真会有这一天,你能告诉我,我能告诉你。

沈　　你能告诉我多少!你是傻子!你没告诉我的时候,我怎么深更半夜,什么都扔了,来找你。——你尽可以满口不承认!你尽可以不让我说话。逼我回来——

唐　　(笑)我就是你所说的风里的杨花了,自己能做得什么主。怎么能装出镇静，说我没有爱你。我时常想，我心上这个秘密，没一个人知道。到我死了埋了，我身子都化了，我这心还不能烂，还能像一颗花籽，爆出花儿来。

沈　　(笑)那么秘密！你什么秘密都没有！

唐　　是么？那么我再告诉你一个——惠连，那天咱们分别的时候，你的嘴，这边儿，在抖。

沈　　嗯——

唐　　我那时候差一点儿做一件事，惠连，要是我做了，也许你从此瞧不起我了。

沈　　什么事？

唐　　你知道了！——(吻沈)

〔景山由暗处出，走近两人面前。沈以为看见了鬼，她越发缩近唐，眼睛愈睁愈大，瞪着景山。最后微弱地叫了一声。

沈　　叔远(指方)你也看见么?!

唐　　别怕，惠连——

方　　(冷笑)别怕，惠连！——别怕，叔远——我不过是景山——还活着。我的血还在流。我的骨头还没冷！——这就是你们的世界了！我没权力来干涉你们了！哼哼，我要你们纪念！要你们可怜！

唐　　景山？你好着？

方　　哈，哈，哈——多有趣儿！让死了的人都回来看看，这是他们所留恋的！幸亏我还没死，还有声音能说话，有手有脚，能走能动。好呀，叔远，我好着！不幸，我还好着！没趁了你们心愿，(出枪)分得开些，惠连，别抱得那么紧！我要带着你同走呢！天长地久，你们俩不能在一起！好啊，惠连，还是咱们走，留叔远？——还是送他走，咱们留？

唐　景山，你疯了么？你敢伤了惠连——（欲扭住方）

沈　（突向前抢枪）争啊！吵啊！朝生暮死的可怜东西！我可是累了——（回枪自击，连数声，倒地没声息）

唐　（急扶沈）惠连，惠连——

方　（从癫狂中惊醒，呆看着地下的惠连。无力地失声哭了，伸出瑟瑟发抖的手来，求救似的）叔远——

〔叔远不理不动。

**——幕落，全剧完。**

# 文　　论

# 菲尔丁关于小说的理论

英国十八世纪小说家菲尔丁说自己的小说是英国语言中从来未有的体裁,文学史家也公认他是英国小说的鼻祖。马克思对他的爱好,小说家像司各特、萨克雷、高尔基等对他的推崇,①斯汤达(Stendhal)对他的刻意摹仿,②都使我们想探讨一下,究竟他有什么独到之处,在小说的领域里有什么贡献。好在菲尔丁不但创了一种小说体裁,还附带在小说里提供一些理论,说明他那种小说的性质、宗旨、题材、作法等等;他不但立下理论,还在叙事中加上评语按语之类。他在小说里搀入这些理论和按语,无意中给我们以学习和研究的线索。我们凭他的理论,对他的作品可以了解得更深切。这里综合他的小说理论,作一个试探的介绍。

菲尔丁关于小说创作的理论,分散在他小说的献词、序文、和《汤姆·琼斯》每卷第一章里。最提纲挈领的是他第一部小说《约瑟夫·安德鲁斯》的序,这里他替自己别开生面的小说体

① 高尔基对菲尔丁的推崇,见叶利斯特拉托娃著《菲尔丁论》——《译文》1954年9月号136页。

② 参看安贝尔(H. F. Imbert)《斯汤达和〈汤姆·琼斯〉》(*Stendhal et "Tom Jones"*)——《比较文学杂志》(*Revue de Littérature comparée*)1956年7月至9月号351—370页。

裁下了界说，又加以说明；在这部小说头三卷的第一章里又有些补充。《汤姆·琼斯》的献词和每卷的第一章、《阿米丽亚》和《江奈生·魏尔德》二书的首卷第一章以及各部小说的叙事正文里还有补充或说明。

菲尔丁的读者往往嫌那些议论阻滞了故事的进展，或者草草带过，或者竟略去不看。《汤姆·琼斯》最早的法文译本，①老实不客气地把卷首的理论文章几乎全部删去。但也有读者如十九世纪的小说家司各特和乔治·艾略特（George Eliot）对这几章十分赞赏。司各特说，这些议论初看似乎阻滞故事的进展，但是看到第二三遍，就觉得这是全书最有趣味的几章。② 艾略特很喜欢《汤姆·琼斯》里节外生枝的议论，尤其每卷的第一章；她说菲尔丁好像搬了个扶手椅子坐在舞台上和我们闲谈，那一口好英文讲来又有劲道，又极自在。③ 可是称赞的尽管称赞，并没有把他的理论当正经。近代法国学者狄容（Aurélien Digeon）说，菲尔丁把他的小说解释为“滑稽史诗”，而历来文学史家似乎忽视了他这个观念。④ 这话实在中肯。最近英国学者德登（F. Homes Dudden）著《菲尔丁》两大册，⑤对菲尔丁作了详细的研究。可是他只说，“散文体的滑稽史诗”不是什么新的观念。他并没说出这个观念包含什么重要意义，只把“滑稽史诗”和史

---

① 庇艾尔·安德华纳·德·拉·普拉斯（Pierre—Antoine de la Place）的译本1750年出版。

② 见《小说家列传》（*Lives of the Novelists*）——世界经典丛书版22页。

③ 见《米德尔马契》（*Middlemarch*）第15章——世界经典丛书版147页。

④ 见《菲尔丁的小说》（*Les Romans de Fielding*）1923年版，284—285页。

⑤ 见《亨利·菲尔丁：他的生平、著作和时代》（*Henry Fielding, his Life, Works, and Times*），1952年版。

诗、悲剧、喜剧、传记、传奇等略微分别一下，又把菲尔丁的理论略微叙述几点，并没有指出菲尔丁理论的根据，也没有说明他理论的体系，[①]因而也不能指出菲尔丁根据了传统的理论有什么新的发明。

菲尔丁写这些理论很认真。他自己说，《汤姆·琼斯》每卷的第一章，读者看来也许最乏味，作者写来也最吃力；[②]又说，每卷的第一章写来比整卷的小说还费事。[③] 他把这些第一章和戏剧的序幕相比，因为都和正戏无关，甲戏的序，不妨移到乙戏；他第一卷的第一章，也不妨移入第二卷；他也并不是每卷挨次先写第一章，有几卷的第一章大概是小说写完之后补写的。[④] 他为什么定要吃力不讨好地写这几章呢？菲尔丁开玩笑说，一来给批评家叫骂的机会，二来可充他们的磨刀石，三来让懒惰的读者节省时间，略过不读。[⑤]他又含讥带讽说，他每卷的第一章，好比戏院里正戏前面的滑稽戏，可作陪衬之用；正经得索然无味，才见得滑稽的有趣。[⑥] 又说，这第一章是个标志，显得他和一般小说家不同，好比当时风行的《旁观者》(*Spectator*)[⑦]开篇引些希腊拉丁的成语，叫无才无学的人无法摹仿。[⑧] 这当然是开玩笑的话。菲尔丁觉得自己的小说和一般小说不同，怕人家不识货，

---

① 见德登著《菲尔丁》第1册328—334页，又第2册666—671页。

② 见《汤姆·琼斯》(以下简称《汤》)第5卷第1章。本文翻译原文，都加引号；没有引号的只是撮述大意。

③⑤ 见《汤》第16卷第1章。

④ 见德登《菲尔丁》第2册591—592页。

⑥ 见《汤》第5卷第1章。

⑦ 见司狄尔(R. Steele)和艾迪生(Addison)1711年编辑的报纸。

⑧ 见《汤》第9卷第1章。

所以要在他的创作里插进那些理论的成分。他在《约瑟夫·安德鲁斯》里说,他这种小说在英文里还没人尝试过,只怕一般读者对小说另有要求,看了下文会觉得不满意;[①]又在《汤姆·琼斯》里说,他不受别人裁制,他是这种小说的创始人,得由他自定规律。[②] 这几句话才是他的真心实话。

他虽说自定规律,那套规律却非他凭空创出来的。他只说他的小说是独创,从不说他的理论也是独创。他的一套理论是有蓝本的。但这并不是说菲尔丁只抄袭古人的理论,而是说明他没有脱离历史,割裂传统,是从传统的理论推陈出新,在旧瓶子里装进了新酒。他的理论大部分根据十八世纪作家言必称道的亚里斯多德的《诗学》和贺拉斯的《诗艺》。菲尔丁熟读希腊罗马的经典;他引用经典,照例不注出处。他自己说,他常把古代好作品的片段翻译出来应用,不注原文,也不指明出处,饱学的读者想必留意到此。[③]他又说,这部书里哪些地方套着经典著作的文气腔调绰趣取笑,他不必向熟读经典的读者一一指明。[④]但是我们若要充分了解他的理论,就得找出他的蓝本来对照一下。因为菲尔丁自己熟读经典,引用时往往只笼统一提。我们参看了他的蓝本,才知道他笼统一提的地方包含着什么意义,并且了解他在创作中应用了什么原则;尤其重要的是,我们在对照中可以看出他推陈出新的地方。

菲尔丁的小说理论,简单来说,无非把小说比做史诗(epic)。大家知道史诗是叙事诗,叙述英雄的丰功伟业,场面广阔,

---

① 见《约瑟夫·安德鲁斯》(以下简称《约》)序。

②③ 见《汤》第2卷第1章。

④ 见《约》序。

人物繁多，格调崇高；这些史诗的特点，亚里斯多德《诗学》里都论到。菲尔丁不用韵文而用散文，不写英雄而写普通人，故事不是悲剧性而是喜剧性的，换句话说，他的小说就是场面广阔、人物繁多的滑稽故事。普通文学史或小说史上，总着重说菲尔丁的小说面域可包括整个英国，人物包括上中下各个社会阶层。这不就说明他的小说可称为“史诗”吗？

但是这还不是菲尔丁小说的全貌。他的理论反复说明的也远不止这几点。他不是泛泛把小说比一般史诗，他所说的史诗不仅有上面所说的几个特点，还具有亚里斯多德《诗学》中所论的各种条件。菲尔丁是把《诗学》中关于史诗的全套理论搬用过来创作小说。

《诗学》论得最精详的是悲剧，只附带说到史诗。亚里斯多德说一切悲剧的理论都能应用到史诗，史诗和悲剧只有某几方面不同。因此，把悲剧的理论应用到史诗或小说上，还需要引申和解释。至于喜剧，《诗学》里讨论的部分已经残缺。① 菲尔丁写的是喜剧性的史诗。什么是喜剧性，《诗学》所论很简略，也需要引申。这类的解释和引申，文艺复兴时代多少批评家早已下过功夫。法国十七世纪的批评家承袭了意大利文艺复兴的理论，又从而影响了英国十七世纪末十八世纪初的文坛。② 菲尔丁的小说理论大多就依据法国十七世纪的批评家，尤其是勒·伯需

---

① 详见艾特金斯（J. W. H. Atkins）《古代文艺批评》（*Literary Criticism in Antiquity*）第1册167—168页。

② 见斯宾冈（J. E. Spingarn）《文艺复兴时代的文艺批评》（*Literary Criticism in the Renaissance*）246、294页。

(René Le Bossu)的《论史诗》[①](*Traité du Poëme épique*)。这本书的英译本在十七世纪末出版,十八世纪初在英国风行一时。[②]菲尔丁把勒·伯需跟亚里斯多德和贺拉斯并称,[③]可见对他的推重。

我们细看菲尔丁的理论,可分别为二类。(一)引用《诗学》的理论。这是他理论的主体,在他引用的去取之间,可以看出他自己那套创作理论的趋向和重点。(二)引申和补充。菲尔丁或根据文艺复兴以来古典主义的理论,或依照自己的解释,讲得比较详细,这里更可以看出他本人的新见。下文我把他的理论归纳起来,作较有系统的叙述,再逐段对照他的蓝本加以说明。如有牵强附会,可以一目了然。

## 一 "散文体的滑稽史诗"

菲尔丁把他的小说称为"散文体的滑稽史诗"。他在《约瑟夫·安德鲁斯》序里一上来就说古代也有"滑稽史诗","史诗和戏剧一般,有悲剧性喜剧性的不同。荷马是史诗之祖,这两种史诗,他都替我们写下范本,只是后一种已全部遗失。据亚里斯多

---

① 见狄容《菲尔丁的小说》284 页。

② 艾迪生称勒·伯需为"当代最伟大的批评家"。他论弥尔顿(Milton)《失乐园》的几篇文章,都是按照勒·伯需《论史诗》里的规律来批评的。——每人丛书版(Everyman's Library)《旁观者》第 1 册 546 页;又第 2 册 496 页。菲尔丁最佩服的夏夫茨伯利伯爵(Shaftesbury)也把勒·伯需称为法国最伟大的批评家——罗伯生(J. M. Robertson)编注本夏夫茨伯利《论特性》(*Characteristics of Men ,Manners,Opinions,Times,etc.*)第 1 册 94 页。

③ 见《汤》第 11 卷第 1 章。

德说，他那部喜剧性的史诗和喜剧的比较，就仿佛《伊利亚特》和悲剧的比较”。他紧接着说明史诗也可用散文来写，他说：“史诗既有悲剧性喜剧性的不同，我不妨照样说，还有用韵文写的和用散文写的不同。那位批评家所举组成史诗的几个部分，如故事、布局、人物、思想、措词等，在散文体的史诗里件件都全，所欠不过韵节一项。所以我认为散文写的史诗应该归在史诗一类，至少并没有批评家以为该另立门类，另起名目。”他举了法国费内隆（Fénelon）的小说《代雷马克》（*Télémaque*）为例，尽管是散文写的，却和荷马的《奥德赛》一样算得是“史诗”；而当时流行的传奇小说既没有教育意义，又没有趣味，和《代雷马克》这种小说性质完全两样。于是菲尔丁就说明滑稽小说是什么性质：“滑稽小说就是喜剧性的史诗，写成散文体。它和喜剧的不同，就仿佛悲剧性史诗和悲剧的不同。它那故事的时期较长，面域较广，情节较多，人物较繁。它和悲剧性的史诗比较起来，在故事和人物方面都有差别。一边的故事严肃正经，一边轻松发笑；一边的人物高贵，一边的地位低，品格也较卑微。此外在思想情感和文字方面也有不同；一边格调崇高，一边却是滑稽的。”

菲尔丁上文所说的“滑稽史诗”以及史诗和悲喜剧的同异完全是从《诗学》来的，“那位批评家”当然就是亚里斯多德，不指别人。亚里斯多德在《诗学》里说：荷马写的喜剧性和悲剧性的诗，都出人头地。他的《马吉悌斯》（*Margites*）和喜剧的关系，就恰像《伊利亚特》《奥德赛》和悲剧的关系。①《马吉悌斯》就

① 见《诗学》1449a——根据布茄（S. H. Butcher）《亚里斯多德论诗与艺术，附〈诗学〉译本》（*Aristotle's Theory of Poetry and Fine Art, with a Critical Text and Translation of the Poetics*）。以下所引《诗学》都根据这个本子。

是菲尔丁所说已经遗失的喜剧性史诗。[①]《诗学》指出悲剧和史诗的几点分别。史诗是叙述体,用的韵节也和悲剧不同。悲剧只演一周时左右的事,史诗却没有时间的限制。[②] 还有一层,悲剧不能把同时发生的几桩事情一起在台上扮演,观众只能看到事情的一面;史诗是叙述体,同时发生的许多事情可以分头叙述,这就增加了诗的分量和诗的庄严。史诗有这点便宜,效果可以更加伟大;故事里添上多种多样的情节,听来也更有趣味。[③]《诗学》又指出悲剧和喜剧的几点分别。作者性格不同,他们的作品就分两个方向。一种人严肃,他们写高尚的人,伟大的事;一种人不如他们正经,他们写卑微的人物和事情。前者歌颂,后者讽刺。[④] 前者成为悲剧作家,后者成为喜剧作家。[⑤]《诗学》这几段话比菲尔丁讲得详细,我们对照着看,就知道菲尔丁确是根据《诗学》的理论。

《诗学》分别了史诗和悲剧,悲剧和喜剧,接着就专论悲剧。悲剧摹仿一桩人生有意义的事件(action)。这件事情有头有尾,首尾相承;开头什么情节,引起以下的情节,造成末后的结局。这些情节的安排布置,就是故事的布局(plot)。布局是组成悲剧的第一个部分。故事里少不了人物,人物各有性格

① 夏夫茨伯利也提到荷马的《马吉悌斯》,见《论特性》第1册130页。这部遗失史诗还存留着五十六个零星片断,见勒勃(Loeb)古典丛书本《海修德,荷马的赞美诗与荷马的杂诗》(*Hesiod, Homeric Hymns and Homerica*)537—539页。

② 见《诗学》1449b。

③ 同上书,1459b。

④ 同上书,1448b。

⑤ 同上书,1449a。

(character),有思想(thought)。性格决定他们采取何种行动。人物的性格是组成悲剧的第二个部分。人物的思想表现在他们的言谈中;思想是组成悲剧的第三个部分。把意思用文字表达出来,称为措词(diction);措词是组成悲剧的第四个部分。加上戏里的唱歌和布景,共有六个部分,①这六个部分里,最重要的是布局。因为悲剧的宗旨是描摹人生,人生是人的为人行事,得在语言行动里显示出来,绝非单凭空洞的性格所能表现。亚里斯多德所谓布局,包括人物和情节两者,不是指一个故事的死架子。整个故事里一桩桩事迹是情节,情节的安排是布局。情节从人物的性格和思想发生,人物的性格和思想又在情节里表现。故事在观众前一步步演变,人物的性格和思想也在一点点展开;人物的性格和思想支配着故事的演变,故事的演变表现出人物的性格和思想。这个逐点展开、逐步演变的故事是个活的东西。他怎样展开,怎样演变呢?依凭它的布局。② 所以亚里斯多德把布局称为"悲剧的灵魂"。③ 史诗叙述而不扮演,不用唱歌和布景;除掉这两部分,史诗和悲剧的组成部分是相同的,④应用的规则也都相同。⑤ 史诗虽然比悲剧长,每个情节可以长得像个小故事,史诗和悲剧的布局,也还是适用同样的规则。⑥ 我们已经看到菲尔丁列举的史诗组成部分,假如我们再看了《约瑟

---

① 见《诗学》1450a。

② 见布茹《亚里斯多德论诗与艺术》第 9 章。

③ 见《诗学》1450a。

④ 同上书,1459b。

⑤ 同上书,1449b。

⑥ 同上书,1459a。

夫·安德鲁斯》里亚当斯牧师论《伊利亚特》的一段话,[①]就知道菲尔丁对每一个组成部分都采取了《诗学》里的解释。他还有一点儿发挥。《诗学》说史诗不用布景,菲尔丁以为史诗里也有布景,不过不是道具的布景,而是用文字描摹出来的布景。所以我们在史诗的组成部分里还可添上用文字描画的布景。

史诗可用散文写,这点意思菲尔丁也有根据。对他起示范作用的塞万提斯在《堂吉诃德》里就有这句话;[②]塞万提斯是采用西班牙十六世纪文艺批评家品西阿诺(El Pinciano)的理论。[③] 菲尔丁熟读《堂吉诃德》,不会忽略了这句话。其实亚里斯多德在《诗学》里早说,诗人或作家所以称为诗人或作家,因为他们创造了有布局的故事,并不是因为他们写作的体裁是有韵节的诗。[④] 法国十七世纪的批评家根据这点,大多认为史诗可用散文来写。勒·伯需以为用散文写的史诗虽然不能称为"史诗"(poëme épique),仍不失为"有诗意的史"(epopée);[⑤]换句话说,虽然没有史诗的形式,还保持史诗的精髓。所以摹仿荷马《奥德赛》的《代雷马克》,菲尔丁以为该算史诗,他自己的小说也是史诗。

---

① 见《约》第3卷第2章。虽然出于书中人物之口,显然也是菲尔丁的意见。

② "史诗既可以用韵文写,也可以用散文写"。——见《堂吉诃德》上册(人民文学出版社1978年版)435页。

③ 见贝尔(Aubrey F. G. Bell)《塞万提斯评传》89页。

④ 见《诗学》1451b。

⑤ 见布雷(René Bray)著《法国古典主义理论的形成》(*La Formation de la Doctrine classique en France*)246—247页,又见狄容:《菲尔丁的小说》285页。

我们从菲尔丁以上几段理论以及他根据的蓝本,可以得出下面的结论。他的小说师法古代的史诗,不但叙述情节复杂,而且人物众多,故事中还有布局、人物的性格和思想、布景、措词等组成部分。小说的布局和悲剧的布局一样,只是小说里的人物和措词跟悲剧里的不同。他写的是卑微的人物和事情,用的是轻松滑稽的辞令,体裁是没有韵节的散文。这就是菲尔丁所谓"散文体的滑稽史诗"。

## 二　严格摹仿自然

这种小说该怎样写法呢?菲尔丁把一切规律纳入一条总规律:"严格摹仿自然"。无论描写人物或叙述故事,他都着重"严格摹仿自然"。按十八世纪初期的文学批评,合自然就是合理,也就是合乎亚里斯多德和贺拉斯的规则。① 贺拉斯主张取法古希腊的经典作家,以为荷马是最好的模范;②同时,他又劝诗人把人生作为范本,按照着临摹。③ 菲尔丁处处要摹仿自然,又处处称引古人,师法古人,自称《约瑟夫·安德鲁斯》摹仿《堂吉诃德》的作者塞万提斯,④《阿米丽亚》摹仿维吉尔,⑤显然他对"合自然"的见解多少没有脱离他那时代的看法。其实他所谓"摹仿"无非表示他师法经典作

① 见斯宾冈著《文艺复兴时代的文艺批评》149—151 页;又威利(Basil Willey)著《十八世纪背景》(*The Eighteenth—Century Background*)18—20 页。

② 见《诗艺》368—370 行,73—75 行,136—153 行。

③ 同上书,309—323 行。

④ 见《约》的详细书名。

⑤ 见《花果市周报》(*Covent—Garden Journal*)第 8 期——建生(G. E. Jensen)编注本第 1 册 186 页。

家——师法自古以来大家公认为合乎自然的作品,并不是亦步亦趋地依照着学样。根据他下面的理论,他虽然尊重古人的规则,推崇经典著作,他只把现实的人生作为衡量的标准,对传统的理论只采取“严格摹仿自然”的部分。

菲尔丁描写人物的理论,可分为三点来讲:第一,关于摹仿自然;第二,关于概括共性;第三,关于描写个性。

菲尔丁认为描写人物应该严格摹仿自然,不夸张,不美化。可笑的人物到处都有,不必夸张;①眼前看见的漂亮女人也够可爱,无需美化。② 他不写完美的人物,人情中见不到的东西他都不写。③ 他的人物,在大自然登记簿上都有存根;④假如读者觉得某人某事不可理解,只要细看自然这本大书,自会了解;⑤他明知某人行为古怪,但读者只要查看大自然里存在的原本,就知真有其人;⑥他处处严格贴合自然的真相,读者可仔细看看人物的行为是否自然。⑦ 尽管读者对某一人物不大赞成,他的责任是按照人情来描写,不是随着他的愿望来描写;⑧他是要描写合乎自然的人物,不是完美的人物。⑨ 菲尔丁还认为人物该直接向自然临摹,若

---

① 见《约》序。

② 见《汤》第 4 卷第 1 章。

③ 同上书,第 3 卷第 5 章。

④ 同上书,第 9 卷第 1 章。

⑤ 同上书,第 16 卷第 8 章。

⑥ 同上书,第 7 卷第 12 章。

⑦ 见《阿米丽亚》(以下简称《阿》)第 2 卷第 2 章。

⑧ 见《阿》第 10 卷第 4 章。

⑨ 见《江奈生 · 魏尔德》(以下简称《江》)第 4 卷第 4 章。

照书本里的人物依样画葫芦,那就是临摹仿本,得不到原本的精神;①摹仿古人是不行的,必需按照自然描摹。② 菲尔丁这种严格按自然描摹人物的理论是他自己的见解,和《诗学》的主张有显著的不同。《诗学》泛说艺术创造人物,有的比真人好,有的比真人坏,有的恰如真人的分。接着各举例子,说荷马的人物就比真人好。喜剧的人物总描摹得比真人坏,悲剧的人物总描摹得比真人好。③ 又说,悲剧既是描摹出类拔萃的人物,应该取法优良的人像画家;他们的画像分明和真人相似,却比真人美。④ 菲尔丁写的是喜剧性的人物,但是他并不赞成把他们描摹得比真人坏;他只取一个方法:如实描摹得和真人一样。

描摹逼真并不是描摹真人,而是从真人身上看出同类人物共同的性格,把这种共性概括出来,加以描摹。菲尔丁承认他的人物确是从真人中来的,但是他声明:"我不是描写人(men),只是描写他们的性格(manners);不是写某某个人(an individual),只是写某某类型(a species)。"譬如书里的律师,不但真有其人,而且四千年来一向有这种人,将来还一直会有。这种人尽管职业不同,宗教不同,国家不同,他们还是同类人物。又譬如那客店的女掌柜,尽管在不同的时代不同的地位,她们终究是同

---

① 见《汤》第9卷第1章。

② 同上书,第14卷第1章。

③ 见《诗学》1448a。

④ 同上书,1454b。

类。[①] 菲尔丁不写个人而写类型,就是《诗学》所说喜剧不该抨击个人的意思。[②] 同时他也就写出了《诗学》所谓普遍的真实。[③] 所以小说里具有人类共性的人物比历史上的真人来得普遍;不仅个别的某人如此,许多人都如此。最有普遍性的人物,在各地方各时代都是真实的。塞万提斯笔下的堂吉诃德就是例子。[④]

但是菲尔丁以为小说家不但要写出同类人物的共性,还需写出每个人物的特性。荷马《伊利亚特》里一个个英雄的性格都是特殊的。[⑤] 同一职业的人大多有些相同的品性,但是相同的品性有各别的表现;有同样毛病的人,性格还自不同。好作家能保存同类人物的共性,同时又写出他们特殊的个性。[⑥] 滑稽小说家写的人物既不是历史上的真人,就必须把他们的个性写得合情合理,才和真人相似。要写得合情合理,当注意两点:(一)人物的言谈举动应该跟他们的性格合适。譬如一件事在某人行来不过是意想不到,另一人行来就是不可能。(二)人物的性格当前后一致,不能因故事的转折,改变了人物的性格。作者需洞悉人情,观察入微,才能做到这两点。[⑦] 菲尔丁关于描写个性的两点,就是《诗学》所说的适合身份和前后一致,反复无

---

① 见《约》第 3 卷第 1 章。在十八世纪的英文里"manners"等于性格(character),参看《牛津英文大字典》里"manners"解释之四 a。

② 见《诗学》1448b。

③ 同上书,1451b。

④ 见《约》第 3 卷第 1 章。

⑤ 同上书,第 3 卷第 2 章。

⑥ 同上书,第 10 卷第 1 章。

⑦ 同上书,第 8 卷第 1 章。

常的性格,也该一贯地反复无常;[①]这也就是贺拉斯所说:人物的言谈举动当适合身份,性格当一贯到底;[②]也就是法国十七世纪批评家所讲究的人物性格的适当(la bienséance)。[③] 但菲尔丁紧接着就说作者需能洞悉人情,观察入微;可见他把这些理论建立在亲身的实践基础上。

菲尔丁叙说故事的理论也可分三点来讲:第一,关于"据事实叙述";第二,关于情节的选择;第三,关于情节的安排。

菲尔丁认为小说家的职责是据事实叙述,[④]尽管读者责备某某人物的行为不道德,他还该老老实实地叙述真事,[⑤]尽管读者以为某人的行为不自然,"这怪不得我们,我们的职责只是记载事实";[⑥]"事实如何,我得照着叙述,读者如果觉得不自然,我也没办法。也许他们一上来看不顺眼,仔细想想,就承认不错了";[⑦]如果事情不合读者口味,"我们讲来也很抱歉,但我们说明是严格按照史实,不得不据实叙述";[⑧]他坐下写这部故事的时候,打定主意,决不讨好任何人,他的笔只随着自然的途径走;[⑨]他的范围只限于事实;[⑩]他的材料全是从自然中来的。[⑪]

---

① 见《诗学》1454a。

② 见《诗艺》114—127 行。

③ 见布雷著《法国古典主义理论的形成》215—230 页。

④ 见《汤》第 7 卷第 12 章。

⑤ 同上书,第 9 卷第 5 章。

⑥ 同上书,第 14 卷第 5 章。

⑦ 同上书,第 12 卷第 8 章。

⑧ 同上书,第 5 卷第 10 章。

⑨ 同上书,第 3 卷第 2 章。

⑩ 同上书,第 2 卷第 4 章。

⑪ 同上书,第 12 卷第 12 章。

这里菲尔丁所谓严格按史实叙述，并不是叙述历史上的实事。他不过主张正视人生的丑相，不加粉饰；这和他主张严格按自然描摹人物，不美化，不夸张，同一意义。菲尔丁明明白白地说，他的小说不是枯燥乏味的历史，他不是写家常琐屑的人和事，他写的是奇情异事。[①] 他不是笨笨实实地按时代记载；他有话即长，无话即短，有非常的事值得记载，就细细描写一番，否则就跳过几年，一字不著。[②] 他要严格遵守贺拉斯的规则，凡写来不是有趣动人的，一概略过。[③] 他以为好作家写的故事只要在情理之内，不必琐屑、平凡、庸俗，也不必是家家都有，天天常见的。[④] 他们最好摹仿聪明的游历者，要到了值得流连的地方才逗留下来。[⑤] 菲尔丁以上的话，说明他不是叙述日常真实的事，只是要从实事上概括出人生的真相，选择希奇有趣的事，按人生真相加以描摹。

菲尔丁认为小说家既不是叙述实事，就需把故事讲得贴合人生真相，仿佛实事一般。而且喜剧性的故事讲普通人卑微的事，不比悲剧性的故事从历史取材，有历史根据，有群众的习知惯闻作为基础；所以喜剧性的故事尤需严格贴合真相。要做到这点，选取题材时，需遵守两条规律：（一）不写不可能（impossible）的事；（二）不写不合情理（improbable）的事。菲尔丁说，一般人对这两条规律有两种看法。法国批评家达西埃（Dacier）以为事情虽不可能，只要合乎情理，也就可信。另有种人只要自己

① 见《汤》第1卷第3章。

② 同上书，第2卷第1章，第3卷第1章。

③ 同上书，第7卷第6章。

④ 同上书，第8卷第1章。

⑤ 同上书，第11卷第9章。

没有身经,就说是不可能。这两个极端都不对。不可能的事总是不可信的。诗人喜欢幻想,以为凭他们的想象,可以海阔天空,任意捏造。譬如荷马讲神奇怪诞的故事,人家就拿这话替他辩护。其实上帝天使之类不能写到小说里去,①现代作家若要写神怪,只可以写鬼;但这像药里的砒霜,少用为妙,最好还是不写。菲尔丁说他写的只是人;他叙的事,绝不是人力所不及的事。另一方面,菲尔丁以为事情尽管离奇,尽管不是人人习见的,也可以合情合理。他说,好像亚里斯多德或别的权威说过,"诗人不能借口真有其事,就叙述令人不能相信的事"。但小说家该写真事;只要真有其事,就该据实写,不得删改。老实说,小说家果然只写真实的事,也许写得离奇,绝不会不合情理。假如小说家自己明知是假,不论怎么证实,写出来只是传奇罢了。故事若写得入情入理,那就愈奇愈妙。②

菲尔丁以上一段也是他自己的见解,跟《诗学》和法国十七世纪批评家的理论略有不同。《诗学》以为史诗可以叙述不可能、不合理的事;只要叙述得好,听众也会相信。③ 法国十七世纪的批评家大多根据《诗学》,以为史诗必需写神奇怪诞。④勒·伯需以为听众如果已经准备着要听奇事,故事略为超出情

---

① 古典主义的文评反对在史诗里采用基督教的神话作为题材,参看法国古典主义大权威布瓦洛(Boileau)《诗的艺术》(*L'Art poétique*)第三篇第193—204行对那些"糊涂作者"把基督教徒信仰的(La Foi d'un Chrétien)上帝、圣人和先知都搬出来的一节批评。

② 见《汤》第8卷第1章。

③ 见《诗学》1460a。

④ 见布雷著《法国古典主义理论的形成》232页。

理也不妨。[①] 但菲尔丁把神怪的因素完全摒弃,以为那是不可能的事,小说里不该写。这就和史诗的写作大不相同。历来的史诗,如荷马的《伊利亚特》和《奥德赛》,维吉尔(Virgil)的《埃涅阿斯纪》(*Aeneid*)都有神奇怪诞的成分。至于情节合情合理这点,《诗学》这样说:历史记曾经发生的事,诗写可能发生的事;某种人在某种场合,总是按照合情合理的或必然的原则来说话行事。所以诗里描写的合情合理的事,比历史上的事来得普遍,来得真实。[②] 这种真实,就是法国十七世纪批评家所讲究的"贴合人生真相"(la vraisemblance),他们以为喜剧写卑微的人和事,不从历史上取材,所以尤其需要遵照可能或必然的原则。[③] 菲尔丁虽然采用这些理论,却补充说,只要真有其事,便是可信的。他仍是着重临摹"自然的范本"。

菲尔丁所说叙事当合情合理,不仅指故事的个别情节,而是说整个故事都应该合情合理。这就是说:情节的安排也该合情合理。所以他说,假如事情纠结得分解不开,我们宁可按可能的情形,叫主角上绞台,却不能违反真实,请出神道来排难解纷。虽说万不得已时可借助神力,我却决不应用这份权力。[④] 不能借助神力,就是《诗学》所说:故事的布局应该按照合情合理或必然的原则,故事里情节的纠结以及纠结的解除都应该从故事本身发生,不能到"关头紧要,请出神道"(deus ex machina)。[⑤]

---

① 见布雷著《法国古典主义理论的形成》234 页。

② 见《诗学》1451b。

③ 见布雷著《法国古典主义理论的形成》334 页。

④ 见《汤》第 17 卷第 1 章。

⑤ 见《诗学》1454a—1454b。

贺拉斯论得比较宽，他说“除非到故事的纠结非神力不能排解的时候，不要用神道来干预人事”。① 菲尔丁虽然引贺拉斯的话，却应用《诗学》的原则。同时，他还是着重观察人生，“留心观察那些造成大事的种种情节和造成这些情节的细微因素”，②看出“情节间非常微妙的关系”，③按照这微妙的道理来安排故事。

菲尔丁不赞成夸张——不是说文学上不准有夸张的作品，他承认自己的闹剧就是夸张胡闹的，他只说“滑稽史诗”不该夸张，夸张就不合自然，虽然引人发笑，笑来究竟没有意义。人生到处有可笑的事，只要观察入微，随处可得材料，用不着夸张。滑稽作家惟一可以夸张的地方就是措词。他小说里常用夸张的笔法，套着经典名作的腔调来绰趣取笑。只要人物故事贴合自然，尽管措词夸张，仍不失为贴合自然的小说。④

## 三 “滑稽史诗”取材的范围

菲尔丁说，他的题材无非人性（human nature），⑤但是他只写可笑的方面。⑥ 什么是可笑呢？菲尔丁认为应该解释几句，因为一般人颇多误解，而且爱下界说的亚里斯多德没有界说究竟什么是可笑的；只说喜剧不该写罪恶，却没说应该写什么。法

---

① 见《诗艺》191—193 行。

② 见《阿》第 1 卷第 1 章。

③ 见《汤》第 11 卷第 8 章。

④ 见《约》序。

⑤ 见《汤》第 1 卷第 1 章。

⑥ 见《约》序。

国贝尔加德(Abbé Bellegarde)写过一篇论可笑的文章,却没有追溯出可笑的根源。菲尔丁认为可笑的根源出于虚伪。虚伪又有两个原因:虚荣和欺诈。出于虚荣的作伪不过掩饰一部分真情,出于欺诈的作伪和真情完全不合。揭破虚伪,露出真情,使读者失惊而失笑,这就写出了可笑的情景。揭破欺诈的虚伪更使人惊奇,因此越发可笑。但是罪恶不是可笑的。大的罪恶该我们愤恨,小些的罪过值得我们惋惜。至于人生的灾祸、天然的缺陷,如残疾、如丑陋、如穷困,都不是可笑的事。不过穷人装阔绰、残疾充矫健、丑人自谓娇美,那就可笑了。可笑的事物形形色色,不知多少,但追溯根源,无非出自虚伪。① 这段理论,菲尔丁后来大约觉得还没说出一切事物的可笑的根源,所以在他办的报刊中对这问题有一点补充。他根据康格利芙(Congreve)和本·琼森(Ben Jonson),以为偏僻的性格使人物举动可笑。又引贺拉斯的话:一个人的性格如过于偏向一面,便是偏于美德的一面,也可使明白的好人做出傻事或坏事来。贝尔加德也说:一个极好极明白的人,这样就不免愚蠢犯过。②

以上菲尔丁论可笑的一段,和《诗学》所论相符。《诗学》说,可笑是丑的一种,包括有缺陷的或丑陋的,但这种缺陷或丑陋并不是痛苦的或有害的。③ 这就是说,可笑的是人类的缺点,这笑不含恶意,并不伤人。④ 从菲尔丁本人的话和他根据的理论,可见菲尔丁所谓可笑,只是人类的偏执,痴愚,虚伪等等;笑

---

① 见《约》序。

② 见《花果市周报》第55期——建生编注本第2册62页。

③ 见《诗学》1449a。

④ 见布茄《亚里斯多德论诗与艺术》第10章。

是从不相称的对比中发生的。他的"滑稽史诗"里只写这类可笑的人物和事情。他虽然偶然写到罪恶,那是因为人世间避免不了,况且不是故事的主要线索,那些人物也不是主角,写来也不是为了招人发笑,他们的坏事也并没成功。①

## 四 笑的目的以及小说的目的

菲尔丁说,他的闹剧可把郁结在心的沉闷一泻而清,叫人胸怀间充溢着和爱、欣喜之感。但是这种夸张胡闹引起的笑,比不上贴合自然的作品所引起的笑。夏夫茨伯利伯爵认为古代没有这类夸张胡闹的作品,②菲尔丁并不完全赞成这话,但是他承认贴合自然的作品所引起的笑更有意义,也更有教益。③ 这种有意义有教益的笑不是为讽刺个人,却是要"举起明镜,让千千万万的人在私室中照见自己的丑相,由羞愧而知悔改"。④ 他要"尽滑稽之能事,笑得人类把他们爱干的傻事坏事统统改掉"。⑤ 又说要"写得小说里满纸滑稽,叫世人读了能学得宽和,对别人的痴愚只觉好笑;同时也学得虚心,对自己的痴愚能够痛恨"。⑥

菲尔丁所谓"举起明镜"的一段话,就是西塞罗(Cicero)论

---

① 见《约》序。
② 见《论特性》第1册51页。
③ 见《约》序。
④ 同上书,第3卷第1章。
⑤ 见《汤》献词。
⑥ 同上书,第13卷第1章。

喜剧的名言:“喜剧应该是人生的镜子,风俗的榜样,真理的造象”。[1] 塞万提斯在《堂吉诃德》里引用了这话,还补充说:“在一出精心结构的戏里,诙谐的部分使观客娱乐,严肃的部分给他教益,剧情的发展使他惊奇,穿插的情节添他的智慧,诡计长他识见,鉴戒促他醒悟,罪恶激动他的义愤,美德引起他的爱慕。不论多蠢的人,看了一出好戏心里准有以上种种感受。”[2]莎士比亚《哈姆莱特》里也引西塞罗这句话,说演戏的宗旨是:使自然照一下镜子,使德行自睹面目、轻狂瞧见本相,使当时的世道人情看清自己的形态和印象。[3] 人类见到自己的丑相,由羞愧而知悔改,正是夏夫茨伯利所说“笑能温和地矫正人类的病”,“有残缺的东西才可笑,只有美好公正的东西才不怕人笑”。[4]“滑稽史诗”所引起的笑,因此就有意义,有教益。

菲尔丁认为一切小说都该在趣味中搀和教训。他在《江奈生·魏尔德》里说:读了这类记载,不但深有趣味,还大有教益。活现的榜样比空口教训动人得多。又在《阿米丽亚》里说:这类记载可称为人生的模范,读者可学到最实用的艺术——人生的艺术。菲尔丁把小说当做具体示例的教训,这点和亚里斯多德的见解不同。亚里斯多德以为艺术是由感觉来动人的情感,目的是快感。[5] 菲尔丁不是用抽象的说理来教训人;他用具体的事例来感化人,也是由感觉的途径,只是目的不为快感。实例好

① 见艾特金斯著《古代文学批评》第 2 册 38 页。

② 见《堂吉诃德》第一部第 48 章。

③ 见第三幕第二景 24—26 行。

④ 见《论特性》85 页。

⑤ 见布茄《亚里斯多德论诗与艺术》第 5 章。

比活现的画，叫人看了不必用辩论推动就会感动，譬如吴道子画地狱变相，“屠酤渔罟之辈，见者皆惧罪改业”，[①]菲尔丁写小说也仿佛这个用意。贺拉斯以为诗应当有趣味或有教益，最好兼有二者。[②] 勒·伯需在《论史诗》中也说：“史诗的宗旨不过是叫人改恶归善”。[③] 菲尔丁写小说的宗旨，就是要兼娱乐和教诲，在引笑取乐之中警恶劝善。

## 五 小说家必备的条件

菲尔丁以为小说家要写他讲的这种小说，应当具备以下四个条件，缺一不可。这四个条件，其实也仿佛中国传统文评所讲的四个条件：才、学、识、德。[④]

第一是天才。他引贺拉斯的话：作家如果缺乏天才，怎么学写也写不成。菲尔丁以为天才是鉴别事物的能力，既能发现，又能判断，这种创见和识见都是天赋的。发现并不指凭空捏造，却是一种敏锐的择别力，能体察到事物深处，得其精髓。这种能力往往和判断力相结合，因为能判断才能择别——用中国的旧话来说，有“识”才能有“才”。有些糊涂人以为能发现的往往不能判断，显然不对。[⑤] 有天才就能看透表面，直看到底里的真相，于是抉扬出可笑之处，供人笑乐和教益。[⑥]

---

① 见董逌《广川画跋》卷一《书杨杰摹地狱变相后》。

② 见《诗艺》333—346 行。

③ 见狄容著《菲尔丁的小说》285 页引。

④ 见章学诚《章氏遗书》卷二“文德”篇。

⑤ 见《汤》第 9 卷第 1 章。

⑥ 见《汤》第 13 卷第 1 章。

第二是学问。菲尔丁说，这点如需权威的支持，他可举出贺拉斯和许多别人。天赋的才能只好比工具。有了工具，还需把它磨得锋利，还需知道怎样运用，还需有材料，三者都靠学问。学问磨快你的工具，教你怎么运用，还能供给一部分材料。所以作家非有文学历史的知识不可，如荷马、弥尔顿都是饱学之士。① 又说："近代的批评家认为作者任何学问都不需要，学问只是累赘，使作家的想象力不得自由，不能任意飞翔。但是跳舞师学了跳舞未见得行动就呆板，技工学了手艺未见得就不会使用工具，写作的艺术为什么不同呢？假如荷马、维吉尔和现代的作家一般空疏无学，难道他们的作品更会好吗？西塞罗以为修辞家该有各种各样的修养，我并不主张作家该有那般修养，我只说，作家写到一个题目，对那一门学问，该有些常识。"②

第三是经验。这是书本里得不到的。若要知道人，非经验不可。书呆子最不通人情，因为书里尽管描摹得好，真正的人情一定要在实际生活里才体察得到。一切学问都如此，不能单凭书本，一定要实行之后有了经验，学问方会到家。学种花应该到花园里去，学演戏应该摹仿真人。作家要描摹真实的人，需到实际生活里去体察。而且应该体察得普遍，应该和上下各阶层的人都有交接。熟悉了上层社会，并不能由此就了解下层社会。单熟悉上层社会或下层社会也不够，因为只熟悉一面，描写时就不能对比；社会各阶层各有痴愚处，要对

---

① 见《汤》第 9 卷第 1 章。

② 同上书，第 14 卷第 1 章。

比着写才越显得分明,越见可笑。① 作家不仅要熟悉各阶级的人,还该知道好好坏坏各式各样的人,从大官到地保,从爵夫人到店主妇,这样方能够知道人类的品性;②惟有凭经验,才能真正了解天下的事。③

第四是爱人类的心(humanity)。作家如果麻木不仁,便是具备以上三个条件也是徒然。菲尔丁又引贺拉斯,说作者需自己先哭,才能叫人哭。所以作者自己没有感动,就不能动人。最动人的情景是作者含着泪写的;可笑的情景是作者笑着写的。④真正的天才,心肠往往也仁厚。作者要有这种心肠,才写得出有义气的友谊,动人的情爱,慷慨的气量,真诚的感激,温厚的同情,坦白的胸怀;才能使读者下泪,使他激动,使他心上充溢着悲的、喜的、友爱的感情。⑤

菲尔丁所讲的四个条件基本上根据贺拉斯的话,也参照了法国十七世纪批评家的理论。亚里斯多德只说:"做诗或者由天赋的才能,或者由一点儿疯狂。有天赋的才能,一个人就能设身处地,有点儿疯狂,就能跳出自我"。⑥ 贺拉斯就讲得比较完备:"人家常问,一首好诗究竟凭天才,还是凭艺术呢? 照我看来,如果没有天才,学也没用;如果不学,有才也没用。所以二者该互相辅佐。运动场上得锦标的人,自小经过严格的训练,音乐

---

① 见《汤》第9卷第1章。
② 同上书,第11卷第1章。
③ 同上书,第14卷第1章。
④ 同上书,第9卷第1章。
⑤ 同上书,第13卷第1章。
⑥ 见《诗学》1455a。

家也是跟严厉的老师学习出来的。”①又说：智慧是好作品的源头。作家从哲学家的书籍中学得了智慧，就该到实际生活中去临摹活的范本。② 又说：“人家看了笑脸，自然会笑；看见人家哭，也会陪哭。你若要我哭，你先该心上觉得悲伤。”③贺拉斯以为天才和艺术修养一般重要，有智慧还需有经验，要感动人自己需有情感。这和菲尔丁所说的四点略有出入。法国十七世纪的批评家论作家的条件和菲尔丁所论更相近。他们认为作家有三个条件。第一需有天才，这是古来一切批评家公认的，只是什么叫天才，众说不一。十七世纪的批评家如拉班（Rapin）以为天才是想象力和判断力的结合，二者互相钳制。他们都承认天才是第一条件。第二是艺术修养。天才重要，还是艺术修养重要呢？当时颇多争论，但一般认为艺术修养是第二条件。第三是学问，作者当然不能精通各门学问，但作者需有广博的学问，写到一个题目，总该有点内行。④

菲尔丁着重观察实际生活，所以他所谓天才不是想象力和判断力的互相钳制，而是观察力和判断力的结合。他所谓学问，包括艺术修养和学问两项。他所谓经验，就是贺拉斯所谓“实际生活中临摹活的范本”。至于爱人类的心肠，那是菲尔丁自己的增补。

---

① 见《诗艺》408—411 行。

② 同上书，309—318 行。

③ 同上书，101—103 行。狄德罗（Diderot）在《关于演员的诡论》（*Paradoxe sur la Comédien*）里反驳这种理论。——见《七星丛书》（*Bibliothéque de la Pléiade*）版《狄德罗集》1041、1087 页。

④ 见布雷著《法国古典主义理论的形成》85—98 页。

## 六　讲故事和发议论

菲尔丁有一点声明是违反亚里斯多德的主张的。他说："我是要扯到题外去的，有机会我就要扯开去"。[①] 又说："对不起，我要像古希腊戏剧里的合唱队一般上台说几句话"，因为"我不能叫书里的角色自己解释，只好自己来讲解一番"。[②] 亚里斯多德分明说："荷马有一点独到的妙处，唯有他知道诗人的本分。诗人露面说话，越少越好，因为这本来就不是描摹了。别的诗人描摹少，常在自己的戏里露脸"。[③] 但菲尔丁本着他"作者自定规则"的精神，声明自己有权利搬个椅子坐在台上，指点自己戏里的情节和人物作一番解释和批评。

## 七　"滑稽史诗"和传记

还有一点很值得我们注意。菲尔丁把自己的小说称为"滑稽史诗"，但是他的《弃儿汤姆·琼斯传》按题目就是传记。一方面他要自别于传奇（romance）的作者，就自称史家（historian），把作品称为真史（true history）；[④]同时他又要自别于历史家，就自称传记家（biographer）。[⑤] 其实他所谓真史，也就是传

① 见《汤》第1卷第2章。
② 同上书，第3卷第7章。
③ 见《诗学》1460a。
④ 见《约》第3卷第1章。
⑤ 同上书，第2卷第1章；第3卷第1章。

记的意思。但是传记和史诗并不是一样东西。是传记就不是史诗,是史诗就不是传记,因为史诗有完整紧凑的布局,传记只凭一个人的一生作为贯穿若干事件的线索。亚里斯多德说:"同一主角的事,并不造成统一的故事;一人生平的事迹可有千种百样,不能归纳成一个故事";他推崇荷马,以为荷马能看到这一点,所以《奥德赛》并不包括主角一生的经历,它跟《伊利亚特》一样都拿一桩事做中心。① 史诗既有统一的布局,叙事也极钩连紧密,不像传记那样叙事松懈,可增可省。贺拉斯指出荷马史诗劈头从故事中心叙起(in medias res)。②《伊利亚特》故事开头时,特洛亚城被围已近十年,荷马立刻就讲到阿基琉斯和主将吵架,至于战事的开端到后面才有补笔。《奥德赛》也不先讲主角如何动身回乡,却从他漂流十年后将要到家时叙起。这两部史诗,都不是"有话即长,无话即短"、从头闲叙起的。菲尔丁常常称引贺拉斯,却一次也没引"故事当从半中间叙起"的话,这点是很有趣的。

在菲尔丁那时候,"历史"(history)就是"传记"(biography)。"历史的"(historic)就和"浪漫的"(romantic)相对,传记或"真史"也就是传奇的对称,法国十七世纪后半叶写作小说的倾向是反对满纸荒唐的传奇,而要使读者读来仿佛有读历史那样的真实感,因此小说往往挂个"真史"或"真传"的招牌。一来掮了历史的牌子可以冒充真实,二来可以抬高小说的声价,因为小说向来只供人消遣,而历史供人借鉴,有教育意义。有的小说

---

① 见《诗学》1451a。

② 见《诗艺》148—149 行。

从历史取材，借个背景或借几个人名。拉斐德夫人（Mme de la Fayette）的《克莱芙公主》（*La Princesse de Cleves*）是一例。有的小说捏造历史，说是重新发现的历史材料中得来。彭迪（Pontis）《达大安传》（*Mémoires de M. d´Artagnan*）——大仲马《侠隐记》的蓝本——就是一例。① 这类传记在十八世纪的英国非常风行，英国小说家笛福（Defoe）也学到诀窍，他的《鲁滨孙飘流记》《摩尔·弗兰德斯传》《罗克莎娜夫人传》等都是这类捏造的历史。所以斯狄尔在《闲谈者》（*Tatler*）上嘲笑法国传记说："我以后要通知一切书店和翻译家：法国人所谓传记（memoir），只是小说（novel）的别称。"②十八世纪以来，小说"野史"的声价继长增高，到十九世纪，大仲马就可以说拉马丁（Lamartine）的《吉隆登党历史》（*Histoire des Girondins*）"把历史抬高到小说的水平"。③ 把斯狄尔的话和大仲马的话对着看，我们可以了解这两百年里对文学各种体裁的看法的变化。

"历史""传记"的招牌并不能使故事显得真实，反而使人对真正的历史和传记都怀疑起来，以为也是捏造的东西。十八世纪初期勒萨日的现实主义小说《吉尔·布拉斯》不冒称历史，从

---

① 见梅（Georges May）《历史是否孕育了小说？》（*L´Histoire a—telle engendré le Roman?*），载《法国文学史杂志》（*Revue d´Histoire littéraire de la France*）1955年4—6月号，155—162页。

② 见1709年10月22日《闲谈者》——波士登（Boston：Little Brown）1866年版第2册296—297页。

③ 见吉罗（Victor Giraud）辑本圣佩韦（Sainte—Beuve）杂记《我的毒素》（*Mes Poisons*）162页。

此小说才不向历史依草附木，而另开门户；普雷奥（Prévost）、马里沃（Marivaux）等继起直追。[①] 菲尔丁把《吉尔·布拉斯》称为“真史”，把塞万提斯、勒萨日、马里沃、斯加隆（Scarron）、连他自己并称为“我们传记家”。[②] 他所举的“传记家”，除了塞万提斯和他自己，都是法国现实主义小说作家。勒萨日和马里沃的作品还可算传记，斯加隆的《滑稽故事》（*Roman Comique*）就绝不能算传记。显然菲尔丁所谓传记只是指那种不是传奇而写现实的小说。其实最早把亚里斯多德《诗学》的理论应用在小说上的，文学史家承认是法国十七世纪小说家于尔菲（Honoré d´Urfé）。他那部风行的小说《阿斯特瑞》（*Astrée*）的布局和人物等等都按照亚里斯多德论史诗的规则。[③] 法国十七世纪前期和中期的传奇作家都攀附史诗，自高身份。[④] 菲尔丁可能也因为一般小说受人轻视，要抬小说的声价，所以把自己的小说比做史诗。[⑤] 反正传奇或小说都不登大雅之堂，都要借史诗的招牌来装门面。传奇向来和史诗渊源很深，文艺复兴时代大批评家斯卡利杰（Julius Caesar Scaliger）就指出希腊赫利奥多罗斯（Heliodorus）的传奇小说《埃塞俄比亚人》（*Aethiopica*）模仿史诗，[⑥]

---

① 见梅《历史是否孕育了小说?》——《法国文学史杂志》1955 年 4—6 月号，169 页。

② 见《约》第 3 卷第 1 章。

③ 见如尔维尔（Petit de Julleville）主编《法国语言文学史》（*Histoire de la Langue et de la Littérature francaise*）第 4 册 413—415 页。

④ 见梅著《历史是否孕育了小说?》——《法国文学史杂志》1955 年 4—6 月号，155 页。

⑤ 见威雷克（René Wellek）著《近代批评史》（*A History of Modern Criticism*）第 1 册 122 页。

⑥ 见斯宾冈著《文艺复兴时代的文艺批评》36 页。

故事也劈头从半中间说起。菲尔丁以为传奇小说不合人生真相,没有教育意义,所以算不得史诗。我们从他自称传记家这一点,想见他着重的是反映现实,不写实的小说便不是他所谓史诗。

以上从菲尔丁的作品里摘取了他的小说理论,也许可供借鉴之用。

一九五七年

# 论萨克雷《名利场》

萨克雷(William Makepeace Thackeray)是英国十九世纪的批判现实主义小说家,《名利场》(*Vanity Fair*)是他的成名作品。车尔尼雪夫斯基称赞他观察细微,对人生和人类的心灵了解深刻,富有幽默,刻画人物非常精确,叙述故事非常动人。他认为当代欧洲作家里萨克雷是第一流的大天才。①

《名利场》描写的是什么呢?马克思论英国的狄更斯、萨克雷等批判现实主义小说家时说:"他们用逼真而动人的文笔,揭露出政治和社会上的真相;一切政治家、政论家、道德家所揭露的加在一起,还不如他们揭露的多。他们描写了中等阶级的每个阶层:从鄙视一切商业的十足绅士气派的大股东、直到小本经营的店掌柜以及律师手下的小书记"。②《名利场》这部小说正是一个恰当的例子。英国在十九世纪前期成了强大的工业国,扩大了殖民地,加速了资本主义的发展。当时讲究的是放任主义和自由竞赛,③富者愈富,贫者愈贫,社会分裂成贫富悬殊的

---

① 见《俄罗斯作家论文学著作》(*Русские писатели о литературном труде* )第 2 册 335—336 页。

② 见马克思恩格斯《论文艺》(*Über Kunst und Literatur*),1953 年柏林版 254—255 页。

③ 莫登(A. L. Morton)《人民的英国史》(*A People´s History of England*)劳伦斯·惠沙特(Lawrence & Wishart)版 380 页。

两个阶层。新兴资产阶级靠金钱的势力，渐渐挨近贵族的边缘；无产阶级越来越穷，困苦不堪。萨克雷说，看到穷人的生活，会对慈悲的上天发生怀疑。① 他对他们有深切的同情，②而且觉得描写矿工和工厂劳工的生活可以唤起普遍的注意，这是个伟大的、还没有开垦的领域，可是他认为一定要在这个环境里生长的人才描写得好。他希望工人队伍里出个把像狄更斯那样的天才，把他们的工作、娱乐、感情、兴趣，以及个人和集体的生活细细描写。③ 他自己限于出身和环境，没有做这番尝试。④《名利场》里附带写到大贵族，但是重心只在富商大贾、小贵族地主以及中小商人——马克思所谓“中等阶级的每个阶层”。这是萨克雷所熟悉的阶级。

萨克雷于一八一一年在印度出生，他父亲是东印度公司的收税员。他是个独生子，四岁时父亲去世，遗产有一万七千镑。他六岁回英国上学，按部就班，进了几个为世家子弟开设的学

---

① 见《萨克雷全集》(*The Works of William Makepeace Thackeray*)纽约柯列(Collier)公司版(以下简称《全集》)第22册108—109页；又第21册245—246页。

② 萨克雷说，富人瞧不起穷人是罪恶。——见戈登·瑞(Gordon N. Ray)编《萨克雷书信集》(下简称《书信集》)哈佛大学版第2册364页；他认为无产阶级的智慧一点也不输于他们的统治者，而且他们占人口的大多数，为什么让那样有钱的腐朽的统治者压在头上(《全集》第15册425—428页)。

③ 见戈登·瑞编《萨克雷在〈晨报〉发表的文章汇辑》(*Thackeray's Contributions to the Morning Chronicle*)1955年版77—78页。

④ 萨克雷看到富人和穷人之间隔着一道鸿沟，彼此不相来往，有钱的人对穷人生活竟是一无所知(见《全集》第15册391—393页；第22册108页)。他说只有狄更斯描写过在人口里占大多数的穷人的生活(《全集》第22册103页)。

校。这一套教育不大配他脾胃。在中学他对功课不感兴趣，只爱读课外书籍；剑桥大学着重算学，他却爱涉猎算学家所瞧不起的文学和学院里所瞧不起的现代文学。他没拿学位就到德国游历，回国后在伦敦学法律。可是他对法律又非常厌恶，挂名学法律，其实只是游荡，把伦敦的各种生活倒摸得很熟。他觉得自己一事无成，再三责备自己懒散奢侈；他说回顾过去，没有一天不是虚度的。①

一八三三年冬，萨克雷存款的银行倒闭，他的财产几乎一扫而光，只剩了每年一百镑的收入。② 这是对他的当头一棒，使他从懒散中振奋起来，也替他解除了社会地位所给予的拘束。像他出身于那种家庭，受过那种教育的人在当时社会上该走一定的道路，否则有失身份体面。他的职业不外律师、法官、医生、教士、军官；至于文人和艺术家，那是上流社会所瞧不起的。③ 萨克雷这时已经不学法律，正不知该走哪一条路。他破产后失掉了剥削生活的保障，可是从此跳出了腐蚀他的有钱有闲的生活，也打脱了局限他才具的绅士架子。所以他当时给母亲的信上说："我应该感谢上天使我贫穷，因为我有钱时远不会像现在这般快乐"。④ 他几年后又劝母亲勿为他担忧，劳碌辛苦对他有好处，一个人吃了现成饭，会变得心神懒散、头脑糊涂的。⑤ 他从

---

① 见《书信集》第1册152页。

② 同上书，第1册508页；又见戈登·瑞著《萨克雷传》第1部《忧患的锻炼》(*The Uses of Adversity*)，麦克格劳·希尔(McGraw—Hill)公司版162页。

③ 见《忧患的锻炼》163—164页；又见《全集》第20册48页；第14册435页。

④ 见《书信集》第1册271页。

⑤ 同上书，第1册391页。

小喜欢绘画，决计到巴黎去学画。可是他不善画正经的油画，只擅长夸张滑稽的素描，[①]这种画没有多少销路，一年后，他觉得学画没有希望，就半途而废。他做了《立宪报》(*Constitutional*)的通信记者。一八三六年他和一个爱尔兰陆军上校的孤女依莎贝拉·萧结婚。她性情和顺，很像这部小说里的爱米丽亚。《立宪报》不久停刊，萨克雷回国靠写稿谋生。他处境虽然贫困，家庭生活却很愉快，不幸结婚后第四年依莎贝拉产后精神失常，医疗无效，从此疯疯癫癫到死。这是萨克雷生平的伤心事。

萨克雷在报章杂志投稿很多，用了不少笔名。他出过几部书，都获得好评。[②] 但是他直到一八四七年《名利场》在《笨拙周报》(*Punch*)发表，大家才公认他是个伟大的小说天才，把他称为十九世纪的菲尔丁。[③] 他的作品从此有了稳定的市场，生活渐趋富裕。他觉得妻女生活还无保障，一部接一部地写作，又到英国各地和美国去演讲。一八五九年他做了《康希尔杂志》(*Cornhill Magazine*)的主编，这是他文名最高的时候。他早衰多病，一八六三年死在伦敦。他的小说除《名利场》以外，最有名的是《亨利·埃斯孟德》(*Henry Esmond*)和《纽康氏家传》(*The Newcomes*)；散文最有名的是《势利人脸谱》(*The Book of Snobs*)和《转弯抹角的随笔》(*The Roundabout Papers*)。他的批评集有

---

① 见《忧患的锻炼》172 页。

② 如《巴黎游记》(*Paris Sketch Book*)，《爱尔兰游记》(*Irish Sketch Book*)，《巴利·林登的遭遇》(*The Luck of Barry Lyndon*)，《势利人脸谱》(*The Book of Snobs*)等。

③ 见《书信集》第 2 册 312 页。

《英国幽默作家》(*The English Humourists*),诗集有《歌谣集》(*Ballads*)。他在诗歌方面也算得一个小名家,作品轻快活泼,富于风趣,而带些惆怅的情调。他的画也别具风格,《名利场》的插画就是他自己的手笔,可惜刻版时走了神气。[①]

那时候英国社会上对小说的看法很像中国旧日的看法,以为小说是供人消遣的"闲书"。[②] 萨克雷因为自己干的是娱乐公众的行业,常自比于逗人嬉笑的小丑。[③] 有一次他看见一个下戏以后的小丑又烦腻又忧闷的样子,深有同感,因此每每把自己跟他相比。[④] 他也辛辛苦苦地逗读者嬉笑,来谋自己的衣食;他看到社会上种种丑恶,也感到厌腻和忧闷。萨克雷正像他形容的小丑:"那个滑稽假面具所罩盖的,即使不是一副愁苦之相,也总是一个严肃的脸"。[⑤] 因为他虽然自比小丑,却觉得自己在逗人笑乐之外另有责任:"在咧着大嘴嘻笑的时候,还得揭露真实。总不要忘记:玩笑虽好,真实更好,仁爱尤其好"。[⑥] 他把自己这类幽默作家称为"讽刺的道德家",说他们拥有广大的读者,不仅娱乐读者,还教诲读者;他们应该把真实、公正和仁爱牢记在心,作为自己职业的目标;他以前准会嗤笑自己俨然以导师

---

① 见《书信集》第2册345页。

② 凯丝琳·铁洛生(Kathleen Tillotson)著《十九世纪四十年代的小说》(*Novels of the Eighteen—Forties*)1954年牛津版17—20页。

③ 见《全集》第1册93页。

④ 同上书,第15册414—415页,257—258页;第4册431页;第16册173页;第1册226页。

⑤ 同上书,第4册431页。

⑥ 同上书,第15册240页。

自居，现在觉得这行职业和教士的职业一样严肃，希望自己能真实而又慈爱。① 他在《名利场》里也说，不论作者穿的是小丑的服装或是教士的服装，他一定尽他所知来描摹真实。② 他又在其他作品里和书信日记里一再申说这点意思。③ 我们因此可以看到萨克雷替自己规定的任务：描写“真实”，宣扬“仁爱”。

《名利场》揭露的真实就是资本主义社会的丑恶。萨克雷说，描写真实就“必定要暴露许多不愉快的事实”。④ 他每说到真实，总说是“不愉快的”，可是还得据实描写。他觉得这个社会上多的是那种没有信仰、没有希望、没有仁爱的人；他们或是骗子，或是傻瓜，可是他们很吃得开；他说，千万别放过他们，小说家要逗人笑，就是为了讥刺他们、暴露他们；⑤所以这部小说把他们的丑恶毫不留情地一一揭发。这里面有满身铜臭的大老板，投机发财而又破产的股票商，吸食殖民地膏血而长得肥肥胖胖的寄生虫；他们或是骄横自满，或是贪纵懒惰，都趋炎附势，利之所在就翻脸无情，忘恩负义。至于小贵族地主，他们为了家

---

① 见《书信集》第 2 册 282 页。

② 同上书，第 1 册 93 页。

③ 萨克雷给朋友的信上说：“你称赞我的人道主义，真能搔到痒处。我对这行逗笑的职业愈来愈感到严肃，渐渐把自己看成一种教士了。愿上帝给我们谦逊的心，能揭示真实。”（见《书信集》第 2 册 283 页）他又说：“我以艺术家的身份，尽力写出真实，避免虚假。”（见《书信集》第 2 册 316 页）他在 1863 年的日记上说：“希望尽我所知，写出真实……促进人与人间的和爱。”——戈登·瑞著《萨克雷传》第 2 部《智慧的年代》（*The Age of Wisdom*），麦克格劳·希尔公司版 397 页。又见《全集》第 3 册序文 6 页，7 页；正文 457 页；第 13 册 84 页；第 15 册 271 页。

④ 见《全集》第 1 册 93 页。

⑤ 同上书，第 1 册 94 页。

产，一门骨肉寇仇似的勾心斗角、倾轧争夺。败落的世家子往往把富商家的纨袴子弟作为财源，从他们身上想花样骗钱。小有资产的房东、店主等往往由侵蚀贵族或富商起家，而往往被他们剥削得倾家。资本主义社会是弱肉强食的世界，没有道义，没有情分，所谓“人不为己，天诛地灭”。《名利场》就是这样一个唯势是趋、唯利是图的抢夺欺骗的世界。[①]

这样的社会正像十七世纪英国作家约翰·班扬（John Bunyan）在《天路历程》（*The Pilgrim´s Progress*）里描写的“名利市场”。市场上出卖的是世俗所追求的名、利、权位和各种享乐，傻瓜和混蛋都在市场上欺骗争夺。萨克雷挖空心思要为这部小说找个适当的题目，一天晚上偶尔想到班扬书里的名称，快活得跳下床来，在屋里走了三个圈子，嘴里念着“名利场，名利场……”[②]因为这个名词正概括了他所描摹的社会。中国小说《镜花缘》里写无脊国附近也有个命意相仿的“名利场”，[③]正好借来作为这部小说的译名。

---

① 萨克雷在早一些的著作里就写到当时社会上贵族没落、平民上升，“为了谋生，人海间各行各业掀起了你死我活的斗争”（见《全集》第 14 册 283 页）。他觉得资本主义社会不仅是他在《势利人脸谱》里写的那种势利社会，还是一个人吃人的社会，有一种人是吃人的，有一种人是被吃的。萨克雷把后者称为“鸽子”，前者称为“乌鸦”。——参看《乌鸦上尉和鸽子先生》（见《全集》第 14 册）；或竟称为“吃人的妖魔”。统治阶级和资本家“剥削穷人，欺凌弱者”，他们都是吃人的妖魔：商业上的广告就是妖魔诱惑人的手段（参看《全集》第 16 册 145，152，280，281 页；又第 8 册 488 页）；又说在这个社会上，欺骗好比打猎（参看《全集》第 16 册 326 页）；又说，社会好比赌场（参看《全集》第 8 册 366 页）。

② 见《书信集》第 1 册导言第 126 页。

③ 见《镜花缘》第 16 回。

萨克雷不仅描写“名利场”上种种丑恶的现象，还想指出这些现象的根源。他看到败坏人类品性的根源是笼罩着整个社会的自私自利。① 他说，这部小说里人人都愚昧自私，一心追慕荣利。② 他把表面上看来很美好的行为也剖析一下，抉出隐藏在底里的自私心。他以为我们热心关怀别人的时候，难保没有私心；我们的爱也混杂着许多自私的成分。③ 老奥斯本爱他的儿子，可是他更爱的是自己，他要把自己那种鄙俗的心愿在儿子身上完偿。爱米丽亚忠于战死的丈夫，只肯和都宾做朋友；其实她要占有都宾的爱，而不肯把自己的爱情答报他。一般小说家在这种地方往往笔下留情，萨克雷却不肯放过。他并非无情，但是他要描写真实。有人说他一面挖掘人情的丑恶，一面又同情人的苦恼；可是他忍住眼泪，还做他冷静的分析。④ 萨克雷写出了自私心的丑恶，更进一步，描写一切个人打算的烦恼和苦痛，到头来却又毫无价值，只落得一场空。爱米丽亚一心想和她所崇拜的英雄结婚，可是她遂心如愿以后只觉得失望和后悔。都宾和他十八年来魂思梦想的爱米丽亚结婚了，可是他已经看破她是个浅狭而且愚昧的女人，觉得自己对她那般痴心很不值得。利蓓加为了金钱和地位费尽心机，可是她钻营了一辈子也没有

---

① 萨克雷认为自私自利的心是这个世界的推动力（《书信集》第 2 册 357 页）。他在下一部小说《潘丹尼斯》（*Pendennis*）里尤其着力阐明这点：人人都自私、推动一切的是自私心（《全集》第 4 册 232，336，352，381，425 页；又见第 9 册 111 页）。

② 见《书信集》第 2 册 423 页。

③ 见《全集》第 1 册 448 页。

④ 参看拉斯·维格那斯（Las Vergnas）著《萨克雷——他的生平、思想和小说》（*W. M. Thackeray：L'Homme，le Penseur，le Romancier*），巴黎 1932 年版 84 页。

称愿；就算她称了愿，她也不会有真正的幸福。萨克雷看了这一群可怜人烦忧苦恼得无谓，满怀悲悯地慨叹说："唉！浮名浮利，一切虚空！我们这些人里面谁是真正快乐的？谁是称心如意的？就算当时遂了心愿，过后还不是照样不满意？"①这段话使我们联想到《镜花缘》里的话："世上名利场中，原是一座迷魂阵。此人正在场中吐气扬眉，洋洋得意，哪个还把他们拗得过……一经把眼闭了，这才晓得从前各事都是枉费心机，不过做了一场春梦。人若识透此义，那争名夺利之心固然一时不能打断，倘诸事略为看破，退后一步，忍耐三分，也就免了许多烦恼，少了无限风波。如此行去，不独算得处世良方，亦是一生快活不尽的秘诀"。② 萨克雷也识透"名利场"里的人是在"迷魂阵"里枉费心机，但是他绝不宣扬"退后一步，忍耐三分"，把这个作为"处世良方，快活秘诀"。

萨克雷念念不忘的不仅是揭露"真实"，还要宣扬"仁爱"。读者往往因为他着重描写社会的阴暗面，便疏忽了他的正面教训。他曾解释为什么这部小说里专写阴暗的一面。他说，因为觉得这个社会上很少光明；尽管大家不愿意承认这一点，但事实确是如此。③ 不过他写的阴暗之中也透露一些阳光，好比乌云边缘上镶的银边。都宾是个傻瓜，④可是他那点忘我的痴心使他像许多批评家所说的，带了几分堂吉诃德的气息。罗登原是个混蛋，但是他对老婆痴心爱佩，完全忘掉了自己，他不复可鄙

---

① 见《全集》第 2 册 428 页。

② 见《镜花缘》16 回。

③ 见《书信集》第 2 册 354 页。

④ 萨克雷自己说的，见上书，423 页。

可恨，却变成个可悯可怜的人物。他能跳出狭隘的自我，就减少些丑恶。爱米丽亚在苦痛失望中下个决心：从此只求别人的快乐，不为自己打算。她这样下决心的时候就觉得快乐。[①] 她能跳出狭隘的自我，就解除了烦恼。都宾是个无可无不可的脾气，他为个人打算毫无作为，可是为朋友就肯热心奔走，办事也能干了。萨克雷指出无私的友爱使胆小的变为勇敢，羞缩的能有自信，懒惰的变为勤快。[②] 他说，他写这个灰暗的故事是要揭出世人的痴愚，要大声疾呼，唤得他们清醒；[③]同时他还企图暗示一些好的东西，不过这些好的东西，他是不配宣扬的。[④] 因为他觉得自己究竟不是教士，而是幽默作家，所以只用暗示的方式。细心的读者可以看出他所暗示的教训：浮名浮利，一切虚空，只有舍己为人的行为，才是美好的，同时也解脱了烦恼，得到真正的快乐。萨克雷的说教即使没有被忽视，也不过是说教而已。至于揭露真实，他是又细心、又无情，对资本主义社会的丑恶始终没有妥协。他熟悉资本主义社会，能把那个社会的丑态形容得淋漓尽致。有人竟把《名利场》看做“对当时社会的宣战书”。[⑤] 可是萨克雷在赤裸裸揭出社会丑相的同时，只劝我们忘掉自己、爱护别人。单凭这点好心，怎么能够对付社会上的丑恶，萨克雷在这方面就不求解答。他确也鄙视贵族，[⑥]

---

① 见《全集》第 1 册 322 页。

② 同上书，第 1 册 269 页。

③ 见《书信集》第 2 册 424 页。

④ 同上书，354 页。

⑤ 参见《忧患的锻炼》418 页。

⑥ 萨克雷把贵族阶级称为“下等人”（见《全集》第 15 册 94 页），处处把他们挖苦，如《全集》第 15 册 175、561 页，第 20 册 320—332 页；又见第 18 册《四位乔治》（*The Four Georges*）那部讲演集里把四代皇帝形容得尊严扫地。

有时也从制度上来反对统治阶级。① 可是他没有像他同时代的狄更斯那样企图改革的热情，②而且以为小说家对政治是外行，不赞成小说里宣传政治。③

《名利场》描摹真实的方法是一种新的尝试。萨克雷觉得时俗所欣赏的许多小说里，人物、故事和情感都不够真实。所以他曾把当时风行的几部小说摹仿取笑。④《名利场》的写法不同一般，他刻意求真实，在许多地方打破了写小说的常规滥调。

《名利场》里没有"英雄"，这部小说的副题是《没有英雄的小说》(*A Novel Without a Hero*)，这也是最初的书名。⑤ 对于这个副题有两种解释。一说是"没有主角的小说"，因为不以一个主角为中心；⑥这部小说在《笨拙周报》上发表时，副题是"英国社会的速写"，也表明了这一点。另一说是"没有英雄的小说"；英雄是超群绝伦的人物，能改换社会环境，这部小说的角色都是受环境和时代宰制的普通人。⑦ 两说并不矛盾，可以统一。萨

---

① 他反对帝王用"神权"来"胡乱的辖治"(参看《智慧的年代》255—256 页)，又以为势利是制度造成的(见《全集》第 15 册 17、57 页)。

② 他以为贫穷和疾病死亡一般，都是自然界的缺陷，无法弥补(参看《书信集》第 2 册 356 页)。

③ 参看《萨克雷在〈晨报〉发表的文章汇辑》71—74 页。他偶尔也很激进，如在克里米亚战争时期(参看《智慧的年代》251 页)；他也曾参加过国会议员的竞选(参看《智慧的年代》265—271 页)，可是他对政治一贯的不甚关心，晚年尤趋向保守。

④ 参看《名作家的小说》(*Novels by Eminent Hands*)，见《全集》第 19 册。

⑤ 见《书信集》第 2 册 233 页。

⑥ 参看西昔尔(D. Cecil)《维多利亚时代早期的小说家》(*Early Victorian Novelists*)，《企鹅丛书》版 66 页。

⑦ 安东尼·特罗洛普(Anthony Trollope)著《萨克雷评传》1892 年版 91 页；普拉兹(M. Praz)《英雄的消灭》牛津版 213 页；凯丝琳·铁洛生《十九世纪四十年代的小说》229 页；西昔尔《维多利亚时代早期的小说家》66 页也提到这一点。

克雷在《名利场》里不拿一个出类拔萃的英雄做主角。他在开卷第一章就说,这部小说写的是琐碎庸俗的事,如果读者只钦慕伟大的英雄事迹,奉劝他趁早别看这部书。① 萨克雷以为理想的人物和崇高的情感属于悲剧和诗歌的领域,小说应该实事求是地反映真实,尽力写出真实的情感。② 他写的是沉浮在时代浪潮里的一群小人物,像破产的赛特笠,发财的奥斯本,战死的乔治等;甚至像利蓓加,尽管她不肯向环境屈服,但又始终没有克服她的环境。他们悲苦的命运不是悲剧,只是人生的讽刺。

一般小说里总有些令人向往的人物,《名利场》里不仅没有英雄,连正面人物也很少,而且都有很大的缺点。萨克雷说都宾是傻瓜,爱米丽亚很自私。他说,他不准备写完美的人或近乎完美的人,这部小说里除了都宾以外,个个人的面貌都很丑恶。③ 传统小说里往往有个令人惬意的公道:好人有好报,恶人自食恶果。萨克雷以为这又不合事实,这个世界上何尝有这等公道。荣辱成败好比打彩票的中奖和不中奖,全是偶然,全靠运气。④

---

① 见《全集》第 1 册 6—7 页。

② 见《书信集》第 2 册 772 页。萨克雷反对小说里写英雄,参看《全集》第 12 册 74、76、177 页。最近有人凭主角左右环境的能力把作品分别种类,说:主角能任意操纵环境的是神话里的神道;主角超群绝伦,能制伏环境的是传奇里的英雄;主角略比常人胜几筹、但受环境束缚的是史诗和悲剧的英雄;主角是我们一般的人,也不能左右环境,他就称不得"英雄",因此萨克雷只好把他的《名利场》称为"没有英雄的小说";主角能力不如我们,那是讽刺作品里的人物。——见傅赖(N. Frye)《批评的解剖》(*Anatomy of Criticism*),普林斯登(Princeton)版 33—34 页。

③ 同上书,第 2 册 309 页。

④ 同上书,402 页;《全集》第 2 册 272 页;又参看第 12 册 60 页,第 13 册 105,112 页。

温和、善良、聪明的人往往穷困不得志，自私、愚笨、凶恶的人倒常常一帆风顺。① 这样看来，成功得意有什么价值呢；②况且也只是过眼云烟，几年之后，这些小人物的命运在历史上难道还留下什么痕迹吗？③ 因此他反对小说家把成功得意来酬报他的英雄。④《名利场》里的都宾和爱米丽亚等驯良的人在社会上并不得意，并不成功；丑恶的斯丹恩勋爵到死有钱有势；利蓓加不择手段，终于捞到一笔钱，冒充体面人物。⑤《名利场》上的名位利禄并不是按着每个人的才能品德来分配的。一般小说又往往把主角结婚作为故事的收场。萨克雷也不以为然。他批评这种写法，好像人生的忧虑和苦恼到结婚就都结束了，这也不合真实，人生的忧患到结婚方才开始。⑥ 所以我们两位女角都在故事前半部就结婚了。

萨克雷避免了一般写小说的常规，他写《名利场》另有自己的手法。

他描写人物力求客观，无论是他喜爱赞美的，或是憎恶笑骂的，总把他们的好处坏处面面写到，绝不因为自己的爱憎而把他们写成单纯的正面或反面人物。当时有人说他写的人物不是妖

---

① 见《全集》第2册273页，又参看《全集》第4册448—450页。

② 同上书，32页。

③ 同上书，第15册351—352页。

④ 同上书，第12册177页。

⑤ 萨克雷给朋友的信上安排了《名利场》结束时利蓓加怎样下场。信尾说，利蓓加存款的银行倒闭，把她的存款一卷而空。可是他没有把这点写到小说里去（参看《书信集》第2册377页）。

⑥ 见《全集》第1册320页。

魔，不是天使，是有呼吸的活人。① 萨克雷称赞菲尔丁能把真实的人性全部描写出来：写好的一面，也写坏的一面。② 他自己也总是“看到真相的正反两面”。③ 譬如爱米丽亚是驯良和顺的女人，是贤妻良母。她是萨克雷喜爱的角色。④ 萨克雷写到她所忍受的苦痛，对她非常同情。⑤ 可是他又毫不留情地写她自私、没有见识、没有才能、没有趣味等等。⑥ 利蓓加是萨克雷所唾骂的那种没有信仰、没有希望、没有仁爱的人。⑦ 她志趣卑下，心地刻薄，一味自私自利，全不择手段。可是她的才能机智讨人喜欢；她对环境从不屈服，碰到困难从不懊丧，能有这种精神也不容易；她出身孤苦，不得不步步挣扎，这一点也使人同情。萨克雷把她这许多方面都写出来。又如都宾是他赞扬的好人，⑧罗登是所谓“乌鸦”——他所痛恨的人，他也把他们正反两面都写

---

① 见《书信集》第 2 册 312 页。

② 见《全集》第 22 册 264 页。

③ 同上书，第 4 册 318 页。

④ 萨克雷对他最要好的女朋友说：“爱米丽亚的一部分是你，一部分是我母亲，大部分是我那可怜的太太”；（《书信集》第 2 册 335 页）后来又对她说：“我老在描写的女人不是你，不是我母亲，她是我那可怜的太太”；（《书信集》第 2 册 440 页）他又说，爱米丽亚不是他那位女友，但是如果没有认识她，他不会想出爱米丽亚这个角色来（《书信集》第 2 册 335 页）。他的女友、母亲、妻子三人的性格并不相似，不过都是贤妻良母型的女子。

⑤ 见《全集》第 2 册 272—274 页。

⑥ 爱米丽亚的长处和短处和萨克雷的妻子都很相似。参看戈登·瑞著《萨克雷生平索隐》（*The Buried Life*），牛津版 31—32 页。

⑦ 见《全集》第 1 册 94 页。有说利蓓加是萨克雷仿着他朋友的私生女德瑞莎·瑞维丝（Thereas Reviss）写的，《名利场》发表时她才 15 岁。她后来身世和利蓓加很相似（参看《书信集》第 1 册导言 157—160 页）。

⑧ 当时人都认出都宾是萨克雷按照他的好友约翰·爱仑（John Allen）写的（参看《书信集》第 1 册导言 81 页）。

到。萨克雷的早年作品里很多单纯的反面角色,远不像《名利场》里的人物那么复杂多面。[1]

但是萨克雷写人物还有不够真实的地方。譬如利蓓加是他描写得非常成功的人物,但是他似乎把她写得太坏些。何必在故事末尾暗示她谋杀了乔斯呢。照萨克雷一路写来,利蓓加心计很工巧,但不是个凶悍泼辣的妇人,所以她尽管不择手段,不大可能使出凶辣的手段来谋财害命。萨克雷虽然只在暗示,没有肯定她谋杀,可是在这一点上,萨克雷好像因为憎恶了利蓓加这种人,把她描写得太坏,以至不合她的性格了。[2]

萨克雷描写人物往往深入他们的心理。他随时留心观察,[3]也常常分析自己,[4]所以能体会出小说里那些人物的心思情感。譬如他写奥斯本和赛特笠翻面为仇,奥斯本正因为对不起赛特笠,所以恨他,[5]又如都宾越对爱米丽亚千依百顺,她越

---

① 譬如《全集》第12册《巴利·林登的遭遇》里的主角比第13册《凯丝琳》(Catherine)里的女主角复杂,萨克雷把这个混蛋的心理写得很细微贴切;可是比了利蓓加,他只是单纯的坏人。罗登是《全集》第14册《二爷通信》(*Yellowplush Correspondence*)里玖斯·埃斯(Deuce—ace)一流的"乌鸦",可是他兼有《全集》第13册《戴尼斯·哈加蒂的老婆》(*Denis Haggarty's Wife*)里的主角对老婆的那一片忠诚,两个截然不同的性格表现在他一人身上。

② 参看圣茨伯利(G. Saintsbury)为牛津版《名利场》所撰序文15—16页。

③ 他说他随时张大了眼睛,为他的小说收集材料;又说他常看到自己和别人一样无聊(《书信集》第2册310页)。又说他在阔人中间来往,每天都有些收获(《书信集》第2册334页)。

④ 萨克雷说他常照的镜子也许是裂缝的、不平正的,可是他照见了自己的懦弱、丑恶、贪纵、愚蠢种种毛病(《书信集》第2册423—424页)。

⑤ 见《全集》第1册211—213页。

不把他放在心上；都宾要和她决绝时，她却惊惶起来。[①] 萨克雷并不像后来的小说家那样向读者细细分析和解释，他只描叙一些表现内心的具体动作。譬如利蓓加是个心肠冷酷的人，但也不是全无心肠。她看见罗登打了斯丹恩勋爵，一面索索发抖，却觉得自己的丈夫是个强壮、勇敢的胜利者，不由自主地对他钦佩。[②] 她和罗登仳离后潦倒穷困，想起他从前的好处，觉得难受。"她大概哭了，因为她比平常更加活泼，脸上还多搽了一层胭脂"。[③] 萨克雷把利蓓加对丈夫的感情写得恰到好处。又如罗登在出征前留给利蓓加一篇遗物的细账，[④]他在负责人拘留所写给利蓓加求救的信，[⑤]把他对老婆的一片愚忠、对她的依赖和信任都逼真地表达出来。萨克雷在这种地方笔墨无多，却把曲折复杂的心理描写得很细腻。

萨克雷的人物总嵌在社会背景和历史背景里。他从社会的许多角度来看他虚构的人物，从这许多角度来描摹；又从人物的许多历史阶段来看他们，从各阶段不同的环境来描摹。一般主角出场，往往干一两件具有典型性的事来表现他的性格。我们的利蓓加一出场也干了一件惹人注意的事，她把校长先生视为至宝的大字典摔回学校了。这固然表现了她的反抗性，可是反抗性只是她性格的一个方面，她的性格还复杂得多。我们看她在爱米丽亚家追求乔斯，就很能委屈忍受。她在克劳莱家四面奉承，我们看到她心计既工、

① 见《全集》第 2 册 404 页。

② 同上书，第 2 册 223 页。

③ 同上书，第 2 册 364 页。

④ 同上书，第 1 册 367 页。

⑤ 同上书，第 2 册 217—218 页。

手段又巧，而且多才多能。她渐渐爬上高枝，稍微得意，便露出本相，把她从前谄媚的人踩踏两下，我们又看到她的浅薄。她在困难中总是高高兴兴，我们看到她的坚硬、风趣和幽默。萨克雷从不同的社会环境、不同的历史阶段，用一桩桩细节刻画出她性格的各方面，好像琢磨一颗金刚钻，琢磨的面愈多，光彩愈灿烂。对于其他人物萨克雷也是从种种角度来描写。譬如乔治·奥斯本在爱米丽亚心目中是仪表堂堂的英雄；从利蓓加眼里我们就看到他的浮薄虚荣；在他和都宾的交往中我们看到他的自私；在他父亲眼里他是个光耀门户的好儿子；在罗登看来，他是个可欺的冤桶；律师目中他是个十足的纨袴。又如乔斯，我们也从他本人、他父母、利蓓加、游戏场众游客等等角度来看他，从他壮年、暮年等不同的阶段来看他。这样一来，作者不仅写出一个角色的许多方面，也写出了环境如何改换人的性格。赛特笠夫妇得意时是一个样儿，初失意时又是个样儿，多年落魄之后又是一个样儿。罗登早年是个骄纵的纨袴，渐渐变成一个驯顺、呆钝的发胖中年人。萨克雷又着意写出环境能改变一个人的道德。好人未必成功得意；成功得意的人倒往往变成社会上所称道的好人。一个人有了钱就讲道德了。① 所以利蓓加说，假如她一年有五千镑的收入，她可以做个好女人。② 在十九世纪批判现实主义的文学里，萨克雷第

① 见《全集》第20册74页；第21册17页；第22册274页。

② 同上书，第2册80页。萨克雷不是说没有钱就不能讲道德，只说有钱人安享现成，不知道生活困苦可以陷人做不道德的事（《书信集》第2册353—354页）。所以他劝富裕的人别自以为道德高人一等，他们只是境遇好，没受到诱惑罢了（《全集》第2册273页）。

一个指出环境和性格的相互关系，这是他发展现实主义的很大的贡献。

萨克雷把故事放在三十多年前，他写的是过去十几年到三十几年的事。小说不写古代、不写现代，而写过去二十年到六十年的事，在英国十九世纪四十年代左右很普遍。但萨克雷独能利用这一段时间的距离，使他对过去的年代仿佛居高临下似的看到一个全貌。他看事情总看到变迁发展，不停留在一个阶段上。他从一个人的得失成败看到他一生的全貌；从祖孙三代人物、前后二十年的变迁写出一部分社会、一段时代的面貌，给予一个总评价。我们看着利蓓加从未见世面的姑娘变成几经沧桑的老奸巨猾；爱米丽亚从天真女孩子变成饱经忧患的中年妇人；痴心的都宾渐渐心灰；一心信赖老婆的罗登对老婆渐渐识破。成功的老奥斯本、失败的老赛特笠，他们烦忧苦恼了一辈子，都无声无息地死了。下代的小奥斯本和他的父亲、他的祖父一样自私；下代的小罗登承袭了他父亲没有到手的爵位和产业；他们将继续在《名利场》上活跃。我们可以引用萨克雷自己的话："时间像苍老的、冷静的讽刺家，他那忧郁的微笑仿佛在说：'人类啊，看看你们追求的东西多么无聊，你们追求那些东西的人也多么无聊'"。① 萨克雷就像这位时间老人似的对小说里所描写的那个社会、那个时代点头叹息。

萨克雷最称赏菲尔丁《汤姆·琼斯》(*Tom Jones*)的结构，②可是

---

① 见《全集》第15册352页。

② 同上书，第22册267—268页。

《名利场》里并不讲究结构。他写的不是一桩故事,也不是一个人的事,而是一幅社会的全景,不能要求像《汤姆·琼斯》那样的结构。[①] 萨克雷说,他虚构的人物往往自由行动,不听他的安排,他只能随着他们。[②] 又说,他虚构的人物好像梦里的人,他们说的话简直是自己从来没想到的。[③] 又说,他不知道自己的故事是哪儿来的;里面形容的人物他从没看见过,他们的对话他从没听见过。[④] 萨克雷和狄更斯的小说都是分期在杂志上发表的,可是萨克雷不像狄更斯那样预先把故事全盘仔细地计划,[⑤] 萨克雷写完这一期,再筹划下一期;他的故事先有部分,然后合成整个。[⑥] 他只选定几个主要的角色,对他们的身世大概有个谱儿,就随他们自由行动。[⑦] 譬如《名利场》快要结束的时候,有人问萨克雷故事怎样收场,他回信说:“我上星期碰到罗登夫人……”如此这般,随笔诌了许多事,大致情况后来写进小说里

---

① 有人说,萨克雷第一个打破小说当有结构的成规。他也不由小说的主角带领读者到社会的各阶层去经历,他以全知的作者身份,自己直接来描写社会的各阶层。——见爱德温·缪尔(Edwin Muir)《小说的结构》(*The Structure of the Novel*),38—39 页。

② 见《书信集》第 3 册 438 页;又见《全集》第 16 册 261 页。

③ 见《全集》16 册 261 页。这个比喻很能启发人。萨克雷说,作家创造人物是把某甲的头皮,某乙的脚跟皮拼凑而成(《全集》第 16 册 262 页)。梦里的人物确是这般形成,但绝无拼凑的痕迹,个个是活人,都能自由行动,也不受我们有意识的管制。

④ 见《书信集》第 3 册 468 页。

⑤ 参看波特(J. Butt)和凯丝琳·铁洛生合著的《狄更斯怎样创作》(*Dickens at work*)第一章。

⑥ 杰弗瑞·铁洛生(Geoffrey Tillotson)著《小说家萨克雷》(*Thackeray the Novelist*),剑桥版 14 页。

⑦ 见《忧患的锻炼》407 页。

去。① 又如他起初准备叫爱米丽亚由苦痛的熬炼、宗教的启示，渐渐脱出狭小的自我，能够虚怀爱人。② 但是萨克雷改变了他当初的意图，③爱米丽亚到小说后部还依然故我，并没有听萨克雷的安排。这些地方都可以看出他不愿用自己的布局限制他虚构的人物自由活动，或干扰故事的自然发展。他叙事围绕着利蓓加和爱米丽亚两人的身世，两条线索有时交错，有时平行，互相陪衬对比。爱米丽亚苦难的时候利蓓加正得意，利蓓加倒霉的时候爱米丽亚在交运。这是大致的安排。不过逐期发表的每个部分里结构很严密妥帖，一桩桩故事都有统一性。譬如第一、二期写利蓓加想嫁乔斯，枉费心计，第三、四期写她笼络罗登，和他私下结婚，不料毕脱从男爵会向她求婚，她一番苦心，只替自己堵塞了富贵的门路。萨克雷总把最精辟的部分放在每期结尾，仿佛对读者说："欲知后事如何，且听下回分解。"例如乔治出征前和爱米丽亚重归和好；乔治战死疆场，爱米丽亚还在为他祈祷；罗登发现利蓓加对自己不忠实等等。④ 他叙述的一桩桩故事都很完整，富有戏剧性，充满了对人生的讽刺。但是整部小说冗长散漫，有些沉闷的部分。

萨克雷刻意描写真实，却难免当时社会的限制。维多利亚社会所不容正视的一切，他不能明写，只好暗示。所以他叹恨不能像菲尔丁写《汤姆·琼斯》那样真实。⑤ 他在这部小说里写到

---

① 见《书信集》第 2 册 375—377 页。

② 见《全集》第 1 册 322 页，对照《书信集》第 2 册 309 页。

③ 见《萨克雷生平索隐》35 页。

④ 见《忧患的锻炼》499 页。

⑤ 见《全集》第 3 册导言 6 页。

男女私情，只隐隐约约，让读者会意。[1] 譬如利蓓加和乔治的关系只说相约私奔，利蓓加和斯丹恩勋爵的关系只写到斯丹恩吻利蓓加的手。如果把萨克雷和法国现实主义小说家巴尔扎克、福楼拜等相比较，就可以看出他们在描写真实的程度上、选择细节的标准上有极大的区别。

萨克雷和菲尔丁一样，喜欢夹叙夹议，像希腊悲剧里的合唱队，时时现身说法对人物和故事做一番批评。作家露面发议论会打断故事，引起读者嫌厌。不过这也看发议论的艺术如何。《名利场》这部小说是作者以说书先生的姿态向读者叙述的；他以《名利场》里的个中人身份讲他本人熟悉的事，口吻亲切随便，所以叙事里搀入议论也很自然。萨克雷在序文里说："这场表演……四面点着作者自己的蜡烛"，他的议论就是台上点的蜡烛。他那批判的目光照明了台上的把戏，他的同情和悲悯笼罩着整个舞台。因此很有人为他的夹叙夹议作辩护。[2] 但是萨克雷的议论有时流于平凡啰嗦，在他的小说里就仿佛"光滑的明镜上着了些霉暗的斑点"。[3] 还有一层，他穿插进去的议论有时和他正文里的描写并不协调。他对爱米丽亚口口声声的赞美，就在批评她没头脑、虚荣、自私的时候，口吻间还含蕴着爱怜袒护。我们从他的自白里知道，爱米丽亚这个人物大部分代表他那位"可怜"的妻子依莎贝拉，[4]在爱米丽亚身上寄托着他的

① 见《全集》第 2 册 359 页。

② 见《小说家萨克雷》71—114 页；《英国十九世纪四十年代的小说》251—256 页。

③ 见奥列弗·艾尔登（Oliver Elton）著《1830—1880 年英国文学概观》（*A Survey of English Literature*）第 2 册 231 页。

④ 见《书信集》第 3 册 468 页。

悲哀和怜悯；他在议论的时候抒写这种情感原是极自然的事，但是他议论里的空言赞美和他故事里的具体刻画不大融洽，弄得读者摸不透他对爱米丽亚究竟是爱、是憎、是赞扬、是讽刺。[①]有的读者以为作者这般赞美的人物准是他的理想人物，可是按他的描写，这个人物只是个平庸脆弱的女人。是作者的理想不高呢？还是没把理想体现成功呢？读者对爱米丽亚的不满就变为对作者的不满了。[②]

萨克雷善于叙事，写来生动有趣，富于幽默。他的对话口角宛然，恰配身份。他文笔轻快，好像写来全不费劲，其实却经过细心琢磨。因此即使在小说不甚精警的部分，读者也能很流利地阅读下去。《名利场》很能引人入胜。但是读毕这部小说，读者往往觉得郁闷、失望。这恰是作者的意图。他说："我要故事在结束时叫每个人都不满意、不快活——我们对于自己的故事以及一切故事都应当这样感觉。"[③]他要我们正视真实的情况而感到不满，这样来启人深思、促人改善。

《名利场》在英国文学史上有重要的地位。萨克雷用许许多多真实的细节，具体描摹出一个社会的横切面和一个时代的片断，在那时候只有法国的斯汤达和巴尔扎克用过这种笔法，英国小说史上他还是个草创者。[④] 他为了描写真实，在写《名利

---

① 譬如凯丝琳·铁洛生就以为萨克雷是在讽刺爱米丽亚这种类型的女角（见《英国十九世纪四十年代的小说》246 页）。

② 见《萨克雷生平索隐》36 页。萨克雷的女友——萨克雷认为有"一部分"和爱米丽亚相似的那一位——也很不满意爱米丽亚这个人物（见《书信集》第 2 册 335 页又 395 页）。

③ 见《书信集》第 2 册 423 页。

④ 见《忧患的锻炼》394—395 页。

场》时打破了许多写小说的常规。这部小说,可以说在英国现实主义小说的发展史上开辟了新的境地。

一九五九年

# 艺术与克服困难

## ——读《红楼梦》偶记

中国古代的小说和戏剧,写才子佳人的恋爱往往是速成的。元稹《会真记》里张生和莺莺的恋爱就是一例。不过张生虽然一见莺莺就颠倒"几不自持",莺莺的感情还略有曲折。两人初次见面,莺莺在赌气。张生和她攀谈,她也没答理。张生寄诗挑逗,她起初还拒绝,经过一番内心斗争才应允张生的要求。① 皇甫枚《三水小牍》写步飞烟和赵象的恋爱,就连这点曲折都没有。赵象在墙缝里窥见飞烟,立刻"神气俱丧,废食忘寐"。他托人转达衷情,飞烟听了,"但含笑凝睇而不答",原来她也曾窥见赵象,爱他才貌,所以已经心肯,据她后来说,她认为这是"前生姻缘"。② 戏剧拘于体裁,男女主角的恋爱不仅速成,竟是现成。王实甫《西厢记》里张生和莺莺偶在僧寺相逢,张生一见莺莺就呆住了,仿佛撞着"五百年风流业冤","眼花缭乱口难言,魂灵儿飞半天"。莺莺并不抽身回避,却"尽人调戏亸香肩,只将花笑拈"。她回身进内,又欲去不行,"眼角留情""脚踪儿将心事传";还回头相看,留下"临去秋波那一转"。当晚月下,两

① 见汪辟疆校录《唐人小说》(中华书局版)135—136 页。

② 见《唐人小说》293—294 页。

人隔墙唱和，张生撞出来相见，虽然红娘拉了小姐进去，两人却“眉眼传情，口不言，心自省”，换句话说，已经目成心许。[①] 白仁甫《墙头马上》写裴少俊和李千金的恋爱更是干脆，两人在墙头一见，立刻倾心相爱。[②] 汤显祖《牡丹亭》里的杜丽娘，压根儿还未碰见柳梦梅，只在梦里见到，“素昧平生”，可是觉得“是那处曾见，相看俨然”，[③]便苦苦相思，弄得神魂颠倒，死去活来。

这种速成或现成的恋爱，作者总解释为“天缘”“奇缘”“夙缘”或“五百年风流业冤”。这等情节，古希腊小说里也早有描写。在赫利奥多罗斯（Heliodorus）的有名的《埃塞俄比卡》（*Aethiopica*）里，男女主角若不是奇缘，决不会相见。他们偶在神庙相逢，“两人一见倾心，就在那一面之间，两个灵魂已经互相投合，仿佛感觉到彼此是同类，彼此是亲属，因为品质相仿。当时两下里都一呆，仿佛愣住了……两人深深地相视半晌，好像是认识的，或者似曾相识，各在搜索自己的记忆”。[④] 阿基琉斯·塔提奥斯（Achilles Tatius）的《琉基佩与克勒托丰》（*Leucippe and Clitophon*）写女主角到男主角家去避难，两人才有机缘相见。事先男主角有个奇梦，预示他未来的命运。第二天两人见面，据男主角自叙：“我一见她，我马上就完了”，“各种感觉掺和在我胸中。我又是钦慕，又是痴呆，又怕，又羞，又是不识羞。她的相貌

---

① 引号内的句子，引自《古本戏曲丛刊》，张深之《正北西厢秘本》卷一第一、二、三折。

② 见臧晋叔编《元曲选》（文学古籍刊行社出版）334 页。

③ 见徐朔方、杨笑梅校注《牡丹亭》（中华书局版）47 页。

④ 见《希腊小说》（*Romans grecs*）——加尼埃（Garnier）经典丛书本 82 页。

使我钦慕,她的美使我痴呆,我心跳可知是害怕,我不识羞的光着眼睛看她,可是给人瞧见时我又害羞”。[1] 这两个例子都写平时不得见面的男女青年,一见倾心,而这一见倾心是由于夙世或命定的姻缘。当然,一见倾心和似曾相识的心理状态,并不由时代和社会背景造成。莎士比亚的《罗密欧与朱丽叶》里,男女主角是在许多男女一起的舞会上相逢的,他们不也是一见倾心的吗?[2] 不过在男女没有社交的时代,作者要描写恋爱,这就是最便利的方式。

《红楼梦》里贾宝玉和林黛玉的姻缘,据作者安排,也是前生注定的。所以黛玉一见宝玉,便大吃一惊,心中想道:“好生奇怪! 倒像在哪里见过的? 何等眼熟!”[3]宝玉把黛玉细认一番之后,笑道:“这个妹妹,我曾见过的。”[4]不过他们没有立刻倾心相爱,以身相许。作者并不采用这个便利的方式。《红楼梦》里青埂峰下的顽石对空空道人议论“才子佳人等书”“开口文君,满篇子建,千部一腔,千人一面,且终不能不涉淫滥”。[5] 第五十回贾母评才子佳人这类的书“编得连影也没有”,既不合人物身份,也不符实际情况。[6] 她这番话和“石兄”的议论相同,显然是作者本人的意见,可见他写儿女之情,旨在别开生面,不落俗套。

作者笔下的林黛玉是“石兄”所谓有痴情、有小才的“异样

---

① 见《琉基佩与克勒托丰》——勒勃(Loeb)经典丛书本13—15页。

② 见第一幕第五场。

③ 见曹雪芹著《红楼梦》(作家出版社版)30页。下引均出此版。

④ 同上书,31页。

⑤ 同上书,3页。

⑥ 同上书,591—592页。

女子”。[①] 贾宝玉不是才子而是个“多情公子”，是公侯家的“不肖子”。他们俩的感情一点“不涉淫滥”。林黛玉葬花词里有“质本洁来还洁去”的话，她临终说：“我的身子是干净的”，都是刻意表明这一点。黛玉尽管把袭人呼作“好嫂子”，[②]袭人和宝玉的关系她从来不屑过问。她和宝玉的爱情“不涉淫滥”，不由速成，而是小儿女心心相印、逐渐滋生的。

但封建社会男女有别，礼防森严，未婚男女很少相近的机会。《红楼梦》作者辟出一个大观园，让宝玉、黛玉和一群姊妹、丫环同在园内起居，比西欧十八九世纪青年男女在茶会、宴会和舞会上相聚更觉自然家常。[③] 这就突破时代的限制。宝玉和黛玉不仅小时候一床睡、一桌吃，直到宝玉十七八岁，他们还可以朝夕相处。他们可以由亲密的伴侣、相契的知己而互相爱恋。

但大观园究竟不能脱离当时的社会而自成世界。大观园只容许一群小儿女亲密地一起生活，并不容许他们恋爱。即使戴金锁的是林黛玉，她和宝玉也只可以在结婚之后，享“闺房之乐”。恋爱在当时说来是“私情”，是“心病”，甚至是“下流痴病”。[④] “别的事”尽管没有，“心病也是断断有不得的”。女孩子大了，懂得人事，如果“心里有别的想头，成了什么人了呢！”[⑤] 在这种气氛里，宝玉和黛玉断断不能恋爱。作者要“谈情”，而

---

① 见《红楼梦》2 页。

② 同上书，324 页。

③ 尤其舞会是男女调情的场合，可参看《傲慢与偏见》的作者奥斯丁（Jane Austen）的《书信集》增订本——查普曼（R. W. Chapman）编，第 2，11，44，52 页等。

④ 见《红楼梦》306 页。

⑤ 同上书，1103 页。

又不像过去的小说或戏剧里用私情幽会的方式来反抗礼教的压力,他就得别出心裁,另觅途径。正因此,《红楼梦》里写的恋爱,和我国过去的小说戏剧里不同,也是西洋小说里所没有的。

假如宝玉和黛玉能像传奇里的才子佳人那样幽期密约、私订终身;假如他们能像西洋小说或电影里的男女主角,问答一声:“你爱我不”,“我爱你”;那么,“大旨谈情”[①]的《红楼梦》,就把“情”干干脆脆地一下子谈完了。但是宝玉和黛玉的恋爱始终只好是暗流,非但不敢明说,对自己都不敢承认。宝玉只在失神落魄的时候才大胆向黛玉说出“心病”。[②] 黛玉也只在迷失本性的时候才把心里的问题直截痛快地问出来。[③] 他们的情感平时都埋在心里,只在微琐的小事上流露,彼此只好暗暗领会,心上总觉得悬悬不定。宝玉惟恐黛玉不知他的心,要表白而不能。黛玉还愁宝玉的心未必尽属于她,却又不能问。她既然心中意中只缠绵着一个宝玉,不免时时要问,处处要问;宝玉心中意中也只有一个她吗?没别的姊妹吗?跟她的交情究竟与众不同呢?还是差不多?也许他跟别人更要好些?人家有“金”来配他的“玉”,宝玉对“金玉”之说果真不理会吗?还是哄她呢?这许多问题黛玉既不能用嘴来问,只好用她的心随时随地去摸索。我们只看见她心眼儿细、疑心重,好像她生性就是如此,其实委屈了黛玉,那不过是她“心病”的表现罢了。

试看她和宝玉历次的吵架或是偶然奚落嘲笑,无非是为了以上那些计较。例如第八回,黛玉奚落宝玉听从宝钗的话,比圣

---

① 见《红楼梦》3 页。

② 同上书,337 页。

③ 同上书,1100 页。

旨还快;第十九回,她取笑宝玉是否有"暖香"来配人家的"冷香";第二十回,史湘云来了,黛玉讥笑宝玉若不是被宝钗绊住,早就飞来;第二十二回,黛玉听见宝玉背后向湘云说她多心,因而气恼,和宝玉吵嘴;第二十六回,黛玉因晴雯不开门而生误会;第二十八回,黛玉说宝玉见了姐姐就把妹妹忘了;第二十九回,二人自清虚观回来砸玉大吵。这类的例子还多,看来都只是不足道的细事,可是黛玉却在从中摸索宝玉的心,同时也情不自禁地流露了自己的"心病"。

宝玉何尝不知黛玉的心意,所以时时向她表白。有时表白得恰到好处,二人可以心照。例如第二十回,他表示自己和宝钗的亲不及和黛玉亲,说是"亲不间疏,后不僭先"。

> 黛玉啐道:"我难道叫你远他?我成了什么人呢?我为的是我的心。"
>
> 宝玉道:"我也为的是我的心。你难道就知道你的心,不知道我的心不成。"
>
> 黛玉听了低头不语。①

又如宝玉和黛玉吵架后上门赔罪,说:"若等旁人来劝,'岂不咱们倒觉生分了'。"黛玉就知他们究竟比旁人亲近。② 有时宝玉表白得太露骨,如引《西厢记》说:"我就是个'多愁多病'的身,你就是那'倾国倾城'的貌";③又说:"'若共你多情小姐共鸳帐'……"这就未免轻薄之嫌,难怪黛玉嗔怒。有时他又表白

---

① 见《红楼梦》205 页。

② 同上书,312 页。

③ 同上书,234 页。

得太造次，如说："你死了，我做和尚"，①未免唐突，使黛玉脸上下不去。反正他们两人吵架一番，就是问答一番，也许就是宝玉的偈语里所谓"你证我证，心证意证"。② 到第三十二回宝玉向黛玉说"你放心"③那一段话，竟是直指她的"心病"，他自已也掏出心来。第三十四回，宝玉赠旧帕，黛玉在帕题诗，二人心上的话虽未出口，彼此都心领神会，"心证意证"，已无可再证。

可是黛玉的心依然放不下来。宝玉固然是她的知己，他们的交情又经得几久呢？彼此年岁渐渐长大，防嫌也渐渐的多起来，不能常像小时候那样不拘形迹；将来宝玉娶了亲，就不能再住在大观园里和姐妹做伴。贾母、王夫人等又不像有意要把她配给宝玉。在宝玉"逢五鬼"前后，据凤姐口气，好像贾府属意的是黛玉。第二十五回，凤姐取笑黛玉说，"吃了我们家的茶，怎么还不给我们家做媳妇儿？"还指着宝玉说："你瞧瞧，人物儿配不上？门第儿配不上？根基家私儿配不上？……"所以宝玉病愈黛玉念了一声佛，宝钗的笑里是很有含义的。可是从此以后，黛玉这点希望日趋渺茫。第二十八回，元妃赏节礼，只有宝钗的和宝玉的一样。第三十五回，宝玉引诱贾母称赞黛玉，贾母称赞的却是宝钗。宝钗在贾府愈来愈得人心，黛玉的前途也愈来愈灰黯。黛玉尽管领会宝玉的心，只怕命运不由他们做主。所以她自叹："我虽为你的知已，但恐不能久持；你纵为我的知

---

① 见《红楼梦》312 页。

② 同上书，222 页。

③ 同上书，336 页。

己，奈我薄命何。”①为这个缘故，黛玉时常伤感。第五十七回，紫鹃哄宝玉说黛玉要回南方，宝玉听了几乎疯傻。紫鹃在怡红院侍疾回来，对黛玉说宝玉“心实”，劝黛玉“作定大事要紧”，黛玉口中责骂，心上却不免感伤，哭了一夜。第六十四回，宝玉劝黛玉保重身体，说了半句咽住，黛玉又“心有所感”，二人无言对泣。第七十九回，宝玉把《芙蓉女儿诔》里的句子改成“茜纱窗下，我本无缘；黄土陇中，卿何薄命”，黛玉陡然变色，因为正合了时刻在她心念中的伤感和疑虑。

《红楼梦》后四十回虽是续笔，描写宝玉和黛玉的恋爱还一贯以前的笔法。黛玉一颗心既悬悬不定，第八十九回误传宝玉定亲，她就蛇影杯弓，至于绝粒；第九十六回听说宝玉将娶宝钗，她不仅觉得“将身撂在大海里一般”，②竟把从前领会的种种，都不复作准。她觉得自己是错了，宝玉何尝是她的知己，他只是个见异思迁、薄倖负心的人。所以她心中恨恨，烧毁了自己平日的诗稿和题诗的旧帕，断绝痴情。晴雯虽然负屈而死，临终却和宝玉谈过衷心的话，还交换过纪念的东西，她死而无憾。黛玉却连这点儿安慰都没有。她的一片痴心竟是空抛了，只好譬说是前生赖他甘露灌溉，今生拿眼泪来偿还。宝玉一次次向黛玉表明心迹，竟不能证实，更无法自明。他在黛玉身上那番苦心，只留得一点回忆，赚得几分智慧，好比青埂峰下顽石，在红尘世界经历一番，“磨出光明，修成圆觉”，③石上镌刻了一篇记载。他们中间那段不敢明说的痴情，末了还是用误解来结束。他们苦苦

---

① 见《红楼梦》335 页。

② 同上书，1023 页。

③ 同上书，1364 页。

的互相探索，结果还是互相错失了。

俗语“好事多磨”，在艺术的创作里，往往“多磨”才能“好”。因为深刻而真挚的思想情感，原来不易表达。现成的方式，不能把作者独自经验到的生活感受表达得尽致，表达得妥帖。创作过程中遇到阻碍和约束，正可以逼使作者去搜索、去建造一个适合于自己的方式；而在搜索、建造的同时，他也锤炼了所要表达的内容，使合乎他自建的形式。这样他就把自己最深刻、最真挚的思想情感很完美地表达出来，成为伟大的艺术品。好比一股流水，遇到石头拦阻，又有堤岸约束住，得另觅途径，却又不能逃避阻碍，只好从石缝中迸出，于是就激荡出波澜，冲溅出浪花来。《红楼梦》作者描写恋爱时笔下的重重障碍，逼得他只好去开拓新的境地，同时又把他羁绊在范围以内，不容逃避困难。于是一部《红楼梦》一方面突破了时代的限制，一方面仍然带着浓郁的时代色彩。这就造成作品独特的风格，异样的情味。在这个意义上，可以应用十六世纪意大利批评家卡斯特维特罗(Castelvetro)的名言：“欣赏艺术，就是欣赏困难的克服。”①

一九五九年

---

① 转引自吉尔伯、枯恩(K. E. Gilbert and H. Kuhn)合编《美学史》(*A History of Esthetics*)修订本171页。

# 李渔论戏剧结构

我国古代论戏曲的著作，往往着重“曲”而忽略“戏”。曲是“词余”，词是“诗余”，换句话说，曲是诗的子孙。论曲还是把它当诗歌看，讲究词采音律，而对于曲里的“戏”，除了片言只语，很少探讨。清代李渔《闲情偶寄》的“词曲部”和“演习部”，才是有系统地从“戏”的角度来讨论编写和排演的技巧。他注重故事的结构，提倡宾白的功用，也谈到人物的个性。他把词采贬到次要地位，并且不是讲究雕章琢句，而要求叙出故事，①描出人物，②并且着重要使观众了解。③ 因此他这部书和以前的曲话等大不相同，代表我国戏曲理论史上的一个新发展。

李渔的戏剧理论里，许多地方跟西方的戏剧理论相似。例如关于故事真实性的问题，李渔说：

> 传奇无实，大半皆寓言耳。欲劝人为孝，则举一孝子出名，但有一行可纪，则不必尽有其事，凡属孝亲所应有者，悉取而加之，亦犹纣之不善不如是之甚也。一居下流，天下之

---

① 见中国戏曲研究院编《中国古典戏曲论著集成》第 7 册 24—25 页。下引均出此版。

② 同上书，26—27 页。

③ 同上书，28 页。

恶皆归焉。[①]（着重点是引者加的）

“所应有者”就是亚里斯多德所谓“当然或必然”的事。亚里斯多德说，“诗人的职责，不是描写曾经发生的事，而是写当然或必然会发生的事”。[②] 又如李渔谈到人物，不仅指出“生旦有生旦之体，净丑有净丑之腔”，[③]还说：

> 言者，心之声也，欲代此一人立言，先宜代此一人立心。若非梦往神游，何谓设身处地。无论立心端正者，我当设身处地，代生端正之想，即遇立心邪辟者，我亦当舍经从权，暂为邪辟之思。务使心曲隐微，随口唾出，说一人肖一人，勿使雷同，弗使浮泛。[④]

这是说，对话表达人物的个性。作者先得创造人物，然后设身处地，代他道出心中的话来，什么样的人说什么样的话，要口角毕肖，把细微曲折的心思都很自然地表达出来。这就是亚里斯多德论描摹人物性格当切合身份之说（appropriateness），[⑤]也就是法国十七世纪古典派文艺理论家所谓“贴切”

---

① 见《中国古典戏曲论著集成》第7册20页。

② 见《诗学》9，1451b，根据拜沃特（Ingram Bywater）译注本。以下所引，均据此本。

③ 见《中国古典戏曲论著集成》第7册26页。李渔以前的戏剧论著里，关于人物的讨论，一般只讲到生旦净丑等角色。王世贞《曲藻》里有几句可算是论到人物。他称赞高则诚的《琵琶记》，“不惟其琢句之工、使事之美而已，其体贴人情，委曲必尽；描写物态，仿佛如生；问答之际，了不见扭造。”（《中国古典戏曲论著集成》第4册33页）这就是说，能把角色描写得熨帖生动，对话也活泼自然，但只寥寥数语，不成理论。

④ 同上书，54页。

⑤ 见《诗学》15，1454a。

(lesbienséances)。[①] 又如李渔要故事新奇,[②]又要不涉荒唐,[③]也正是分开古典派理论家所讲究的"神奇"(le merveilleux)而"似真"(la vraisemblance)。[④]

李渔的理论和西方戏剧理论相似或相同的地方,不必一一列举。我们从这些例子,无非看到在若干一般适用的文艺原则上,我国和西方理论家所见略同。本文不想探讨那些东西,而想指出我国和西方在理论上很相似而实践上大不相同的一点——戏剧结构。

论戏曲讲究结构,并不从李渔开始。像凌闬初的《谭曲杂札》曾提到结构:

> 戏曲搭架,亦是要事,不妥则全传可憎矣。[⑤]

王骥德在《曲律》里讲得更详细,他说:

> 作曲,犹造宫室者然。工师之作室也,必先定规式……而后可施斤斫。作曲者,亦必先分段数,以何意起,何意接,何意作中段敷衍,何意作后段收煞,整整在目,而后可施结撰。此法,从古之为文、为辞赋、为诗歌者皆然;于曲,则在剧戏,其事头原有步骤。[⑥]

---

① 见布雷(René Bray)《法国古典主义的形成》(*La Formation de la Doctrine classique en France*),215—230 页。以下所引,同出此版。

② 见《中国古典戏曲论著集成》,第 7 册 15—16 页,58—59 页。

③ 同上书,18—20 页。

④ 见《法国古典主义的形成》233 页。

⑤ 见《中国古典戏曲论著集成》第 4 册 258 页。

⑥ 同上书,123 页。

又说,作套数曲,应当

> 有起有止,有开有阖。须先定下间架,立下主意,排下曲调,然后遣句,然后成章。切忌凑插,切忌将就。务如常山之蛇,首尾相应,又如鲛人之锦,不着一丝纰纇……增减一调不得,颠倒一调不得。①

> 毋令一人无着落,毋令一折不照应。②

李渔论戏剧结构,和《曲律》所论略有相同之处。他说:

> 至于"结构"二字,则在引商刻羽之先,拈韵抽毫之始,如造物之赋形,当其精血初凝,胞胎未就,先为制定全形,使点血而具五官百骸之势。倘先无成局,而由顶及踵,逐段滋生,则人之一身,当有无数断续之痕,而血气为之中阻矣。工师之建宅亦然,基址初平,间架未立,先筹何处建厅,何方开户,栋需何木,梁用何材,必俟成局了然,始可挥斤运斧。③

但《曲律》所论侧重形式,以为"修辞当自炼格始",④目的在修辞。李渔却是侧重内容,以为"有奇事方有奇文",⑤所以他接着就仔细讨论戏文里所表演的故事。

他以为一本戏应该只表演一个人的一桩事,所谓"立

---

① 见《中国古典戏曲论著集成》第4册132页。
② 同上书,137页。
③ 同上书,第7册10页。
④ 同上书,第4册123页。
⑤ 同上书,第7册10页。

主脑”：

> 一本戏中，有无数人名，究竟俱属陪宾；原其初心，止为一人而设。即此一人之身，自始至终，离、合、悲、欢，中具无限情由，无穷关目，究竟俱属衍文；原其初心，又止为一事而设。此一人一事，即作传奇之主脑也。……后人作传奇，但知为一人而作，不知为一事而作，尽此一人所行之事，逐节铺陈，有如散金碎玉。以作零出则可，谓之全本，则为断线之珠，无梁之屋……①

又说，“头绪繁多，传奇之大病也”。他称赞有些剧本“一线到底，并无旁见、侧出之情”，“始终无二事，贯串只一人”。②

这一件事又必须前后贯串：

> 每编一折，必须前顾数折，后顾数折。顾前者，欲其照应；顾后者，便于埋伏。照应、埋伏，不止照应一人，埋伏一事，凡是此剧中有名之人，关涉之事，与前此、后此所说之话，节节俱要想到。③

各部分不能有“断续痕”：

> 所谓无断续痕者，非止一出接一出，一人顶一人，务使承上接下，血脉相连，即于情事截然绝不相关之处，亦有连环细笋，伏于其中，看到后来方知其妙，如藕于未切之时，先

---

① 见《中国古典戏曲论著集成》第7册14页。
② 同上书，18页。
③ 同上书，16页。

长暗丝以待，丝于络成之后，才知作茧之精。①

到收煞时，又不可有“包括之痕”。全剧收场，剧中人物“会合之故”——

须要自然而然。水到渠成，非由车戽。最忌无因而至，突如其来，与夫勉强生情，拉成一处，令观者识其有心如此，与恕其无可奈何者，皆非此道中绝技，因有包括之痕也。②

总括李渔以上的话，他对结构完好的戏剧有以下两点要求：(1)一本戏只演一个人的一桩事，不是一个人一生的事；(2)这一桩故事像一个完整的有机体，是“具五官百骸”的全形，通体“承上接下，血脉相连”，全剧的结局是前面各情节的后果，“自然而然，水到渠成”，没一点牵强凑合。

这套理论跟亚里斯多德《诗学》所论悲剧的“故事的整一性”(unity of action)非常相近。亚里斯多德认为悲剧最要紧的是结构。悲剧摹拟一桩完整而具有相当广度的事件——

一件完整的事有开头，有中段，有结尾。开头不必承接别的事，但当然引起后面的事；结尾当然是在一些事情的后面，是这些事情必然的、或惯常的结果；中段当然是承前启后。所以一个完好的结构不能随意在某处起某处结，它的开头和结尾必须按照上面的方式。③

---

① 见《中国古典戏曲论著集成》第7册，24—25页。

② 同上书，第69页。

③ 见《诗学》7，1451a。

> 有人以为只要主人公是一个，结构就有“整一性”，其实不然。一个人可以遭遇无数的事，有些是不能归并在一桩事件里的。同样情形，一个人生平所做的事，有许多是不能合成一桩事件的。①

> 诗和其他摹拟的艺术一样，一件作品只摹拟一个对象。诗既是摹拟事情，诗的故事就应该是一桩事件，一桩完整的事件，里面的情节应该有紧密的关系，颠倒或去除任何部分会使整体散乱脱节。如果一部分的存在与否并不引起显著的变化，那就不是整体中的有机部分。②

> 最糟是支支节节的结构。所谓支支节节，指情节的连续没有当然或必然的关系。③

悲剧结尾，主角从顺境转入逆境，隐情一一暴露——

> 这些都应该从故事的内部发生，这样才能成为以前种种情节的必然或当然的结果。④

亚里斯多德也是说：悲剧演一个人的一桩事，不是演一个人一生的事；这桩事件像完整的有机体，开头、中段和结尾前后承接，各部分有当然或必然的关系，结局是以前种种情节造成的后果。李渔对于戏剧结构的要求，跟《诗学》所论悲剧结构的整一

---

① 见《诗学》8，1451a。

② 同上书，1451a。

③ 同上书，9，1451b。

④ 同上书，10。

性几乎相同，只是没提到《诗学》所说的广度。《诗学》说，戏剧所演的一桩事件需有相当广度。“只要显然是一个整体，故事就越长越美。一般说来，故事只要容许主角按当然或必然的程序，由逆境转入顺境，或从顺境转入逆境，就是长短合度”。[①] 不过李渔虽然没有提到这一点，他的理论和这点并无抵触。因为按他的主张，决不容许故事在半途中收场，也不会要求一个戏由悲而欢、由离而合之后，再来一番离合悲欢。他主张一本戏演一个故事，不是半个故事或两个故事。所以单从理论的表面看来，李渔论戏剧结构时提出的各点，正就是亚里斯多德论戏剧结构时所提出的故事整一性。

可是实际上李渔讲究的戏剧结构的整一，并不是亚里斯多德《诗学》讲究的戏剧结构的整一。一个是根据我国的戏剧传统总结经验，一个是根据古希腊的戏剧传统总结经验。表面上看似相同的理论，所讲的却是性质不同的两种结构。

希腊悲剧不分幕，悲剧里的合唱队从戏开场到收场一直站在戏台上。因此，戏里的地点就是不变的，戏里所表示的时间也不宜太长，而一个戏台所代表的地域也不能太广。希腊悲剧除了个别例外，一般说来，地点都不变，时间都很短。亚里斯多德在区分史诗和悲剧时指出，悲剧的时间只在一天以内。[②] 时间和地点的集中，把故事约束得非常紧凑。戏台上表演的只是一桩事件的一个方面——就是在戏台所代表的那一个地点上所发生的事情。至于这件事情的其他方面，就好比一幅画的背面，不

① 见《诗学》7，1451a。

② 同上书，5，1449b。

能反过来看。那些方面,只好由剧中人(包括合唱队)对话里叙述。例如《普罗米修斯被囚缚》一剧,台上演出的是普罗米修斯被钉在石壁上受罪,至于天上的宙斯怎么和他作对,都是叙述,不是排演出来的。又例如以结构完美著称的《俄狄浦斯王》一剧,戏台上表演的只是宫殿门前发生的事,宫殿里面的事以及使者在别处干的事,都是叙述出来的。

希腊悲剧的故事又限于短短的一段时间以内。故事的焦点就是悲剧的结局;悲剧的开始紧挨着这个焦点。例如在《普罗米修斯被囚缚》剧中,普罗米修斯怎样帮助宙斯争夺权位,怎样违反了宙斯的意旨去帮助人类,以致获罪等等,都是已往之事,只在剧中人对话里追叙。戏开场就是普罗米修斯被雷神钉上石壁。他不肯屈服,结果被宙斯摔入地狱——这就是故事的焦点。又如在《俄狄浦斯王》剧中,俄狄浦斯怎样误杀父亲,怎样制伏狮身人首的怪物,怎样承继父亲的王位,娶了母亲,生了孩子等等,都是剧中人追叙的往事。戏开始。俄狄浦斯就在追究杀死前王的凶手,于是发觉自己的罪孽,结果剜掉自己双目,流亡出国——这就是故事的焦点。悲剧故事既然集中在一个焦点上,结构就非常紧密,戏里一个个情节都因果相关,导致末尾的结局,好比一浪推一浪,把故事推到最高潮。这样一个紧凑而集中的故事,如果把地点分散,时间延长,就会影响它的整一性。亚里斯多德尽管没有制定规律,把一个悲剧的时间限于一天,地点限于一处,他只是要求一个悲剧演一个完整而统一的故事,可是由于希腊悲剧的紧凑和集中,他所谓故事的整一,基本上包含了时间和地点的限制。

只要看亚里斯多德在区分戏剧和史诗的时候,就指出了戏剧

所以不同于史诗的地方。按《诗学》,史诗的结构和悲剧相同,①不过有以下的差别:

> 史诗的故事没有时间的限制,悲剧故事却尽可能限于太阳运行一周时以内,或大约如此。②

> 史诗特别便于增加它的广度,也常利用这点便利。悲剧不能把一桩事件同时发生的许多方面都表演出来,只能表演戏台上演出的一面,而且只限于关涉到台上角色的事。史诗采用叙述体,可以把同时发生的许多情节一一描叙。假如这些情节和主题相属,就可以增加它的长度。这是史诗的方便,可以使内容丰富,花样繁多,并且有余地加入各种穿插。情节单调容易使人厌倦,演出悲剧往往因此失败。③

> 戏剧里穿插的情节很短,史诗里可用穿插的情节增广篇幅。④

> 诗人应当记住上面屡次提到的一点:不要把一部史诗里的情节——指包括许多故事的史诗——写成一个悲剧,例如把《伊利亚特》整个故事编成一个戏。史诗由于它的规模,每部分可有适当长度。可是同样的故事如编成悲剧,

---

① 见《诗学》23,1459a。

② 同上书,5,1449b。

③ 同上书,24,1459b。

④ 同上书,17,1455b。

> 结果就很令人失望。①

> 悲剧能在较短的时间内达到模仿的目的,这是个很大的优点。因为效果愈集中,愈多快感;时间拉得长,快感就会冲淡。②

> 史诗的整一性较差。只要看,任何一部史诗可供几个悲剧的材料。因此,史诗如果采用严格整一的故事作为题材,叙述得简略就好像是截断了的,拉到史诗的长度又好像冲淡了。我说史诗的整一性较差,我的意思说,一部史诗包含许多事情,例如《伊利亚特》和《奥德赛》包括许多事,每件事都相当长。可是这两部史诗的结构却是不能再求完美,所模仿的故事也不能再求整一。③

从上面所引几节,可见戏剧集中在较短的时间,较小的地域,穿插的情节短,整个的故事约束得很紧密。如果故事没有时间和地域的限制,穿插的情节长,结构不那么紧密,那就不是戏剧的结构,而是史诗的结构;在史诗里这种结构可称完美,在戏剧里就比较差一些了。

十六、十七世纪,意大利和法国文艺理论家根据亚里斯多德所提出的故事整一性,以及"悲剧的时间不超过一天"那句话,生发出时间限于一天的规律,又从而生发出地点限于一个场面的规律,形

① 见《诗学》18,1456a。
② 同上书,26,1462b。
③ 同上书,26,1426b。

成所谓“三一律”。[①] 遵循“三一律”的剧作家多少继承了希腊悲剧的传统，例如十七、十八世纪意大利和法国的多数剧作家。直到十九世纪像小仲马，像讲究结构的斯克利布（Scribe），像易卜生，都还属于这个传统，所谓结构紧密的一派（Close Theatre）。[②] 反对“三一律”的剧作家，对亚里斯多德所说故事应该有整一性这一点，向例并无异议，[③]并且也承认戏剧的时间和地点应该集中。例如西班牙的洛贝·台·维加公然不遵守“三一律”，可是他说，戏里的时间应该尽量约束。[④] 又如英国的德莱登（Dryden）反对“三一律”，可是认为戏里的时间和地点该尽量集中。[⑤] 歌德把“三一律”称为“最愚笨的规律”。[⑥] 可是在区分史诗和戏剧时也说，史诗作者的天地宽阔，戏剧作家却局限在一个点上。[⑦] 莎士比亚是一般公认为不守规律的典范，他和追随他不守规律的作家如歌德，如雨果，都是所谓结构宽阔的一派（open theatre）。[⑧] 莎士比亚的戏里，换幕之间，地点也换，时间也换。例如在《冬天的故事》里，一换幕跳过十六年之久；《麦克贝斯》剧里的景，一会儿在英国，一会儿又在苏格兰。可是就像莎士比亚的戏那么不合规律，还比我国的传统戏剧拘束一些，因为莎士比亚的戏，至少在一个景里，地点限于一处，时间限于一段。我国

---

① 见《法国古典主义的形成》253—285 页。

② 见般特立（Eric Bentley）著《剧作家兼思想家》（*Playwright as Thinker*）。——子午线（Meridian）丛书本，213 页。

③ 见《法国古典主义的形成》245 页。

④ 见《编剧的新艺术》十八节，根据克拉克（B. H. Clark）编选《欧洲戏剧理论集》91 页。

⑤ 见《德莱登戏剧论文集》（人人丛书版）73—75 页。

⑥ 见《歌德谈话录》1825 年 2 月 24 日，根据《欧洲戏剧理论集》328 页。

⑦ 见《论史诗和戏剧》，《欧洲戏剧理论集》338 页。

⑧ 见般特立《剧作家兼思想家》213 页。

传统的戏剧是完全不受这种限制的。

在我国传统的戏剧里,地点是流动的,像电影里的景。例如《西厢记》第一卷第一折,夫人、莺莺等上场时,戏台上是普救寺西厢的宅子。夫人等下场,生上场,台上是将近京师的半途;说话之间,又变了城中状元坊客店。生下场,法聪上场,台上又变了普救寺方丈。生上场和法聪说着话,台上是上方佛殿,又是下方僧院,又是厨房,又是西法堂,又是钟鼓楼,又是洞房,又是宝塔,又是回廊,又是罗汉堂。只在一折之内,观众随着演员的唱词遍历这许多地方。又例如《琵琶记》第十七出,戏台上先是义仓,一会儿又是赵五娘回家的半途,一会儿又是她家里。又如《窦娥冤》第一折,台上先是城外赛卢医的药铺,又变为野外无人处,又变为蔡婆家里。李渔的戏里也是一样,戏里的角色只在台上迈几步,就走过许多地方。① 这种例子,举不胜举。

因为没有地点的限制,一桩事件同时发生的许多方面,都可以在台上表演出来,不必借助于剧中人的叙述。雨果说,由于地点的规律,剧作家"把叙述替代了戏里的情景,把形容替代了动人的场面。我们在戏剧中间夹进了一些严肃的角色,他们像古代的合唱队一般,告诉我们神庙里、宫殿里、公共场所发生了什么什么事情,使我们一再忍不住要叫喊说:'是啊!那么带我们到那儿去呀!那儿一定很有趣、很好看啊!'"②我国传统的戏剧却是让观众各处瞧到。它不像图画那样只有一个正面,以致背面的情景只好向观众描叙;它像一个转动的立体,每一面都可以转向观众。尽管一会儿天上玉

---

① 例如《比目鱼》第二出,又《蜃中楼》第二出。

② 见《〈克朗威尔〉序言》(*La Préface de Cromwell*)。——苏里奥(Maurice Souriau)编注本 233 页。

皇殿，一会儿水底龙王宫，只要故事里涉及，都可以在同一本戏里随着故事进展一一成为戏台上的场面。史诗只可以把一桩事件同时发生的许多情节一一描叙，我国的传统戏剧却能把这许多情节一一表演。例如《琵琶记》里，一方面赵五娘在家受苦，一方面蔡伯邕在京城享福，故事的两面对照着都在戏台上表演，全不用叙述。

我国传统戏剧里的叙述，不是向观众叙述戏台以外所发生的事，而是剧中人向其他不知情的角色叙述台上已经演过的事。例如《西厢记》卷五第三折红娘对郑恒叙张生下书解围的事；《琵琶记》三十八出张公向李旺叙赵五娘吃糠、剪发、筑坟的事；《窦娥冤》第四折窦娥的鬼魂向窦天章叙她受屈的始末。莎士比亚《哈姆莱特》剧中鬼魂向哈姆莱特叙述的，是戏开场以前的往事，窦娥叙述的却是第一、二、三折的全部情节。假如仿照希腊悲剧的结构，这许多重复叙述的情节也许都该划在整一的故事之外，成为追叙的往事。可是在我国传统的戏剧里，并没有必要把戏的起点挨近结局，因而把许多情节挤到戏剧故事以外，成为叙述的部分。我国传统戏剧里时间的长短，只凭故事需要，并没有规定的限度。例如《西厢记》的时间比较紧凑。张生和莺莺从相遇到幽会，不过三四天的事。张生中举荣归和莺莺成婚，也不过是半年以后的事。《琵琶记》的时间就宽绰得多。戏开场时蔡伯邕还在家乡，不肯应举。他进京赴试，中状元，做官六七载，才和赵五娘重逢。然后又庐墓三年，到合家旌表后才收场。又如《窦娥冤》只是短短四折的杂剧，在楔子里窦娥才七岁，戏到窦娥死后四年才结束。因为没有时间的限制，故事不必挤在一个点上，幅度不妨宽阔，步骤就从容不迫，绰有余地穿插一些较长的情节。

李渔说，“戏之好者必长”，[①]又怕贵人没闲暇从开场看到终场，就想出个“缩长为短”的办法，去掉几折，上下加几语叙述。[②]按亚里斯多德的理论，这些可去的情节就不是整体中的有机部分；结构整一的戏剧里容纳不下这些无关紧要的情节。我们现在又往往提出一折作为“折子戏”，可见这些情节有相当的长度。有相当长度的情节，《诗学》所讲究的戏剧结构里也是容纳不下的。

法国古典派理论家在解释《诗学》所论戏剧故事的整一性时指出，故事到收场，就不容穿插任何情节。因为观者很着急，凡是不直接关涉主题的事都无暇留连。这是古典派理论家一致承认的规则。[③] 可是在我国传统的戏剧里，故事收场时并不急转直下，还有余闲添些转折，李渔所谓求“团圆之趣”该有“临去秋波那一转”：

> 水穷山尽之处，偏宜突起波澜，或先惊而后喜，或始疑而终信，或喜极、信极而反致惊疑，务使一折之中，七情俱备……
>
> 收场一出，即勾魂摄魄之具，使人看过数日而犹觉声音在耳、情形在目者，全亏此出撒娇，作临去秋波那一转也。[④]

《西厢记》结尾，张生报捷，莺莺寄汗衫，两人马上就要团圆，可是第五卷的第三折还来个郑恒求配的转折。《琵琶记》结尾蔡

---

① 见《中国古典戏曲论著集成》第7册77页。

② 同上书，77页。

③ 见《法国古典主义的形成》250页。

④ 见《中国古典戏曲论著集成》第7册69页。

伯喈和两个妻子已经团聚，第三十九出牛丞相还要阻挠女儿随婿还乡。李渔所著十种曲，每本收场都有一番波折。例如《巧团圆》第三十二出一家骨肉已经团聚，第三十四出又来个义父、亲父抢夺儿子。《慎鸾交》结局时有情人将成眷属，第三十四出还要来一番定计试探。《怜香伴》第三十五出一男二女已奉旨完婚，可是第三十六出还要来个丈人作梗。这类穿插，西洋史诗的结构可以容许，西洋戏剧的结构就容纳不下。

以上种种，都证明我国传统戏剧的结构，不符合亚里斯多德所谓戏剧的结构，而接近于他所谓史诗的结构。李渔关于戏剧结构的理论，表面上、或脱离了他自己的戏剧实践看来，尽管和《诗学》所说相似相同，实质上他所讲的戏剧结构，不同于西洋传统的戏剧结构，而是史诗的结构——所谓比较差的结构。他这套理论适用于我国传统戏剧，如果全部移用于承袭西方传统的话剧，就有问题，因为史诗结构不是戏剧结构，一部史诗不能改编为一个悲剧，一本我国传统的戏也不能不经裁剪而改编为一个话剧。由此也可见，如果脱离了具体作品而孤立地单看理论，就容易迷误混淆。

西洋小说往往采用戏剧式的紧密结构，把故事尽量集中在较小的地域，较短的时间。例如奥斯汀(Jane Austen)的小说就称为“戏剧式的小说”(Dramatie novel)。① 我国的传统戏剧却采用了幅度广而密度松的史诗结构。希莱格尔(Friedrich Schlegel)说：“但丁的《神曲》是一部小说”，“莎士比亚的悲剧是古典

① 见缪尔(Edwin Muir)《小说的结构》(*The Structure of the Novel*)，42—47、58—59页。

悲剧和小说的混合产物”。[①] 那么,我国的传统戏剧可称为“小说式的戏剧”。现代欧洲提倡的“史诗剧”(epic theatre)尽管和我国的传统戏剧并非一回事,可是提倡者布莱希特(Brecht)显然深受中国传统戏剧的影响。他赞扬“史诗剧”,也因为它有松懈的结构,可以反映宽阔的社会背景。他说:“现在对一个人应该从他整个社会关系来掌握他。戏剧家惟有用史诗的形式,方才能够反映世界全貌”。[②]

戏剧的结构和史诗的结构虽然都须有整一性,但整一性在程度上的差别造成性质上的不同。戏剧理论家为了打破“三一律”的束缚,反对时间和地点的规律,往往说,亚里斯多德《诗学》只提出故事整一的要求,并未有时间和地点的规定。可是,他们如果把时间和地点的约束全盘否定,那么,亚里斯多德所论的戏剧结构就同于李渔所论的戏剧结构——也就是说,不成为戏剧结构,而成了史诗结构。

一九五九年

---

① 见《文学笔记》(*Literary Notebooks*),艾希纳(Hans Eichner)编注本,第 76 则、第 86 则。据说这是浪漫主义文评的常谈。

② 见转引自般特立《剧作家兼小说家》218 页。